北宋寺院文研究

李晓红 著

齐鲁书社
·济南·

图书在版编目（CIP）数据

北宋寺院文研究 / 李晓红著. -- 济南：齐鲁书社，2024.12. -- ISBN 978-7-5333-5067-3

Ⅰ.I207.99

中国国家版本馆CIP数据核字第202464PQ34号

责任编辑　许允龙
装帧设计　亓旭欣

北宋寺院文研究

BEISONG SIYUANWEN YANJIU

李晓红　著

主管单位	山东出版传媒股份有限公司
出版发行	齐鲁书社
社　　址	济南市市中区舜耕路517号
邮　　编	250003
网　　址	www.qlss.cn
电子邮箱	qilupress@126.com
营销中心	（0531）82098521　82098519　82098517
印　　刷	日照日报印务中心
开　　本	720mm×1020mm　1/16
印　　张	15.5
插　　页	2
字　　数	249千
版　　次	2024年12月第1版
印　　次	2024年12月第1次印刷
标准书号	ISBN 978-7-5333-5067-3
定　　价	58.00元

序　言

李晓红的《北宋寺院文研究》即将出版，托我代为作序。作为她的博士生导师，我深知此书成稿曲折，由衷地为她高兴。

时至北宋，寺院对社会生活产生了多方面的影响，于时出现了数量众多的表现寺院及寺院生活的文篇。北宋寺院文是宋代散文中最有特色的散文类别之一，其中除了僧人之作，许多著名文人如苏轼、黄庭坚等也涉足其中，多有佳篇。

较于宋代诗词研究已形成的系统而深入的格局，涉及寺院文的创作鲜为人所关注，有关宋代寺院文的研究尚未得到充分开展，近年来学人开始相继发掘其传世文学价值，取得的一些研究成果在学界有一定的影响。这部《北宋寺院文研究》，亦可谓探骊得珠者。

这本书是在她博士学位论文的基础上增订而来。本书以北宋寺院文为题，对北宋时期寺院文的创作面貌做了较为系统的探析，选题别致，实在不能不给人以深刻印象。宋代寺院文篇秩浩繁，作者撰稿过程中钩玄索隐，得积北宋寺院文千余篇，非寺院文的关涉文本也一一研读，极费心神，阅读笔记就有十万余字，终于做出了不俗的成果。

作者首先考察了北宋寺院文产生的文化环境、寺院的功用及寺院文生成动因，其中对寺院世俗化的考察尤其深入具体，这为全书的整体研究奠定了扎实的论述基础。其次按体裁、内容、个案三个方面，分别梳理了北宋寺院文的艺术特点、内容类别和优秀代表等方面的历史情况，论述全面、举例典型，揭示出了研究对象的全貌、特点和成就，许多结论可以补文学史之不足。如论记体文疏于描绘寺内建筑，而详于状写山水游宴、民俗风情，且议论内容普遍增多，又如揭示北宋寺院文在文学史上的价值和意义等，皆有新见。文本分析能穷本溯源，注意纵横比较，结论深刻准确。行文简练畅达，抒写审美感受尤为细腻，表现出了扎实的文字功底和良好的学术能力。

对比所寄书稿和博士学位论文，发现已经修订了原来的一些失误，章节有不少补充，结构亦有调整，文气和逻辑都更为明畅，对寺院文化世俗化的论述新引入了华夷之辨层面的考量，卓有新意，在理学对北宋寺院文创作的影响上也有不同旧时的探索，可以见出作者治学的精进、认真和执着。

晓红在学术上一向心无旁骛，有凌峰之志气，不断挑战新的学术高度。她将"寺院文"研究延伸到南宋，不再局限于从已有总集《全宋文》中搜检，而是将范围扩大至《全宋笔记》《大正藏》《续藏经》以及各地方志、寺志、新出文献等，同时对《全宋文》所收文本，另加审慎眼光，尤注意校勘各本异同，并对《全宋文》未收文本进行了辑佚和辨伪工作，又从地域、时间两个维度做了宋文寺院辑考和宋文寺院书写系年，积力所举，真可谓殚精竭虑。

有了这些深厚沉淀，期待晓红能尽快出版此书的姊妹篇，再为学林增胜。

刘　培

2024年10月于山东大学

目 录

序　言 / 001

绪　论 / 001
一、本文的研究对象和意义 / 001
二、北宋寺院文的概念界定 / 002
三、北宋寺院文研究现状 / 003
四、研究方法 / 008

第一章　北宋寺院文产生的文化环境 / 009

第一节　北宋的"太平"时局 / 011

第二节　宋人对佛教发展概况的认识 / 014
一、明帝感梦传法说的广泛认同 / 015
二、禅宗的风行与其他各宗的并存 / 017
三、宋人对其时佛教繁盛原因的探析 / 020

第三节　北宋佛教精神的入世倾向 / 022
一、区分华夷，批驳"佛出夷狄" / 024
二、倡扬"孝"论，沟通儒家人伦 / 027

三、引"忠"入佛，融通儒家事功 / 032

第四节　宋文中佛教"世间化"的具体表现 / 035

一、受到宋廷辖制 / 036

二、寺院工商活动活跃 / 038

三、融入民间习俗 / 050

第二章　宋代寺院与寺文的生成 / 059

第一节　北宋之"寺" / 062

第二节　北宋寺院与僧尼数量问题考论 / 070

一、寺塔的林立及成因 / 071

二、佛教人口的飙升及成因 / 077

第三节　宋廷对寺院的控制机制 / 087

第四节　北宋寺院构成新格局 / 098

第五节　寺院引力下寺院文的涌现 / 110

一、以艺服人 / 111

二、以情动人 / 117

三、以德化人 / 121

第三章　北宋寺院文的体裁 / 123

第一节　记体寺院文 / 125

一、记体溯源 / 126

二、宋代寺记文的流通变化 / 127

第二节　碑体寺院文 / 131

一、碑体溯源 / 131

二、宋代寺碑文的流通变化 / 132

第三节　铭、箴、颂、赞体寺院文 / 136
第四节　赋、序、题名等体寺院文 / 143

第四章　北宋寺院文的思想意涵 / 153
第一节　梵殿香幢　宝相庄严 / 155
第二节　丽川秀水　游目骋怀 / 164
第三节　佛陀菩萨　感应神通 / 169
第四节　佛门乱象　妨害风俗 / 171
第五节　革律易禅　道接十方 / 177
第六节　政令所系　镜照王事 / 179

第五章　士林文人的寺院文创作 / 183
第一节　排佛文人的寺院文创作 / 185
　一、宋初学人的寺院文 / 186
　二、朝廷文士的寺院文 / 187
第二节　亲佛文人的寺院文创作 / 189
　一、余靖的寺院文 / 191
　二、苏轼的寺院文 / 194
第三节　笃佛文人的寺院文创作 / 198
　一、张商英的寺院文 / 198
　二、黄庭坚的寺院文 / 200
第四节　其他文人的寺院文创作 / 203

第六章　丛林僧伽的寺院文创作 / 207
第一节　契嵩的寺院文创作 / 210

第二节　元照的寺院文创作 / 212

第三节　惠洪的寺院文创作 / 213

第四节　宋代僧俗寺院文创作情况比析 / 215

第五节　北宋寺院文的价值与意义 / 219

余　论 / 226

参考文献 / 230

后　记 / 239

绪 论

一、本文的研究对象和意义

北宋时期，佛泽广被，上至王公贵族下至黎庶小民，几乎无人不受佛光烛照。释教的影响波及社会生活的方方面面，北宋的政治、经济、文化都打上了它的烙印。作为反映社会现实生活的一面镜子，文学也记录下了当时佛教的声威，时之各类文体，诗、文、词、小说中都有大量佛事记载。古代主流文学观念中，文体的尊卑等级秩序是文第一；其次诗，为文之余；其次词，为诗之余；其次曲，为词之余；小说更是等而下之。文的至尊地位是其他文体无法替代和企及的。宋代又是文得到极度发展的时代，"抗汉唐而出其上"（陆游《尤延之尚书哀辞》），"轶周秦"而"冠前古"（许开《五百家播芳大全文粹·序》），王水照先生在《宋代文学通论》中提到："无论从体裁的完备、流派的众多、艺术技巧的成熟等方面来衡量，宋代散文确处于我国古代散文发展的一个巅峰阶段。"

作为宋代主流文学的宋文，对于宋代佛教的各个层面，包括佛法教义、佛事仪轨、释门僧侣、寺院庵堂乃至沙门管理制度等都有展示。其中，数量最多、最具美的特质的当数以佛教寺院为表现对象的篇章。为方便起见，下文统称为寺院文。统计收录在《全宋文》中的寺院文有2000余篇，涉及僧俗两类创作群体数百人。诚如陈寅恪先生所言"华夏民族之文化,历数千载之演进,造极于赵宋之世",宋代是一个文化昌明的时代,僧人概多能文,有140多位僧人参与到寺院文的创作中。文人创作寺院文的热情较之僧人更甚,2000多篇寺院文中有1800余篇出自文人之手,将宋代几乎所有的知名文人囊括在内,名家荟萃,佳作纷呈。鉴于寺院文数量巨大,内容庞杂,笔者精力和学识亦较为有限,是以本书仅以北宋时期的寺院文作为研究对象。北宋享国的167年间,就有僧俗共著寺院文1200余篇。其中有大量篇章或绘山水清姿,或状僧俗深谊,或叙洁僧高义,极富文学审美价值,放在宋文的整体中观照,亦属上乘之作。令人抱憾的是,对宋文的研究相较于兄弟门类——宋诗和宋词,却薄弱得多。目前学界对宋诗和宋词的研究已经相当深入和全面,而对宋文的研究却多停留在古文(或称散体文)上。即便是对宋代古文的研究,亦很少涉及寺院题材。本书所涉北宋寺院文中许多篇章当归于四六一类,正是在宋文研究领域被遮蔽和忽视的。现有的关于宋代四六研究的成果十分稀见,仅有的几部论著也多从宋代四六话以及表启类四六入手。北宋寺院文数量众多,且多佳篇巨制,作者又多为时之名匠巨擘,对该类文章的爬梳整理以及深究细研对于宋文研究领域或是有弥缝和光耀之功的。此外,专研北宋寺院文,会对北宋佛教的方方面面,包括其中形而上的内容有一个直观和具体的感知:如佛法教义的衍生和变化,寺院建筑的风格和功用,教派流变、法门轨范等。佛教对时人(包括僧俗两类群体)心灵的影响和对世俗生活的渗透在宋代寺院文中也有清晰的呈示。要之,研究宋代寺院文,对于宋代佛教研究,对于宋代文学研究(尤其宋代文研究),以及二者结合的研究都是大有裨益的。

二、北宋寺院文的概念界定

本书的研究对象是北宋寺院文,此处的"北宋"并不完全与历史学意义中的北宋(960—1127)重合,由唐末入北宋以及两宋之间的僧徒和文人的以寺院风物为主要表现对象的作品都被纳入本文的考察对象。"文"的概念也需稍作说明，本书所谓"文"是一个很宽泛的文化意义上的概念，并不仅仅限定在文学的范畴内。所指宋文遵循郭预衡、郭英德所秉持的"大散文"概念，将古文、骈文、赋以及经史子集各部乃至释藏、道藏中具有一定文学价值的段落、文章全部包括在内。因而不管是论学、论政还是抒情、明道，也不分韵散，只要是文章，都纳入"文"的名下。

明确"文"的定义后，"北宋寺院文"这一概念也有必要进一步界定。北宋一朝与佛教关涉颇深，涉及佛教以及寺院的文章如恒河沙数。本书所要研究的寺院文是指以寺院或者寺内的代表建筑（如法堂、讲院、钟楼、塔等）名篇的，或者以寺院风光物事为主要描写对象的文章。从文体上来说，包括记、碑、铭、赞、序、箴、赋、传、题名、榜、疏等多种文体。另外需要说明的一点是，文中言及"宋朝"的地方均指北宋。

三、北宋寺院文研究现状

佛教自在中国扎根立命始，对文学便大有润泽之功，在素材、叙述方式、表现手法等方面都给文学以很大的启迪。另一方面，文学也在潜移默化地改变着佛教，经文的日益文学化，佛门偈颂的近诗，僧侣率多能文等皆为明证。单从宗教角度治宋代佛教和单从文学角度治宋代文学的研究多如牛毛。从二者的结合点进行研究的，目前学界多集中于两个方面。一为从宏观角度把握宋代佛教与文学之互动关系；另外一个方面则是集中于观照宋代诗歌与佛教（更确切地说是禅宗）之间的关联。特别是后者，不论是从整体把握诗与禅之关系，还是具体从对某个作家的诗歌作品出发分析禅的效用，都已有大量研究论文或专著存在。关于这两大方面，学界已经有了极其深入和精当的研究。但前文已经提到，宋文在时人心中是"一代之文学"，宋文在当时的地位是远超宋诗的，研究宋代佛教与文学之间的关系，仅从宋诗下手远远不够。相较而言，宋文更能体现宋人对佛教的看法，佛教的影响在宋文中也显现得更为清晰。但遗憾的是，关于宋文与佛教的研究十分少见，关于宋文与寺院的研究则更为寥寥了。仅在一些总论宋代文学的书里或者具体研究宋代某个作家的作品时有片段的、零星的论述。

在宋代佛教与文学研究这一领域，诗歌与佛教之间关系的研究占据了统治地位。这方面的研究成果非常之多，为研究宋代佛教与宋文之间的关系也提供了一些思路。总论宋代禅宗与诗歌的著作，如张煜《心性与诗禅——北宋文人与佛教论稿》、张培锋《宋诗与禅》、谢思炜《禅宗与中国文学》等，单论某个作家或某个流派的诗歌与禅宗关系的专著、文章更是灿如繁星，不可计数。宏观观照佛教对文学影响的论述，也多以佛教对宋诗的影响作为例证。

迄今为止，关于宋代佛教与宋文之间关系的研究较为少见，对寺院题材宋文的论述愈为稀缺。可见的，如王水照先生《宋代文学通论》有专章论述佛教与宋代文学的关系。这一章第二节"佛教文化对文学创作各方面的渗透"中，提及寺院文化对宋代文学的丰富。但这一节的内容仍是以宋代寺院题材的诗歌为主要例证，寺院题材的宋文只提到三篇。该章第三节"佛教对文学观念和文学批评方法的影响"中有一句话提及宋代寺院文，"其（智圆）……《崇福院寺讲院序》等文章中反复申述其观点（儒家诗教）"。再如刘扬忠先生主编的《中国古代文学通论·宋代卷》第七章"宋代文学与宗教"中论述了宗教对宋代文学的影响，在论述佛道对文人心灵以及创作的影响时，该书第374页提到出现大量有关佛道寺院塔庙碑铭等的题咏作品。但论述从僧道两家入手，且题咏作品多引诗歌，寺院文引用得非常少。该书第380页论述宋文中的佛教因素，涉及了宋文与佛教这一命题，论述十分简略——于寺院文只提到苏轼《记承天寺夜游》一篇。该章第三节"道流和僧人的文学创作"中，论及宋代僧人的文学创作时仍以僧人的诗歌创作为主要表现对象，对宋文创作一笔带过，僧人的寺院文创作全然没有提及。另外该书上编第四章"宋代辞赋及四六概述"中，涉及了碑、铭、记、序、赞、疏、奏等文体，将其归入四六一类，而非文，对于寺院题材的相关文体也并没有提及。又如顾吉辰《宋代佛教史稿》第六章"宋代文学与佛教的关系"中有一个小标题专研佛教与宋文的关系，其中提到苏轼的两篇寺院文。张毅《宋代文学思想史》结语部分论述了新禅宗和理学对宋代文学的影响，仍然偏重禅宗对诗歌的影响。该书在具体行文过程中论述儒释道三家合流对宋代各个时期各体文学的影响时，援引例证也多以诗词为主，文涉及得比较少，寺院文更不多见。程千帆先生的《两宋文学史》，孙望、常国武先生主编的《宋代文学史》于具体作家的论述中也述及了佛教的影响，所举例证均多取诗歌。其他文学通史或断代史著作中，也大致如此。

特别值得一提的是，程千帆先生的《两宋文学史》虽然未对佛教与宋文之间的关系做专门论述，但专辟两章论述宋代散文，对宋文给予了极大的关注。宋文研究领域，学者们多将目光投向古文，即散体文的研究。各体文学史和断代文学史对于宋文也多于古文处着墨，仅对宋代古文运动和知名古文家的古文和几位尤负盛名的文人古文之外的篇章加以介绍。即使专治散文史的学者，对古文之外的宋文关注也不够充分。陈柱先生的《中国散文史》在论述宋文时，断言宋代为古文极盛之时代，只著录古文六家之文和道学家之文。刘衍先生的《中国古代散文史》仅约略提及骈文与笔记体文，大部分篇幅仍在散体文。郭预衡先生的《中国散文史》对于宋代古文之外的宋文虽然多有收录和评析，但均散落于对具体作家的评析中，十分零星，不成系统。《两宋文学史》一书则比较系统，将宋代散文与四六分为两章进行论述。显见，"宋代散文"一章是指"散体文"即古文。本书探讨的寺院文中有大量篇章按程先生的标准皆应归入四六类。程先生对宋代四六的渊源、发展原因、历史变迁、选本和评本等问题都做出了详细而精当的论述，对于本书的写作启发极大。即使详尽、系统如程先生之书，对宋代被归入四六体的寺院题材的宋文也并未给予关注，多做只言片语的评述。专治宋文的专著方面，曾枣庄先生有《宋文通论》一书。这部书收集了大量未被注意到的作家和文本，对宋文面貌始全面展示。但该书分类较为驳杂，将宋文分为四六、辞赋、韵文、散文四类，本书所要研究的宋代寺院文被分散在其中三类里，且该书对寺院题材的作品同样没有太多关注。施懿超《宋四六论稿》一书，是一部对宋代四六做出系统研究的专著，详细梳理了今人四六研究成果，对宋四六的基本文献进行了清理，对本书的写作有很大的助益。但该书对寺院题材的四六文仍然未给予关注，所涉四六多为朝廷制诰表文。综观现有对宋代四六文的研究，成果多集中于宋代四六文的文献梳理和阐说以及文人制诰表文，对文人寺院题材的四六文罕有关注，对僧人寺院题材四六的关注更为稀见。

目前专研宋文中寺院书写的成果只有赵德坤、陈传芝《宋代寺院碑文书写研究》，该书从文体源流、作者身份、文本内容三方面对碑文类的宋代寺院书写做了系统梳理和深入阐释。但该书对大量的碑文外的寺院书写并未给予关注，论述亦侧重于文献价值和佛学理念的传达，一定程度上遮蔽了寺院书写的文学价值。此外，段玉明《中国寺庙文化》在论述寺庙文学时给予了宋代寺院文高度肯定，不过该书多涉道观、家庙，并不专研寺院，宋代寺院文的研究仍然存在着极大的空缺和研究空间。

朱刚、陈珏的《宋代禅僧诗辑考》对宋代禅僧作诗情况有全面且深入的展示，尤其书中对《全宋诗》未录作品的搜集和整理，以及对部分禅僧生平和法系的补足，都是前人未曾涉及的。该书在选题角度、材料搜集、前人研究成果和工具类书籍的利用以及行文范式等方面对于本书写作都有很大的启迪。李芳民《唐五代佛寺辑考》一书专研唐代寺院，以及寺院与诗歌之间的渊源关系，为本书的写作也提供了许多借鉴之处。此外，普慧的《中国佛教文学研究》一书为本书亦提供了一些思路。

单篇论文方面，直接以宋代寺院文为研究对象的篇章极少，基本还是从佛教与文学之关系、宋诗与禅宗的关系两个方面进行立论研究。直接相关的研究文章只有两篇：赵德坤、周裕锴《济世与修心：北宋文人的寺院书写》(《文艺研究》2010年第8期)专注北宋文士的寺院书写，对其书写模式、所蕴哲思及展呈图景做了深入阐释。赵军伟《身份与策略：宋代文人的佛教经藏书写》(《古代文学理论研究》2015年第41辑)亦着眼于宋代文士的寺院书写，分儒士、居士两类归纳了寺院经藏记的书写策略。以上文章论述精微，但拘于文体、地域、视角的限制，对于僧人的寺院文、两宋僧俗寺院文的整体面貌及审美意蕴、寺院书写与理学思潮、社会生活的内在关联等重要问题尚未涉及。关乎宋代寺院文研究的篇章大都出现在对具体作家作品的研究中。如许外芳《两宋僧道铭文小品论略》(《华南理工大学学报(社会科学版)》2012年第2期)，该文涉及了部分僧人所作的以"铭"名篇的寺院文，并对该类寺院文的特点、代表作家及其代表文本、艺术价值及史料价值进行了论述，对本文有一定参考价值。但是这篇文章只关注了"铭"体的寺院文，这仅是寺院文的一小部分，而且亦从僧、道两家着手论述，对"铭"体寺院文论述比较简略。刘芸《曾巩记体散文研究》(安徽大学2012年硕士学位论文)中涉及了曾巩的寺院文，对曾巩寺院文的内容有简单介绍。另外杨胜宽《论苏轼的记体散文》(《乐山师范学院学报》2008年第10期)涉及两篇寺院文；杨锋兵《契嵩思想与文学研究》(山西师范大学2010年博士学位论文)中涉及几篇寺院文；邱小毛《释契嵩古文创作艺术浅探》(《梧州学院学报》2012年第3期)亦涉及契嵩的几篇寺院文；陈自力《释惠洪研究》(四川大学2003年博士学位论文)中约略提及了惠洪的寺院文创作；姚涛《王安石记体文研究》(福建师范大学2011年硕士学位论文)中也涉及王安石的几篇寺院文；刘翠英《余靖宗教思想略论》(《韶关大学学报》2000年第6期)亦对其寺院文创作稍有涉猎。这些文章对寺院文的论述都较为简单，并未展开专门论述。另外，聂士全《宋代寺院生活的世俗转型》(《苏州铁道师范学院学报》

2001年第4期)对宋代寺院生活有精要论述,对本书有极大的启发。赵德坤《文字禅时代的寺院禅修》(《中华文化论坛》2013年第5期)论述了文字禅背景下寺院修持的特点、原因及影响,对本书的写作也有很大启迪。

四、研究方法

本书拟探讨宋代佛教与宋代文学之间的内在关联,从佛教的实体建筑形态——寺院,与宋代之一代文学——文的结合即宋代寺院文入手,采用文史哲相结合的研究思路,同时考虑宋代政局、宋代社会思潮(以理学为代表)的影响,分析宋代寺院文大量出现的历史文化背景,及其创作群体、思想内涵与独特价值,从而于具体层面揭示出宋代佛教与文学之间的互动关系。具体研究方法包括:

文献法。课题广泛采撷宋人文集、别集、佛典、方志、史籍、笔记、话本以及石刻文献等材料,在全面占有文本的前提下展开对宋代寺院书写的研究。

文本分析法。对数量浩繁的宋代寺院书写作品进行文本细读,深入解读作品的文学价值、文化意义及哲思蕴涵。

整体研究法(社会学研究)。课题以宋文中的寺院书写为主要研究对象,比照两宋前后,在对寺院书写的整体考量中确定其独特文学价值,力求实现文学研究的"纵通";同时考虑宋代政局、宗教信仰、社会生活以及思想文化状况等对寺院书写的影响,揭示其社会文化价值,力争达到文学研究的"横通"。文史哲融通的研究视野不仅有助于突破学科壁垒,回归传统学术,也与当下的社会文化学研究暗合潜通,该种研究视野有助于揭示寺院书写的"原生态",再现其历史面貌。

本书所得观点,无不建功于前贤昔圣之基,兼之学薄识浅,不免辞繁义芜之处,祈大方海宥斧斫。

第一章 北宋寺院文产生的文化环境

第一章 北宋寺院文产生的文化环境

有宋一朝与释教关涉颇深。于寺院文而言，宋朝最盛；南北宋相较，又以北宋为最，涉及寺院的文章如恒河沙数。溯其泉源，肇于北宋皇权与佛教的双向需要下，佛教以及寺院向世间生活的靠近。佛教由形而上的宗教神坛日渐密切融入北宋世俗社会，逐步开启世间化进程，而其道场所在——寺院，自然也逐渐成为平民与文士游宴、玩赏的寻常场所。寺院的宗教色彩转淡，世俗色彩趋浓。寺院在北宋除了宗教象征外，兼具文化沙龙性质，文人士大夫常出入其中与寺内僧师作文赋诗，其中便包括大量寺院题材的宋文。北宋的"太平"时局和"世间"佛教为北宋寺院文的产生和滋长提供了土壤。

第一节 北宋的"太平"时局

北宋于中国历史可谓特异的存在。四郊多垒、边烽常燃，却丝毫不妨碍宋人称颂太平。历史上并非没有出现过汉族中央政权被少数民族政权围困的情况，但没有一个政权能像北宋那样理直气壮地自认"太平"。北宋年号直接跟"太平"有关的就有"太平兴国"（太宗）、咸平（真宗）、治平（英宗），还有多部直接以"太平"命名的书籍，如《太平御览》《太平广记》《太平寰宇记》《太平圣惠方》，翻检《宋史》亦多有"太平州""太平府""太平湖""太平军""太平寺""太平宫""太平观"的称谓。随意翻阅北宋文章，关于"太平"的论述也比比皆是：

> 今兹圣朝,幬覆万国。太平之业,亦既成矣;封禅之礼,将以修矣。(王禹偁《论交趾文》)①
>
> 今朝廷久无忧矣,天下久太平矣,兵久弗用矣,士曾未教矣,中外方奢侈矣,百姓反穷困矣。(范仲淹《上执政书》)
>
> 幸今天下无事,太平既久,鸿儒硕老,驾肩而起,此岂又减于汉魏之诸儒哉?(孙复《寄范天章书》)
>
> 方今四海晏然,兵革不作,由陛下仁孝宽盖,不杀不辜。(陈舜俞《太平有为策》)
>
> 及真人出,四海一而圣圣相续,太平逾百年矣。(彭汝砺《论太平百年所当戒惧》)

这仅是北宋文人太平颂歌中的一隅,田锡还作有《太平颂》,全面具体地歌颂了王朝的"兴致太平";孟元老《东京梦华录》序亦描述都城东京的繁华:"太平日久,人物繁阜,垂髫之童,但习鼓舞;斑白之老,不识干戈。"可以看出对太平的颂扬贯穿整个北宋历史,此为文人对"太平"的认可。

在北宋王朝歌舞升平的华丽外衣下,实际上隐藏着许多问题:表面花团锦簇,里子矛盾重重。北宋的外交,抑或说外部的稳定和谐除开北宋开基立国时曾依凭武力征伐外,基本都是靠输纳岁币和签订盟约来维持的。宋代社会的矛盾冲突十分尖锐:外有强敌环伺,内有党争倾轧。所谓"太平",更多的是在偷换概念,舆论鼓吹下构造的一个"梦"境:众多文人都参与了"中国"概念的重塑,通过重新限定"中国"的地域边界和文化

---

① 文中所引篇目除特别注明的外,均引自曾枣庄、刘琳主编《全宋文》,上海辞书出版社、安徽教育出版社2006年版。

边界，达到了等北宋于"中国"和"天下"，北宋王朝天下太平的效果①。对于宋廷而言，让其治下民众长期沉醉于太平梦中显然对维护宋王朝的统治极为有利。但现实的苦难如此深重，单凭官方以及文人表面的舆论宣传，显然难以为继。是以宋廷一直在不遗余力地寻找其他更有效地使民众坚信"太平"，忍耐苦难，安于现状的方式。要达成这一目的，最省力、最快捷的方式便是将宋代社会太平、和乐的观念灌输到百姓的思想中去，使其深信不疑。而在使人信向方面，宗教无疑最富成效。所以，宋廷十分重视利用宗教的力量令民众感到身为宋人的安定、和乐。

宋人对儒家的倚重不必多言。道家因其创始人在唐时被附会为唐代帝王先祖的缘故，宋代帝王对此多不明显倡扬。而佛教对人生苦难、空幻的阐释，此生忍耐痛苦、来世往生极乐的愿景，因果报应、六道轮回驱人向善的理论，对于稳定民心、维护统治的北宋王朝而言正中下怀。而且与儒家相比，佛教在导人信向上明显更具优势。北宋的儒家在未改弦更张为新儒家（即理学）之前，自身理论体系僵化、封闭，已呈欲坠之势。宋人迫切关心和亟须解决的种种人生问题，比如生之痛苦、死之归宿等在儒家理论里找不到答案，而在佛家中已经构建起一套完备、严密的体系。特别是中国本土化了的佛教——禅宗于唐朝在中国兴起和繁荣后，佛教在中国已经笼络了广泛的信众。宋廷大力倡扬佛教，一方面能顺应民意民俗，另一方面又能借佛教忍苦得乐的教义安定民心、维护统治。宋代历任帝王对佛教发展都持扶植、利用的态度，这一点在现有关于宋代佛教的书籍和论文中已有详细论述，此不赘言。究其根本，宋廷对佛教的扶持还是出于维护"太平"的考虑："佛氏之教，有裨政理，普利群生""方隆教法，用福邦家""助王道之和平，致苍生于仁寿"。

---

① 详参拙论《"中国"观念的重塑——论宋初的谨辨华夷与诋佛尊经》，《理论学刊》2016年第1期。

宋代帝王迫切需要借助佛教来辅助政教、营造太平；另一方面，宋代佛教寻求政权庇护的需要也同样迫切。唐武宗、后周世宗灭佛去宋不远。这两场浩劫，虽未动摇佛之根基将其灭亡，但一系列杀僧、毁寺、烧经、勒令还俗等迫害行为，使得僧徒余悸难消。又正遭逢改朝换代之时，一切有重新来过之机会。在这样的心理背景下，宋代佛教对朝廷多有依附、讨好之事。在宋代帝王和佛教界各怀心事的有意努力之下，佛教在宋代得到进一步的发展和繁荣，所达到的客观后果便是"自宋以后，佛教已入中国人之骨髓，不能脱离"①。

第二节　宋人对佛教发展概况的认识

佛教发展至北宋，在中国已经有了近千年的历史。宋人文章论及佛教在中国的起源，大都追溯到东汉明帝的"夜梦金人"、遣使求法。如余靖《广州南海县罗汉院记》："佛氏生于西域，与诸华土壤断绝，殆将万里。其灭度后且千岁，摩腾、竺法兰始持其书逾葱岭，东土当时未之识也。乃绎汉明秘梦以肖其像，复筑鸿胪外馆以居其徒，绅其梵音以通华言，讽诵讲说，日渐月渍，自是迄今又且千岁。"再如郝矩《新修普净下院记》："释教之起，肇自后汉明帝，夜梦金人飞行殿廷，问于朝，傅毅以佛对。遣使天竺，得佛经、释迦像。自后遍于中夏。"宋人文章里，将明帝夜梦金人作为佛教发端的说法非常多见。值得注意的是，这并非宋人的一家之见。

---

① 陈寅恪：《论"耶教救国"之误》，载吴宓：《吴宓日记》第2册，生活·读书·新知三联书店1998年版，第103页。

第一章 北宋寺院文产生的文化环境

一、明帝感梦传法说的广泛认同

早在牟子《理惑论》中就指出自明帝梦金人、求佛法、建寺宇后，"国丰民宁，远夷慕义，学者由此而滋"。实际上，佛法于中土的流传要早于此时。从《后汉书·楚王英传》中楚王英奉佛事及明帝诏书中对楚王的嘉奖"（楚王）尚浮屠之仁祠""以助伊蒲塞桑门之盛馔"推断，至晚到永平八年，佛教已经比较为皇室贵族知悉。而自明帝梦金人，佛法才传入中国这种说法是不太可能成立的。学界一般认为，汉哀帝元寿元年（前2年），大月氏王使臣伊存口授浮屠经为佛法传入中国的开端。这种说法是根据《三国志》裴松之注所引鱼豢《魏略·西戎传》的记载：

> 昔汉哀帝元寿元年，博士弟子景卢受大月氏王使伊存口受《浮屠经》曰复立者，其人也。《浮屠》所载临蒲塞、桑门、伯闻、疏问、白疏间、比丘、晨门，皆弟子号也。①

这条记录已被证明是可信的，详细考证可参见汤用彤先生《汉魏两晋南北朝佛教史》第四章《汉代佛法的流布》"伊存授经"条。②另外，王志远先生《中国佛教初传史辨述评》一文也梳理了关于佛教初传的各种说法和史料，最终认定"伊存授经"当为汉地佛教的开端。自此，"伊存授经"作为汉地佛教的起点几成公论。

将"伊存授经"作为中国佛教的源头是近代中国才有的事情，而在古代中国，明帝感梦求法是佛教在中国的开始才是最常见的看法。韩愈反佛

---

① （晋）陈寿撰，（南朝宋）裴松之注：《三国志》卷三十，中华书局1959年版，第859页。

② 汤用彤：《汉魏两晋南北朝佛教史》，河北人民出版社2001年版，第36—38页。

檄文《论佛骨表》中称"佛者,夷狄之一法耳,自后汉时始流入中国……汉明帝时始有佛法"。具体至北宋,韩愈此文的影响则更为直接和显著。钱穆先生曾言:"治宋学必始于唐,而以昌黎韩氏为之率。"①北宋的学术是接续中唐而来的,以韩愈为宗主,韩愈的反佛法、重道统的思想在宋人那里得到了完全的继承和倡扬。韩愈的排佛功绩及其《论佛骨表》在宋人文章里不断被提及和引用,自然地,韩愈"佛法自汉明始"的判定也被宋人所接受。又受韩愈追溯道统的影响,宋人论佛时也好追源溯流,总是从佛教在中国的开端谈起。笔者在收集北宋寺院文的过程中,发现宋人经常梳理佛教于中国发展的历史,源头总是回溯到汉明帝感梦传法处。显然北宋佛门内部亦乐见此说,因对政权依赖愈发强烈,"帝室梦佛论"无疑有助于密切与世俗政权的关系。

宋人受到韩愈追溯道统的影响,亦热衷于对佛教追本溯源。韩愈的"道统"说其实是来自佛家"祖统"说的,只不过韩愈对宋人的影响更为直观。宋人的文章里,梳理佛教于中国源流脉络的论述频繁出现,但内容基本大同小异,以赵抃《龙游县新修舍利塔院记》为例,文曰:"浮屠氏法,始汉明帝时入中国,荧荧乎魏、晋,煌煌乎宋、齐,烜赫炽炎乎梁、齐、周、隋之间。……会建成之变,禅代已尽于中道。"再如李骥《开元寺重塑佛像记》:"佛法之来久矣,稽诸典故,则无所载传,索其鼻祖,盖出于极西穷荒之国,其语言、衣服、器用、饮食,大率与中夏不相侔。逮永平之世,符秘梦于显宗,是时华人始知有佛,故通都大邑,商市农井,苟有生聚,必建招提……其发根芽于汉魏,栽培于晋、宋、齐、梁,枝叶于隋、唐、五季,迄今延蔓……"李骥此文虽对佛多有讥刺,但也客观反映出佛教在中国的发展情况。更具代表性的是释惠洪的概括,他在《资福法堂记》中说道:"自后汉摩腾竺法兰来自五天,馆于洛阳鸿胪寺,

---

① 钱穆:《中国近三百年学术史》,商务印书馆1997年版,第1页。

有经而未有精舍。至吴赤乌中，康僧会入建康，架茅茨，与其徒以行道有精舍，而未有僧。三日，男子朱士行最初落发，有僧而未分禅、律。迨唐之朝，禅、律并行，曹溪独号禅宗，而律学乃不敢与之抗行。元和中，百丈大智禅师方建丛林，废蜂房蚁穴之众，为九州四海而建大法堂以综众，至于天下禅席宗之。"对佛教在中国流变的梳理扼要精当。

二、禅宗的风行与其他各宗的并存

教义纷繁，宋人在佛门流派的选择上也有论及。余靖《韶州月华山花界寺传法住持记》中说道："金仙之教，被于中国，自汉至梁，逾五百祀，但以崇塔庙、勤香火为事耳。及心法西来，百年之间，传至大鉴而法斯溥矣。"其中"心法"和"大鉴"法师都指向禅宗，明显可见对禅宗一门的偏爱。李覯《太平兴国禅院什方住持记》中也言及佛之初传极浅，至达摩乃达于道，曰："佛教初由梵僧至中国，不知其道，而务驾其说，师徒相承，积数百年。日言天宫地狱，善恶报应，使人作塔庙，礼佛饭僧而已。厥后，菩提达摩以化缘在此土，始传佛之道以来。"禅宗以菩提达摩作为自己的远祖，所以此处推尊禅宗的意旨甚明。侯溥《寿量禅院十方住持记》也表达了相类的意旨："有大通人曰达磨，为法隐痛，聿来兹土，始于一花，而枝传叶布，乃浃天下。"李正民《法喜寺改十方记》中亦曰："圣朝袭前代旧章，为佛法外护，广设度门，崇信般若，凡大伽蓝辟律为禅者多矣。"自唐代起禅宗大盛于中国，宋朝踵武前朝，自然也以禅宗为其主要佛教信仰，大规模的佛寺"辟律为禅"也印证了这点。律宗寺院被辟为禅寺在宋代极为普遍，在多篇宋人所作寺院文里都有言及，这大概与禅宗在宋朝的兴盛，以及寺院住持选拔机制的变迁都有关系，这一问题后文将有专门论述。

宋代佛教的主流是禅宗，禅门内部又分化为五家七宗，从禅学主张上来看，与唐代禅门五家并无太大区别，只是其中临济一宗又析分为黄龙慧南派和杨岐方会派。这两家在禅学上亦无特出创见，只不过这两派下出了一些比较有影响的代表人物，比如黄龙派先后出现了祖心、惠洪，杨岐派则有法演、宗杲等，因而形成了两支相异于众的派别。不仅临济一宗在禅学上似无过多进益，其他四宗类皆如此。此外，禅宗在最初创立时主张"不立文字，直指心源"，而发展至宋代则走到了其反面，"文字禅"大行其道。伴随着"文字禅"的盛行，宋代出现了一大批灯录、语录等具有集成性质的佛教典籍，这些典籍对佛教义理关注甚少，基本是对佛门公案、法师语录的编纂和整理，述而不作。宋代禅宗相较唐代而言，功绩主要在于守成和普及，维持了形式上的繁荣。

禅宗之外，天台宗、律宗、净土宗在宋代都占有一席之地，传承不灭，同禅宗一起共同促进了宋代佛教的繁荣。天台宗是禅宗之外宋代佛教诸派中最具活力的。宋代的天台宗在佛学理论上仍然是继承唐朝余绪。维持天台宗在宋代热闹排场的主要是一场"山家"和"山外"的论争。这场论争"往复各五，绵历七年"，争论的核心问题不过是《金光明经》中《观心释》一章是否为智者大师所作，"山家"和"山外"并无根本上的理念冲突，它们的自成一派跟前文所述的临济宗析分为黄龙和杨岐两派一样，盖是由于当时两派下各出了几个有影响的人物，像山家派的遵式、知礼，山外派的悟恩、智圆等。关于天台宗在宋代的发展状况，遵式一语道破真谛："自龙树至荆溪，凡九世。夫德业内充，犹钟鼓于宫，声闻于外，奇表异迹，各焕乎本传。呜呼，荆溪既没，法纲渐散，嫡承遂息，后人皆讲训而已。"湛然是唐时僧人，天台宗在宋代确实是"讲训而已"，述而不作。

律宗在宋代虽然影响不大，但始终保持世系传承不绝。宋代律宗最具影响力的人物是有着"律虎"之称的赞宁。赞宁与宋帝关系良好，位至左街僧录，对律宗在宋代的弘传影响极大。律宗本就以持戒为宗，唐朝时戒律便已完备，因而宋代律宗并无太大的发展和变化。

净土宗在宋代称为净土信仰或许更为恰当。因为宋代僧人中专修此宗的非常少见，比较为人熟知的只有省常和宗赜两人。但持有净土信仰的十分普遍，禅僧延寿，天台僧遵式、知礼，律僧元照等都是净土宗的信徒。宋代的净土宗已经不再是一个单一宗派，而是各宗共信、共修的共同宗派。①净土宗是以简单、易行之法门以及美妙圆融的彼岸世界为特色的，原本便不具备严整、精密的理论体系和哲学构建。宋代净土信仰虽然极为风行，也只是在前代净土宗的基础上的继承和弘扬。

此外，密宗在北宋，特别是北宋初年也较为活跃。这主要受到太宗朝译经活动的影响。太宗十分重视佛教发展，效法唐时派遣僧人取经、译经例，派遣大量僧人去天竺求法，并设立专门的译院，组织大量僧人和文人翻译和润色经书。而此时正值天竺传统佛教衰退、密宗盛行之际，取回的经书大多为密宗典籍。译出的密宗经书多有与中土文化以及传统佛教龃龉处，所以这些经书中很多被随译随毁，只有少部分被编入《大藏经》。虽然太宗朝的译经没有产生如唐朝时的轰动效果，但是密宗借此在宋初流行。这从宋初不论僧俗都热衷建经幢（主要是尊胜陀罗尼经幢和大悲尊胜经幢两种）可见端倪。经幢是密宗特有的建筑，武后时随着密宗信仰的风行而大量出现，后来在宋代随着密宗的式微而逐渐衰歇。

通过梳理宋代佛教各派的发展状况可知，佛教在宋代基本持守成发展的状态，教义、教派、译经方面都接续唐朝余波。可以说宋代佛教的繁荣主要是形式层面而非内核层面。但即便如此，宋代在推广和普及佛教方面的工作仍十分成功，佛教之影响深入各类群体，在佛教对世人的影响和渗透方面远超盛唐。

佛教在北宋一朝广为各类人群接受，建寺、礼佛、法会活动如火如荼，都印证了佛教在北宋的繁荣。关于佛教为何能在北宋繁盛不衰，宋人的看法不外乎以下三种。

---

① 郭朋：《宋元佛教》，福建人民出版社1988年版，第134页。

三、宋人对其时佛教繁盛原因的探析

亲佛者，如张商英、杨亿、余靖、苏轼、苏辙、黄庭坚等人认为佛法高妙，化导众生。在宋代，亲佛者占据主流。大多数文士皆亲佛、向佛，只在亲附程度上存在差异。黄庭坚、张商英等居士文人笃信佛教，认为佛法至高无上、精妙绝伦，能救苦拔难，度脱凡人去往彼岸极乐世界。其他人虽未达到奉佛法为至尊、拜佛祖为至圣的地步，但也大都认定佛法与儒道相通，佛祖乃西方之圣人："中国之老庄、西域之佛也""净名慈悲之心，于吾儒仁义之道，恶有戾乎""暨西域圣人化寖中国，海贮真教，星罗梵宫，方袍之士，佛肆之间，亦建钟焉"。在这些亲佛者看来，佛法玄妙无边且有济世功用，盛行势所必然。其中以余靖的看法最具代表性，他认为佛盛于中土长久不衰的根本在于佛之"权"，他在其寺院文中反复提及"权"："上古圣人，以中道御物，反于经制，然后济之以权；西方之教，以大权诱俗，涉其津涯，然后受之于道。西教所以浸淫国土，千载弥盛者，以其权胜者也。且复巧于方便，起人信心，其言过去未来、祸福环转，显作而冥报，习异则业殊，故有大人之乐、诸趣之苦，概所以警贪痴，悟颠倒也""盖佛以大权宠万化归于至理""佛氏之权大矣，三乘十二分之教，虽所说不同，同归于化人为善，人天龙鬼无不归仰"，对于宋代佛教发展中出现的一些弊端乱象，他认为也并非佛的问题，而是"其有窃西方之权，愚弄于众，财未入手，先营其私，衣华暖，居宏丽，啖甘脆，极力肆意无畏惮者，十六七焉"。归结来看，余靖所谓"权"，意思大抵类于巧智，佛以巧智妙法对有情世界循循善诱，导俗归善。

反佛者，如柳开、石介、穆修、欧阳修、李觏、曾巩等人，认为儒家的衰落给了佛教的兴起以可乘之机。对佛持反对意见的人在宋代确属少数派，但他们对佛教的激烈批判在当时造成了很大影响。基于批判的立场，

第一章 北宋寺院文产生的文化环境

他们对佛教于中土长久不衰的思考也颇具深刻性。李觏《答黄著作书》称:"儒失其守,教化坠于地,凡所以修身正心,养生送死,举无其柄,天下之人若饥渴之于饮食,苟得而已。当是时也,释之徒以其道鼓行之,焉往而不利云云。"张方平亦言"儒门淡薄,收拾不住,皆归释氏"①。除却乘此机便之外,佛教还以生死祸福之事怖人归信:"因斯民所恶欲而喻以生死祸福之事""佛老之徒,横乎中国。彼以死生祸福、虚无报应为事,千万其端,惑我生民……天下之人,愚众贤寡,惧其死生祸福报应。人之若彼也,莫不争举而趋之"。反佛者们还认为佛教肆其怪乱之说,行虚无怪诞之事,不惟造福于人乃是虚妄,对国计民生也大有妨害:"佛教出于胡方,幻惑中土,耗蠹我黔首""作害于民者,莫大于释、老。释、老俱夷而教殊""佛、老炽,道大坏"。因此这些反佛儒者们普遍认为虽然佛于中土云蒸波委,天下向风,但这于我中夏并非益事。唯有振兴传统经术,使儒学得以复兴,重归正统地位,也即欧阳修所谓"修其本以胜之",才能从根本上防范和抵御佛教的侵害和腐蚀。

介于亲佛和反佛之间的中间派在宋人中也不在少数,普通民众对佛之信向多归于此类。正如叶梦得《建康府保宁寺轮藏记》所言:"……(佛)可谓甚盛,然未必皆达其言,尊其教者也。施者假之以邀福,造者因之以求利,浸浸日远其本。"在研读相关史料的过程中,笔者确实发现在宋代,有很大一批人围绕在佛教周围并非源自对佛的虔诚,而是看中佛所带来的切实利益:或寻求福佑,或牟取财货。他们从事佛教相关活动的出发点,在于对一己私利的关切,与佛所倡扬的对三千世界的悲悯截然殊途。另外,在宋代寺院文中还发现,宋代部分地方官员自身或许并不信佛,却对所辖区域的崇佛活动乐观其成。原因也在于佛劝民归善,能教化民众、淳厚风俗,襄助治下民众的崇佛活动对其治民安俗工作大有裨益。江公

---

① (宋)陈善:《扪虱新话》,上海书店1990年版,第113页。

望《兴福院记》讲述了何村一地由于信佛,彪悍民风转为良善:"一旦强力恶少,革心为善良,门闾枇比,惟善之为慕。"江公望称赞佛在化民方面的速效曰:"由一佛祠破悭贪之疾,化而为一乡之善俗,由一乡化而为一邑之善俗,其利赖曷穷哉!刑驱之,不若化其心,使自得之。故曰'得其一,万事毕'。斯一也,拟心即二焉。有问速化之术,余告之曰:'知此而已。'"苏辙受彭城曹公请托所作《光州开元寺重修大殿记》也记载了曹公奉命郡守光州时,遵从民意修葺佛殿、道宫,境内民众欢悦异常的事情。曹公也因此被苏辙冠以"循吏"之名。惠而不费,何乐不为?此外,《全宋文》中收录了许多由官员所作的种种用于祝佑祷告的功德疏文,如赴佛寺祈雨、谢晴或在皇族诞辰、忌日赞佛等,而这些官员中有些人是对佛持中立态度甚至是反佛的,如反佛斗士欧阳修、宋祁、曾巩等人都有大量该类文章。这其中应不乏应制公文的存在,但也极有可能是顺应民意、民俗之举。佛"助王道之和平,致苍生于仁寿"的大利,大概才是他们愿意与佛亲近的根本原因。

佛教在宋代风行,亲佛者认为佛以大权诱俗故万众仰附,反佛者认为佛以死生祸福之事愚弄、胁迫、怖人归信,而对佛持中立态度的众多宋人也出于利益考量接近佛教,从事大量佛教相关活动。以上三种观点,各有道理,但皆不全面,"诱""怖""利"三点的加总才能完美诠释佛在宋代"靡然倾天下"的原因。

第三节　北宋佛教精神的入世倾向

宋代佛教在向世间普及和渗透的过程中,自身也发生着改变。僧众参与世间生活的必要性被北宋佛教认同,走下宗教神坛,走向实用。一改

"我方仁义急，君且水云间"式的唐末五代旧有的不论是非、不问世事的旧貌，在教义精神上日渐向世间理念靠拢。

北宋佛教的入世倾向深层次地体现在其精神内核上。佛教义理与儒家学说高度融合，并在此基础上催生了新的社会思潮——理学。清代陈澧说："自唐以后，不独儒者混于佛，佛者亦混于儒……譬之西方之人向东行，东方之人向西行，势必相遇于途。"① 理学便是儒、佛二家相遇于途的产物。客观来讲，佛教中本便有许多引人入胜的内容：关乎生命起点与终结的人生哲思；修养身心的方法；无私奉献、众生平等、对善无尽追求的理念；堪为诗、文、画内容的丰富素材等。只不过碍于佛教外域文化的身份定位，以及剃发、灼指乃至焚身等毁伤身体发肤的行为和不育后代、不敬父母等不重人伦的佛门理念皆与中国传统伦理道德严重背离，佛教消极出世、不立事功的价值取向也与儒家倡导的积极入世、建功立业的人生追求互相冲突，所以佛教虽然已经在中国流传千载，也曾有南朝和唐代发展至鼎盛的辉煌，但始终难以被国人普遍接纳。而佛教之所以在宋朝广为流行，深入人心，除却前朝佛教繁荣的历史积淀之外，究其根本在于佛门对自身那些严重与中国冲突、龃龉的地方做出了调整。剔除这些不利自身发展的因素之后的宋代佛教无疑更符合"中国"的口味，自然得到了远超以往历朝的广泛拥护。但与此同时，对佛教理念的过多改易，尤其是对儒家孝道人伦、爱国入世等观念的容纳，则会导致佛教宗教精神的失落。这是由于儒家忠孝类观念与佛家思想存在根本上的冲突，对儒家孝与忠的肯定即意味着对自身的否定。而这种否定对佛教的影响从长远来看几乎是致命的，出世间教法的定位是佛教的根本所在，对这一阵地的放弃，造成了北宋佛教在精神内核层面的去宗教化。

---

① （清）陈澧：《东塾读书记》卷四，四部备要本。

一、区分华夷，批驳"佛出夷狄"

反佛人士通常将佛贬为夷狄之教，认为"老佛之徒起于夷，夷谓极于教也，至于中国，则莫及其父子君臣之道焉"。从华夷之辨的角度对佛教提出批评并非始于宋朝，但北宋时期从区分华夷这一立场对佛教做出的批评确实比以往朝代都激烈。在北宋，但凡有反佛的声音，佛教出于夷狄这一点往往都是最先、也是最多被攻击的。

其实在南北朝时期，由于北方游牧民族内迁，民族冲突激烈，当时也存在大量尊华攘夷的声音，佛教也曾因陷入"华夷之辨"而遭到批判，但在被批判的规模和造成的影响上都不及北宋。而北宋政权与周边少数民族政权始终对立鼎峙，于驱除种族上的夷狄既无力也无望，亡国灭种的焦虑和不安唯有在文化层面进行释放。在这样的心理背景之下，北宋社会出现繁密激烈的贬佛为夷狄之教的言论便不难理解了。

从柳开、王禹偁、种放、孙复、石介，到欧阳修、程颐、李觏、萧振，从华夷之辨的角度对佛教进行批判的观点跨越了北宋一朝的历史，但出于华尊夷卑的心理认知对佛进行激烈抨击的观点集中出现在北宋早年，北宋中期以后这种观点仍然存在，但较为稀见了。事实上，"尊华攘夷"落实到文化层面即"尊儒攘佛"，是宋代中原文化恒定不变的心理基点，"夷狄"类直接指斥的减少并不意味着放弃甄别华夷和接纳佛教，只是在攻击佛教的方式上发生了转变。北宋中期以后，对佛教的批判转向了以实用层面以及哲学思辨层面的驳斥为主。实用层面的批判主要从佛教对国计民生的妨害展开，代表人物有范仲淹、宋祁、韩琦、李觏等。于哲学层面对佛教进行的批判则由宋代新生哲学——理学来完成，以二程和张载为代表。而导致对佛教攻击方式发生转变的关键因素在于宋初僧人针对宋儒的批评对自身做出了及时的调整，使得"佛出夷狄"类的批判失去了原有效力，是以对佛教的批判方式开始向实用层面以及哲学思辨层面展开。

宋初僧人在消除宋人对佛的强烈排斥情绪上做的应对工作堪称积极、有效，在极短的时间内扭转了宋初世人心目中佛教乃荒蛮落后民族适用之宗教的刻板印象，在这一过程中，智圆和契嵩厥功至伟。佛教外来文化的身份是不争的事实，智圆和契嵩对这一点都表示认同，但他们都对将佛教划入夷狄文化的说法给予坚决否认，认为佛教不惟不可划入夷狄，还与儒家一样，皆有补于世教人心。两家区别仅仅在于发挥作用的领域有所不同：儒家治世，而佛家治心，故而在具体的理论表述上也存在一定差异，但这绝非根本性冲突，儒、佛两家本质上是相通的。儒家判定佛教为夷狄，依据的不过是佛教非本土所出这一点，是根据地域进行的划分。所以，只要推翻这个标准，那么佛乃夷狄的说法也就被推翻了。

智圆《四十二章经·序》中给出了一个全新的划分标准，称佛"逮于后汉，其道东传，时君仰其神，元元陶其训，乃与仲尼、伯阳之为训三也"，而这共为世之三训的儒、道、佛三家根据发挥作用的领域不同又可分为两类，儒道两家治天下、安国家乃域内之教，佛教济神明、研至理为域外之教。智圆所言之"域"并非简单的地域空间概念，它还包括时间的概念，较之宋儒的华夷判定标准无疑更为严谨、周密。不唯如此，他还在域内、域外的基础上按照治理对象的不同将三家又做了一次划分：儒道两家虽系属域内，但致力于事功，治的是"身"，所以为外教；而佛教虽属域外之教，但着力于精神，治的是"心"，所以为内教。显然，按照这样的分类标准，佛教不仅不会再被划入夷狄之中，而且还被抬到了和儒家同等的地位。智圆还在《代元上人上钱唐王给事书》中对于儒家以地域定华夷的狭隘批佛论进行了直接而有力的回击："某尝谓大君子之用心也，乐其善焉，不止于一教，取其人焉，不止于一方。而务在激励于将来，垂俶于当世，张其化本，俾民由正道，则岂独主于儒乎，定系于此方乎？"得益于智圆的内、外教判定之说和儒佛互为表里的论断，佛不再是诸儒攻击的夷狄之人，佛祖变而为堪与儒家仲尼并提的圣人，即智圆所谓"西方之圣人"。

智圆对宋儒的回击尚存一些勉强的成分，因为他对佛教夷狄说的批判建立在一个自创的全新标准之上，新标准自身（以治身心区分内外）是否客观、周严仍有待商榷。契嵩"以儒攻儒"的做法，则给了"佛为夷狄说"致命一击。他在《上仁宗皇帝万言书》中援引《春秋》的华夷观对宋儒的华夷观以及毁佛论提出了强有力的质疑和批评："《春秋》之法，尊中国而卑夷狄。其时诸侯虽中国，或失其义，亦夷狄之；虽夷狄者，苟得其义，亦中国之。是亦孔子用其大中之道也。故传曰：'君子之于天下也，无適也，无莫也，义之与比。义者，理也，圣人唯以适理为当，岂不然乎？'而学者胡不审《洪范》《春秋》之旨，酌仲尼之语以为议论，何其取舍与圣人之法相戾，徒欲苟三代而无佛耶？"宋人出于维护自身政权和文化的合法性之私心，在华夷观念上较前代确实偏狭，契嵩又搬出了宋儒爱重如神祇的孔子，对他们基于狭隘华夷观的毁佛言论加以驳斥，宋儒自然溃不成军。据载，契嵩此论一出，"读之者畏服"[①]、"诸君读之，既爱其文，又畏其理之胜，而莫之能夺也"。此外，《上仁宗皇帝万言书》还借赞佛教的大公无私对儒家狭隘的华夷观寓以微讽："佛心大公，天下之道，善而已矣，不必己出者好之，非己出者恶之。"

得益于智圆和契嵩的共同努力，佛教渐渐摆脱了宋儒冠以的"戎狄蛮夷之教"的角色定位，二人文章中反复提及的"西方圣人"形象开始深入人心，不唯僧人们对此说予以肯定，文人中也有越来越多的人开始称佛为"西方圣人"，如吕谔《福善院铸钟记》称："暨西域圣人化浸中国，海贮真教，星罗梵宫，方袍之士，佛肆之间，亦建钟焉。"王安石

---

① （宋）惠洪著，吕有祥点校：《禅林僧宝传》，中州古籍出版社2014年版，第182页。

《涟水军淳化院经藏记》中亦言："于是人之大体，分裂而为八九……中国之老庄、西域之佛也。"既然承认了佛祖的圣人身份，那么正如契嵩在《原教》中所言："今曰佛西方圣人也，其法宜夷而不宜中国，斯亦先儒未之思也。圣人者，盖大有道者之称也，岂有大有道而不得曰圣人，亦安有圣人之道而所至不可行乎？苟以其人所出于夷而然也，若舜东夷之人，文王西夷之人，而其道相接绍行于中国，可夷其人而拒其道乎？况佛之所出非夷也。"此后宋代儒者对佛出夷狄的繁密批评便渐渐寝息了。而佛教摆脱"夷狄之教"的身份定位后，儒者开始用一种平和的心态理性看待佛教，对于佛教中的精华内容亦积极吸纳，这对儒家是一个提升的过程。宋代新型哲学——理学便是在儒、佛两家互相融合的过程中产生的。

二、倡扬"孝"论，沟通儒家人伦

佛门毁伤身体发肤、不畜妻子事父母的规定，历来遭到诟病，宋朝亦不例外。然而翻检宋代史实，佛教被广泛地用到了宋人日常的孝亲荐福活动中，佛教之所以能完美融入孝亲活动中，关键在于宋代僧人的自我阐说，尤其契嵩《孝论》一出，对佛教悖反伦理、不崇孝敬的批评几乎无法立足。显然这又是一次佛门对自身做出修改以向儒家靠近的努力。

宋人的寺院文中有多条僧人自毁肢体的记录，虽然该类行为在外在表现上都是一致的，无外乎燃指、燃顶、刺血写经、穿膝、焚身几种，但自残行为的出发点不尽相同。按照目的大致可以分为两类，一类出于利他心理，另外一类则纯然出于利己的考量。前者如释遵式《宋钱唐天竺寺僧思悟遗身赞》中提到思悟编《大藏经》前发愿，编成此经，必焚此身。此外，释智圆《故钱唐白莲社主碑文》、契嵩《杭州武林天竺寺故大法师慈云式公行业曲记》《秀州资圣禅院故和尚勤公塔铭》、赵抃《宋故明州延庆寺法智大师行业碑》、苏辙《龙井辩才法师塔碑》等寺院文均有法师伤毁肉身以虔诚供佛的记载。至于利己的,如葛胜仲《湖州乌程县乌墩镇普静寺观音阁铭》中的元益。与前者的虔诚供佛相比,元益的作为看上去更像装神弄鬼以求取钱财的把戏。另外,还有韩琦《论僧绍宗妖妄惑众奏》称外来僧人绍宗于兴国寺外"燃灯穿膝",意图赚人钱财以有所营建。

毁伤肢体供佛之事所来有自。大多数毁伤自身躯体以供佛的僧人都出自天台宗,宋代天台宗最具影响力的核心人物释知礼、释遵式亦参与其中,天台宗奉《法华经》为经典,而燃指、燃臂、燃身等行为是《法华经》记录在册且大为褒奖的修行方法。《法华经·药王菩萨本事品》中有药王菩萨前身——一切众生喜见菩萨燃身及两臂供养佛陀的记载。一切众生喜见菩萨因修得一切三昧色身对佛祖不尽感戴,遂起以身供养之意:"我虽以神力供养于佛,不如以身供养""其身火然千二百岁,过是已后,其身乃尽"①。燃身供佛的行为除却得到佛教经典《法华经》的高度肯定之外,天台宗的创始人智𫖮大师对该种行为亦颇为推崇。《续高僧传》智𫖮本传称其"诵至《药王品》心缘苦行至是真精进句,解悟便发,见共思师处灵鹫山七宝净土,听佛说法"②。智𫖮颂药王菩萨燃身供佛经而悟道,更见出了燃身供佛事的功德无量,无怪乎天台僧人皆前赴后继致力于此。毁身施舍事在佛教其他经典和宗派中亦有传扬,《佛本生经》中记载了很多佛陀割肉喂鹰、饲虎的事迹,禅宗慧可亦通过立雪断臂的方式得到达摩衣钵。佛门中伤害身体的行为,从佛家观念来看是修行,更确切地说是苦行,正如李光《转物庵铭》言:"学道之士以成佛为难,则一切众生,无复有得者。以为知易,则世尊大慈大悲经历尘劫,受诸苦恼,至于歌利王

---

① 《法华经》,载[日]高楠顺次郎等辑:《大正新修大藏经》,大正一切经刊行会,1934年版,第9册第53页中。

② 同上,第9册第53页下。

第一章 北宋寺院文产生的文化环境

割截支体，不生瞋恚，犹不了悟。其余大弟子及诸菩萨，方修行之初，或投崖饲虎，断臂燃眉，立雪齐腰，如是勤劳，然后乃得，未有自凡夫径超佛果者。"基于佛徒毁伤肢体的动机，兼之又有佛教经典文本的支持及现实中宗门先贤的宣扬，所以宋代佛教界对僧徒毁伤肢体供佛的行为总体上抱持肯定态度，但对此并不积极提倡。宋代佛教界知名高僧对佛门中毁伤身体供佛的行为表示钦佩和赞赏，但他们自己并不身体力行该种法门。比如契嵩赞许法师毁身供佛，但本人从不践行此举。服膺天台宗的高僧智圆，虽对圆净刺血写经表示嘉许，自身也从未采取类似方式供佛。即便是自身行此法门的天台辩才，对徒弟提出的燃指想法总是严厉禁止，其中固然有考虑其徒修行不足的因素，恐怕亦有担心此俗浸淫成风妨害佛教发展的考量。宋代法律也明确规定毁伤肢体行为不可取，仁宗《天圣编敕》与徽宗《禁以释教法毁伤支体诏》均是明例。

在佛教积极迎合儒家的宋代社会，还有大量残毁肢体供佛的事例存在，其中甚而包括像释知礼、释遵式这样社会地位显赫、公众影响卓著的高僧；宋代法律明文禁止僧俗损毁身体供佛，但知礼、遵式这样荣获朝廷赐紫、师号的高僧却公开行燃身供佛之事。上述这种矛盾的现象有其深刻原因。最主要的原因在于佛教在损毁肢体这一点上与儒家达到了微妙的契合。

鉴于儒家有割股奉亲，既然以孝的名义可以在儒家框架内行毁伤肢体之事而不被批判，那么佛教只需在这点上与儒家接轨即可。佛教也确实通过此种方式引进儒家"孝"的观念与自身理论体系融汇，使佛教内毁伤肢体的行为不再遭受儒者攻击。关于割股奉亲这一现象的缘起及流衍，于赓哲先生在《割股奉亲缘起的社会背景考察——以唐代为中心》中已有深入论述，此处仅采于论摘录于下："割股疗疾与孝道紧密结合，进而被社会各阶层认可，却只有在唐代那种外来多元文化与传统文化齐头并进的时代才能出现。宋以后的割股奉亲，属于'习得性行为'，已经以一种奇特的姿态融入了主流文化当中。"①割股奉亲之事至宋时已然浸淫成风，蔡襄《毁伤议》的"今之民人，父母有病，辄炙股肉以啖之，冀夫有瘳"就是真实写照。毁伤自己的身体来供奉父母的行为在宋代获得了普遍认可。历朝多以"孝"治天下，宋代官方对于割股奉亲仍延续唐朝旌表政策，查证属实后一般或蠲免赋役，或给予一定的实物赏赐。而士大夫阶层对割股奉亲行为的怀疑和反对较之唐朝已经大为减少，如蔡襄般公开撰文表示反对的已经十分罕见，大多数士人对此即便不赞同，亦多予以默认。朱熹就曾说："今人割股救亲，其事虽不中节，其心发之甚善，人皆以为美。"②至此，毁伤肢体的行为被定义为至孝，与古训"身体发肤，受之父母，不敢毁伤"间的矛盾，在儒家的框架内得到了完美解决。

宋代佛教正是借鉴了儒家解决这一矛盾的方式，将儒家伦理和孝道的观念引入佛教。如此，佛徒毁伤肢体行为的意义在融汇了儒家伦理和孝道观念的佛教新理论体系下便发生了改变，由原本的供佛变成了尽孝。这就是佛家损伤肢体事为何能在北宋社会大量出现的最主要原因，在这一意义转变过程中，智圆、契嵩两位出力甚多。智圆文章措辞中已经明显流露出认同儒家人伦的观点。佛门原本没有君臣、父子、兄弟等概念，其《书智者大师碑后序》中称自己为智者大师的"孝子孝孙"；《故梵天寺昭阇梨行业记》中呼称其师为"父师"；《师韩议》中言"能仁之于沙门，亦君父也"；《华亭兴圣院界相榜序》中又以国君治理天下方之佛教仪轨道："律范仪轨悉如来出，二部之僧悉如来之臣子。"以上"孝子孝孙""父师""君父""臣子"等称谓只能在遵循儒家伦理道德的前提下才能产生。

---

① 于赓哲：《唐代疾病、医疗史初探》，中国社会科学出版社2011年版，第235页。
② （宋）黎靖德编，杨绳其、周娴君校点：《朱子语类》卷五九，岳麓书社1997年版，第1390页。

契嵩在纳儒家伦理观念进入佛教中所做的工作比智圆更系统，亦更为有效。契嵩首先在《原教》篇提出了"佛有情""佛行情而不情"，这为佛教吸纳儒家人伦观念奠定了必要的理论基础。《劝书》又对诸儒强烈批判的佛门不重人伦的现象出言辩护："君子谓其（佛教）废天常而不近人情而恶之，然其遗情当绝有阴德乎君亲者也。而其意甚远，不可遽说，且以天道而与子质之，父子、夫妇，天常也，今佛导人割常情而务其修洁者，盖反常而合道也。"论辩从道的角度出发，对佛教加以维护，认为毁形清修是合乎天道的行为，这为佛教理念与儒家伦理的结合提供了一个绝佳的契合点。最终，契嵩的《孝论》不仅将儒家倡导的"孝"纳入了佛教之中，还进一步发明"夫孝，三教皆尊之，而佛教殊尊也"，使得儒家伦理观念完美地融入了佛教。按照契嵩《终孝章》所言"居师之丧，必如丧其父母"，那么佛门中僧徒之师的地位堪与父母并列。既然世俗之中为父母尽孝而毁伤肢体的行为可以得到认可，僧徒为其师毁形的行为亦可冠以"孝"的嘉名从而得到承认。他对"孝"的宣扬和"道"的看重颇合儒者心曲，所以《孝论》得到了佛、儒两界的普遍认同。自此，"孝"的概念正式被纳入佛门之中。

《孝论》并非对《孝经》的简单模仿，其中注入了许多佛教因子，为孝亲提供了许多新方式，如诵经、写经、火葬、建经幢、做佛教法事等，以至于宋代社会在行孝亲荐福之事时，佛门规仪几乎成为必不可少的内容。由于在"孝"这一点上的共通，宋代孝亲行事明显呈现出儒、佛并举的特征。以张方平《有宋南海大士赵君塔铭》为例，赵君在为其母尽孝时既采用了儒家方式，如"母病，沥臂血和药，日至数服。疾笃思羊羹，刲股肉进膳，闻有异香，食之良愈"；又带有佛家的特色，"母终，刺血写佛经，积成卷帙"。将"孝"的观念引入佛门，不仅巧妙化解了儒者对佛门毁伤肢体之事的批判，亦有力回应了佛教不重人伦的批评。契嵩、智圆向儒家伦理靠近的努力，进一步促进了儒、佛两家的融合。

三、引"忠"入佛，融通儒家事功

历来对佛教的批判除却出身夷狄、毁弃人伦之外，尚集中于其消极避世、不立事功上。显然这又是从儒家理念出发对佛教做出的批评，其实就佛教而言，作为出世哲学本就是出世间的学问，以往佛门在面对任何状况时对此原则都是坚决守护的。即使是致力于调和儒、佛的智圆和契嵩也都坚守着佛教乃出世间教法的底线。但这一状况在宋代随着儒佛混融的大趋势发生了改变，宋代佛门逐渐转向采用混同"世间"与"出世间"的方式来抵消对佛教无为、出世的批评。至宗杲时，其"菩提心则忠义心"之说以及"忠君爱国"之思，都严重悖于佛教原本出世间法的教义，使得佛教染上了浓重的世间色彩。佛门也借此成功地消解了儒家对佛教消极避世的批评。至此，儒、释两家在基本理念上的硬性冲突得到了完全的解决，儒、释两家相融合的最后一个障碍被清除后，两家融合达到了前所未有的高度。在这一过程中，不仅佛教不断做出妥协，吸收儒家学说以向儒家靠拢，儒家亦不断吸收佛教的内容以充实、提高自身。

但是无论儒家、佛家两种学说如何交融，亦无论佛教怎样无限地向儒家靠近抑或儒家从佛教中汲取了多少有益内容，宋代社会多政权并立、多种文化角逐的现实状况以及宋代儒学的强烈排他性性质都决定了佛教不可能被完全接纳。此外，鉴于理学产生之前，佛学在理论性、系统性、生命力等方面都优于儒学，在两者的交锋中始终占据上风，此等状况下的儒、佛合流必然会催生一种新的思想学说，它肯定不是佛学，亦非纯粹的儒学。

这种新的学说即理学，它以儒学为框架、佛教心性论为纲骨，是哲学化亦或可以说佛学化了的儒学。（当然，三家合流的大趋势下促使理学产生的作用力中肯定少不了道家的影响，但其主要作用力还是来自佛家的。道家对理学的影响不是本书探讨的内容，故不做展开。）理学的产生是一个

第一章 北宋寺院文产生的文化环境

渐进过程，它的产生及发展都是以佛、儒两家的融合为前提的。在智圆、契嵩提出调和儒、佛两家的理论后，吸收了大量佛家理论的理学便在周敦颐、二程、张载等人手中诞生了，二程、张载等人所标榜的"理"，其实是佛教中久已存在的理论范畴。它与流行于南朝时的涅槃佛性说中之"佛性"极为类似，相区别的地方仅在于，宋儒所言之"理"侧重于心性与道德层面，后来又在阐释和论述中将道德伦理提升至本原的地位，此为发端期之理学。此后调和儒、佛的思想不断在宋代社会发酵，儒、佛两家的融合程度不断加深，理学亦在不断发展壮大，至宗杲提出"菩提心则忠义心"的理论时，儒、佛融合达到高潮，不久之后，理学便在以朱熹为代表的理学学人的阐释和传扬中宣告成形，此时之理学已非昔日可比，其思想谱系、理论体系、经典文本、传播途径俱已齐备，成为一种成熟的理论学说。关于理学与佛学的亲缘关系，陈寅恪先生有精当的论述，"宋儒若程若朱，皆深通佛教者。既喜其义理之高明详尽，足以救中国之缺失，而又忧其用夷变夏也。乃求得两全之法，避其名而居其实，取其珠而还其椟。采佛理之精粹，以之注解四书五经，名为阐明古学，实则吸收异教。声言尊孔辟佛，实则佛之义理，已浸渍濡染。与儒教之宗传，合而为一"①。

　　从契嵩的纳"孝"入佛门到宗杲的引"忠"入佛门，是逐步推进的。在智圆和契嵩的时代，两位法师虽倡导儒、佛交融，但在儒、佛二者的区别上仍笃定坚守。智圆儒、佛两家互为表里之说严守表里之分，其"儒为表佛为里之说"甚至隐含佛尊于儒的思想。而契嵩"儒者，圣人之大有为者也；佛者，圣人之大无为者也，有为者以治世，无为者以治心"的说法亦明分儒、佛，《上仁宗皇帝万言书》对政权干预出家制度提出了反对意见，于文末还申明僧人"蹈道世外"，称臣既不合制又有冒名之嫌，所以称臣乃出于权宜，为"表始终不敢违例"和"不敢果以非其所

---

① 载吴学昭：《吴宓与陈寅恪》，清华大学出版社1992年版，第10页。

宜者以见陛下"。他们强调儒、佛融合都是以保持佛教的独立性为前提的，从他们的理论中尚可窥见僧人赴身方外之尊严和风骨。而佛教在日后的发展中，"世间化"的程度在不断加深，其独立特质和方外职能无法坚守亦不为怪了。

宗杲系出禅之临济宗，宋代临济首位宗师杨岐方会对"世内"之事就表现出格外的兴趣，连朝内一个提刑官路过，方会都要出接、奉茶，还作颂赞美："示作王臣，佛祖罔措。为指迷源，杀人无数。"① 提刑专主刑杀，与佛教慈悲精神最是违背，方会竟然还能对其如此附会赞美，着实令人惊诧。方会之再传弟子法演对"世间"的关注又出方会之上，从其言论中便可窥知："……三世诸佛，若无'第一义'，将什么化度有情？西天四七、唐土二三乃至天下老和尚，若无'第一义'，将什么建立宗风？只如当今圣帝，若无'第一义'，将什么统御天下？知郡学士、知县宣德、合座尊官，若无'第一义'，将什么为民父母。"② 此种言论明显将佛法与世间法混同，完全消泯了二者的差别。这与契嵩、智圆调和儒、佛的言论已经有本质上的差异了。法演弟子圆悟克勤对此亦持相类看法，"说甚世谛佛法，一样平持，日久岁深，自然脚跟下实确确地，只是个良上座，直下契证，如水入水，如金博金，平等一如，湛然真纯"，对世间法与出世间法亦不做区分。宗杲为圆悟之弟子，在这一点上继承了其师的看法，并在其师观点之上又有推进。《示成机宜》一文中，宗杲直言"菩萨摩诃萨以无障无碍智慧，信一切世间境界，是如来境界""入得世间，出世无余"，更借佛教经典《华严经》中"佛法

---

① （宋）赜藏主编集，萧萐父、吕有祥点校：《古尊宿语录》卷一九，中华书局1994年版，第355页。

② （宋）赜藏主编集，萧萐父、吕有祥点校：《古尊宿语录》卷二二，中华书局1994年版，第409页。

世间法，若见其真实，一切无差别"为据力证其说的正确。后文更是提出"佛以此喻发菩提心者，菩提心则忠义心也，名异而体同。但此心与义相遇，则世出世间，一网打就，无少无剩矣"，由"忠义心"又引出其"爱国忧君之心与忠义士大夫等"的论断。在宗杲的观念中，已经着意于世间修法，出世间法与世间法乃是一而二、二而一的整体，世间修法修得好，出世间法自然亦得修成，如此又能抵消儒者对佛门着意世外、消极避世的批评，可谓一举两得。但是这距离佛教原本出世间教法的设定已经相去甚远了，方外之僧竟以儒家"忠义之心"为行为准则，且生"爱国忧君"之心，其发心行事与儒者无异，这背后代表的其实是佛教精神向儒家理念的妥协，更确切地说是佛教向政权的臣服。

将世间法等同于出世间法，特别是将"忠义""爱国"等概念纳入佛教之后，佛教便失去了以往置身世间纷扰之外，对政权纷争、朝代更迭持中立态度的立场。宗杲的佛子致力世间事的理论以及佛门忠义爱国论虽能为僧人挡住不务世事、聚匿游惰的批评，为该群体赢得一些赞誉，却是以佛教对"出世间"这一阵地的放弃为代价的。

第四节　宋文中佛教"世间化"的具体表现

北宋佛教精神入世倾向愈深，佛教"世间化"[①]特征愈明显。所谓"世间化"，即佛教本身不断向世间生活渗透、靠拢，广泛参与到包括政治、经济、文化等世间生活的各层面。

---

① "世间化"一词源出杜继文先生主编《佛教史》，江苏人民出版社2006年版，第405页。

一、受到宋廷辖制

佛教臣服于君主权威，沙门与王权抗礼不复存在[①]。僧人谒见宋帝时称臣已经是确定的社会规范，很多僧人在面对帝王时甚至比世俗文人更为谄媚。赞宁作为宗门领袖在呈给太宗的《进宋高僧传表》中尊称太宗为"伏惟应运统天睿文英武大圣至明广孝皇帝陛下"，这固然跟宋代帝王普遍钟爱尊号以及宋代尊号加称成为定制脱不了关系，但如此冗长溢美的称谓即便在当朝臣子文章里也是很少采用的。一代名僧契嵩也未能免俗，《记龙鸣》叙其经过姚道姑精舍时听见龙鸣一事，按照姚道姑的说法，龙鸣之声与佛相通，闻此龙鸣契嵩日后必然好道且大瑞，道姑本人也曾因此受益。这样的感通神异事迹在佛教宣传中并不少见，传扬出去对身为佛徒的契嵩来说也不失为一段佳话，但契嵩却偏偏将其演绎为"吾意夫龙者君之象也，岂今天下治平，盛乎声名文物，以遭其时，得以而歌之，此其验也。不然，神龙亦有妄以闻乎"，讨好皇帝之心甚明。

不惟对宋帝如此，僧人在面对宋廷官员时的态度亦难逃趋附的嫌疑，如广慈禅院院主释师忠在《请免税牒》的结尾处写道"卑情无任惶惧激切之至"，虽然"世间"文章里亦多有此类表示谦恭的说法，但通常不过"无任云云""诚惶诚恐"，遇到极为特殊的情况才会"无任惶惧战惕之至""无任惶恐战汗屏营之至"，像师忠这样向有司提出避免重复纳税的正当要求便如此这般，未免过于恭敬。黄庭坚《吉州西峰院三秀亭记》对僧人讨好政权的行为亦有记载，文称寿春魏侯有善政，到任不久便频生芝草之瑞，尤以治内西峰院秀野亭为甚，"一月之间，凡产芝二十余，磊落权奇，人物象成"。寺僧因此机遇，携黄芝来献，还在魏侯授意下将"秀野

[①] 僧尼礼拜君亲在唐玄宗时已然成为一种确定的社会规范。具体论述详见谢重光《中古佛教僧官制度和社会生活》，商务印书馆2009年版，第388页。

亭"改为"三秀亭",迎合之意十分明显。僧人所作文章里,"圣宋""圣王"的说法俯拾皆是,对宋帝的称颂也随处可见,对北宋王朝太平宏业的歌颂甚至比朝中宰臣都来得虔诚。甚至于僧人的祷告祈福活动在宋代都被改造得"面目全非",释惟侃《正直院结界记》文末祝祷:"先则祝扶今上皇帝圣寿,州县官寮、六军万姓,仍报四恩,普资三有者。"祝祷的顺序明显可见世间权势的优先。这也并不是个别现象,宋代很多寺院的烧香礼拜佛事皆遵从如上次序,首先君王,其次州县官僚,最后才到佛祖,甚至像杨岐方会、法演、黄龙慧南这样的宗门领袖在上香祝祷时都采用这样谄媚世俗政权的顺序,其他僧人更是跟风效仿了。方会、法演、慧南上香祝祷以政权为先事分别见于《古尊宿语录》卷一九、二一、四三,与上列例证大致相同,此处不再引述。

此外,宋廷通过颁赐寺额和向法师赐紫、赐号来强化对佛教的管理和控制,而宋代僧人对政权的这一控制机制不但不反感,反而在得到敕赐寺额时感到无上的荣耀,最具代表性的是童蒙亨的《敕赐封崇寺为额记》。文章先是以赞扬的口吻记叙了两位法师改额的坚定意愿,及为改额做出的种种努力,结尾处则直书法师的受宠若惊之情,曰:"空门既耀,梵宇生光。顾皇恩而赫赫,俄临荣观电落;荷鸿休而兢兢,失次乍听雷奔。誓将尘芥之心,用报乾坤之惠。"这种喜出望外的荣耀感受,在宋代佛门十分普遍。对政权的奴颜婢膝,导致了佛教"方外之宾"地位的失落,也导致了僧人身上"方外人格"的失落。

宋代游走于天子和权贵之门的僧人绝不在少数,他们对宋代朝廷极尽阿附讨好之能事,其追名逐利的熙攘之态与世俗无二。虽然并非所有僧人都在行"摧眉折腰事权贵"之事,佛门中也有部分冰雪励行、水月空性的僧人,如桂州延龄寺咸鏊"不下山十二年矣""焦然坐一室,足不践山下寸地";杭州石壁山保胜寺大德"其前后五十年,守其山林之操,未始苟游于乡墅间里。处身修洁,议者称其清约";甚至有随州崇宁保寿院庆预不惜拒绝皇帝赐予的身章师号而获罪。但总体而言，宋代佛门之中对皇权的依附和妥协才是主流，这从北宋人写的寺院文中便可见出。寺院文里出场最多，也最广受赞誉的是那些频繁入世、大肆营建的权师贵僧们，如咸整这般洁其行的真僧在宋代已经十分少见。这也进一步导致了佛教的世俗化。

二、寺院工商活动活跃

宋代的寺院经济不断向世间靠拢，几乎与世俗经济无异。宋代寺院经济有着两大显著特色：以寺院大量占有土地为基础自给自足的农业经营渐由繁荣转向衰落；寺院手工业、商业经济在这一时期十分活跃，僧人从事手工业和商业活动之频繁、涉足行业种类的深度和广度，均是前所未见的。

1. 农业经济渐趋衰落

寺院重视农业生产并非源自印度原始佛教，而是中国佛教的创造。印度原始佛教消极看待生产和经营活动，将垦殖所获称为"不净物"，僧徒们依靠化缘和信徒布施来维持其日常宗教活动。这种传教模式在中国显然是行不通的。首先，从根本上来说，中国是一个以农业生产为主要经济支柱的国家，经济结构的显著特征便是封闭单一、自给自足。佛门僧徒必须首先在经济基础层面与中国传统农业经济相融合，达到自身的自足，其上层建筑才能在中国得到长足、坚实发展。其次，从佛教在中国发展面临的现实困难来看，化缘和布施的效力可谓捉襟见肘。佛教在其初传期仅仅被视为神仙方术的一种，地位并不尊崇，信众人数也不多，可想而知能得到的供养是极为有限的。魏晋时期佛教队伍渐渐壮大，僧徒人数也随之剧增，有记载称至北魏末年全国僧尼人数已达二百万[①]。显然数目如此庞大的

---

① （北齐）魏收撰：《魏书·释老志》卷一百一十四，中华书局1974年版，第3048页。

人群日常生活开支是非定期、不稳定的施舍供养所无力支撑的。特别遇上饥馑、战乱之年，甚至有僧人因化不到缘而活活饿死①。因此，佛教在进入中国之后"入乡随俗"地做出了改变：改靠化缘和布施为生为依靠农业生产作为主要的营生手段，将化缘和布施作为辅助。这虽与原始佛教的理念相悖，却是佛教在中国生存、弘传的必要条件。

早在晋代就有僧人参与农业生产的记录，如道安"释道安，姓卫氏……不为师之所重，驱役田舍，至于三年，执勤就劳，曾无怨色"，再如法显"尝与同学数十人于田中刈稻"。值得指出的是，在道安和法显的时代，农业生产还不是佛门僧徒最主要的生活保障来源，彼时佛教主要还是依靠世俗供养。道安在襄阳讲法时，他和他的僧团便主要依靠俗家施主的供养，有高平郗超向其布施大米一千斛②。尽管此时寺院生活的维持主要还不是依赖农业生产，但农业生产的比例在不断加重，至南北朝时期寺院已经占有了大量土地进行农业生产和经营，许多大型寺院维持自身温饱之外绰有余裕，还占有了大量财富，寺院庄园经济形成。至唐朝时，寺院农业经济发展至顶峰，其间虽然经历了从庄客式庄园经济到庄佃式庄园经济再到农禅式寺院经济的转变，但总体来看佛教寺院在占有土地和劳动力的广度上以及农业生产在寺院经济所占的比重上，都是在不断加深的③。特别是唐代中叶开始兴起的农禅式寺院经济更是直接规定农业耕作是寺院禅修的一部分，寺僧"一日不作，一日不食"，寺院农业生产和经营已经当之无愧成为寺院经济的主要支柱。

至宋朝，寺院经济仍以农业为主，但与唐朝相比发生了很大变化。何

---

① （北齐）魏收撰：《魏书·释老志》卷一百一十四，中华书局1974年版，第3032页。
② （梁）释慧皎撰，汤用彤校注：《高僧传·道安传》，中华书局1992年版，第180页。
③ 关于唐代寺院经济相关论述主要参考了罗莉：《论寺庙经济》，中央民族大学2003年博士学位论文。

兹全先生在其《宋元寺院经济》中指出："宋代的寺院经济是南北朝隋唐寺院经济大发展后的衰落时期，衰落之中又有变化。"①宋代寺院经济的衰落主要缘于政权对寺院以及寺院经济的严密控制和干涉。在宋朝，寺院不再天然地享有免租特权。一般寺院都要缴纳赋税，如《正直院结界记》称"逐年送资税"，更有《请免税牒》"伏乞尊慈特免雷同纳税"，请求官府避免重复纳税。免除地税在宋代已经变成了一种恩赐行为，是少数同皇家权贵关系密切的部分大寺才能享有的殊荣：太原府资圣禅院"及太宗神御落成……中人营办，冠盖相望，爰田上腴之赐，蠲其国征"；西京昭孝禅院得神宗御赐"……户绝田，仍免其税役"②；宋太尉王旦的坟寺——觉林院也曾得真宗恩赐，得以"近坟田租悉除之"③。

翻检宋代相关史料，免除租役的记载十分少见。虽然宋代帝王大都与佛教关系亲和，多有赐予田地、金钱、铜像、木材、墨宝、寺额以及法师师号、紫衣的嘉奖举动，但蠲免寺院赋役类的褒奖十分少见。实际上，除了皇帝、后妃等皇族陵寝、神御所在寺院，或者与皇帝有直接关系的寺院（如皇帝下令建立的扬州建隆寺等），其他寺院像朝中贵公的坟寺能获得免除租役待遇的十分罕见。关于这一点，游彪先生也持赞同意见④。宋代一般寺院获免租役的难度之大，于余靖《东京左街永兴华严禅院记》中可窥一二。该文记载了华严禅院深得两位皇太后和当朝皇帝的欢心，钱财、书画、佛像等各种恩赐自建寺之日起便源源不断，住持法师更深得天子器重，频频为天子升座说法，可谓"恩无出其右者"，但即便如此，该寺也未获得免除租役的恩赐。夏竦《赐杭州灵隐山景德灵隐寺常住田记》也堪

---

① 何兹全：《宋元寺院经济》，《世界宗教研究》1992年第2期。
② （宋）李焘：《续资治通鉴长编》卷二百六十二，中华书局1995年版，第6398页。
③ （宋）李焘：《续资治通鉴长编》卷九十七，中华书局1995年版，第2242页。
④ 游彪：《宋代寺院经济史稿》，河北大学出版社2003年版，第156页。

第一章　北宋寺院文产生的文化环境

为佐证，文称该寺田地系皇太后"赐直百万，市田二十五亩以施之"。皇太后素信释迦，早结佛缘，但碍于国朝旧制禁止创设新寺，故买田施与寺院以得偿夙愿，孚祐帝躬。即便有这样的渊源，该寺还是要缴纳赋税的："岁输旧赋，天下之为公也。"这大概与宋代紧张的财政状况脱不了关系，积弱积贫的国库持续吃紧，而相反佛教经唐之后在中国势力愈盛，财力愈厚，是以宋廷不论出于维护自身统治还是解决自身困难的考虑，都不会轻易让寺院获得免除租役的资格。寺院赋税豁免之困难正好印证了寺院缴纳赋税的普遍。其实严格说来，寺院向国家缴纳赋税并非始于宋朝，从唐代中期开始，国家已经开始向寺院征收赋税。但唐代僧人不用服徭役，僧人服徭役是宋代的首创。宋代僧人要承担的赋役是十分繁重的，比唐代严重得多。福建路荐福院的一个寺僧曾说："院以葺理而兴，以科敷而废，今后除圣节、大礼、二税、免丁、醋息、坑治、米面、船甲、翎毛、知通仪从人，悉照古例输送。"不唯如此，宋廷还通过向僧尼鬻卖度牒的办法来搜刮寺院钱财，神宗之后，这甚至成为宋廷一个经常性的财政手段，度牒都可以当作货币使用。这点后文将有专门论述，此处略去不谈。在宋廷的严密控制和管理之下，宋代寺院不再享有特权，被摊派了繁重的赋役，成为被剥削对象，这直接导致了宋代寺院农业经济的衰落。

宋代寺院经济的式微，还体现在佛教寺院所持寺产的不断被侵牟甚而寺产归属的不能自主上。自佛教在中国立寺伊始，包括土地在内的一切寺产都是由寺院作为集体共同占有的。寺院集体代表着"佛"，在其神秘而又超越的宗教震慑力护佑下，寺院内的一切凛然不可侵夺。寺院对其名下的寺产享有绝对的支配权，寺院集体之外包括寺僧在内的任何组织和个人都不得染指。随着佛教势力和财力的增进，这种情况发生了一些微妙的变化：寺院内部阶层渐渐地出现分化，寺产实际上被寺院上层僧侣把持，而非全体寺僧平等享有，但寺产仍然处于寺院集体的名下。而且由于僧人身份的特殊性，即使个别上层僧侣在一段时间内操控寺内财产，但僧人圆寂之后,该僧所占用的寺院资产以及个人所蓄私财都会回归寺院①,从这个意义上来说寺产还是在寺院集体支配之下的。

至宋朝时,寺院集体对寺产的绝对支配以及寺产的凛然不可侵犯这两条铁律都遭遇到挑战。释灵鉴《重迁聪道人墓志铭》称:"室屋四面竹木实繁,潜有取者,而二虎卫之,不可得也。"若非二虎,想必寺院竹木已为人取尽。李裕《栖岩寺四至记》中也透露出寺院林木被世俗毁坏、牟取的信息。该文可谓名副其实,通篇只为说明寺院覆盖范围,文中还提到寺院每隔一段时间便请地方官员派人巡林一月,并再三申明砍斫寺院林木者必有重罚,想来该是寺院久罹其害,不堪其扰才会如此。另外李复《七祖院吴生画记》称寺内壁画亦罹厄运:"壁今穴凿十无七八,存者多断缺不完,诘之,云有势者取之,完则柙藏而归,坏则弃之粪壤间。"寺产中受侵牟最多的当数土地。在宋人寺院文中,多有寺院和世俗间土地争讼的记载。如杨天惠的《正法院常住田记》:

> 升平浸久,生齿渐繁……初得新田三千七百七十三亩,而佃甿之老身长子者,妄主名,窃有之。而府县核实,乃获隶寺。然地之未入者参半弗翅。自庆历距元丰,执耜日以众,辟壤日以广,盖又得美田四千七百七十三亩,而旁近计伍侵蚀如故,调加巧焉。寺僧稍欲检察,则其徒辄手棘待诸途,往往相掊击濒死,府县病之。

"佃甿之老身长子者",也就是寺院周围为寺院服务的佃农庄客们,不仅将原本隶属寺院的大量土地据为己有,还在寺僧前来检查讯问时,持棘刺

---

① 关于僧人蓄私财的问题详见何兹全主编:《五十年来汉唐佛教寺院经济研究(1934—1984)》,北京师范大学出版社1986年版,第168页。宋代僧人蓄积私财的例子北宋寺院文中也十分多见。

殴打僧人，几致僧人死亡。"往往""府县病之"等语也暗示了此类事件发生的频繁。在这起平民殴打僧徒以争夺土地的恶性争斗中，佛教、佛徒的尊严可谓荡然无存。

佃农庄客都敢于跟寺院争夺土地，遑论世之豪户显贵。焦积《西山治平寺庄帐记》便反映了寺院与豪户争夺土地的情况。文称治平寺本为一热闹道场，自住持法师陨公圆寂，寺院荒废不兴："数十年间鼓板钟鱼寂寥不嗣，我有田畴，他人是保，颓垣坏屋，仅有存者。""我有田畴，他人是保"句明显可见寺院田地被占。后有僧人义永，复故起废，使寺院得以恢复往时盛貌，然而"执券诛负之家未尽去门，而其徒已有诬告者矣"。幸赖地方官睿智英明，幽微必察，才尽将旧产归还义永，并刻石为凭。尽管此案在邑大夫张公的明断下得以圆满收场，寺院利益得到了保全，但这只是治平一寺的幸运。张公在审判此案时所言"义永之干局，豪户之兼并，吾与闻之矣"一语，透露出豪户与寺院争夺土地的事情并非孤案偶讼。寺院最终能否拿回本寺土地全须仰仗地方官员的公道、睿智与否，偶然性极大。不论最终如何裁决，都可证明寺院土地有受到豪户显贵侵占的风险。张公提到的"兼并"一词，与宋朝"不抑兼并"的经济决策关系密切。在此国策之下，宋代土地兼并成风。但将兼并之手伸向原本庄严、凛然不可侵的佛寺，无疑反映出寺院及其所代表之佛教的社会地位的下降。

即便是亲向佛教的佛门施主也可能与寺院之间存在土地纠纷。王洋《书郑氏舍田记》便记述了世间多有先人无偿施舍，后人企图收回而与寺院展开的土地诉讼："于是僧俗相捽，起而为仇，吏持其竞，弄而蚀之，经更岁时，不示决夺，至两荡其业，讼为闲田而后已。"为了避免这种情况的发生，使初心得以不违，郑氏在舍田时特意"自言于邑，一书于籍，一验于符，与宗元（僧）盟而归焉"，宗元也专门将邑符刻石为证。即便有这样"思微图远"的周密安排与谋略，作者依然"闻而悲之"，对寺院土地的未来忧心忡忡："若郑氏之施、宗元之受，其果能相与崇其胜念而无交捽之患者哉？"从作者的担忧可见，在当时寺院与施主间因土地而起的争端大概已经很常见，寺院与其施主反目成仇的情况亦多有发生。有了这样的背景，出现下面的事件便不难理解："寿春民陈氏施僧田，其后贫弱，往丐食僧所而僧逐之，取僧园中笋，遂执以为盗。"① 如同闹剧般的场面却真实反映出了寺院与施主之间关系的紧张。施主向寺院讨还所施土地的行为，根基于一种极为功利的亲佛心态。虽然并非所有崇佛者都作如是观想，但这样的心态在宋代十分有代表性：亲佛并非出自信仰或崇拜，而为达到某种实际目的，功利性很强。表现在行动上则为于佛事上半进半退，有余力才为之。所以生活如意时，心甘情愿舍出；失意时，便理直气壮收回。决定是否对佛奉献、布施的终极根据不在于"起信"，而在是否于自身有利。这种"唯利是图"的亲佛心态，明显与宗教徒的"虔诚恭敬"心是两回事。出现这样的状况并不能全部怪罪到宋人头上，佛教在宋朝的世俗化是导致这一功利倾向突出的重要原因。

其实从寺院与其施主间纠缠不清的土地诉讼开始，寺院已经渐渐无法决定自身寺产的归属了。小施主开始向寺院讨还土地，大檀越则企图掌控全部寺产。这一时期，由家族或个人出资修建的许多寺庙实质上是专供修建者祷告祝祈、孝亲追远之用的功德院所。这类寺院由施主出资兴建，也处于施主的管理和控制之下。寺院对其寺产丧失主权，寺院住持成了功德寺主人看守田庄的奴仆。② 这在佛教势炽的以往朝代是不可能的，前朝也多有舍宅为寺或者出资建寺的情况，但一旦施于僧伽，便为佛门所有，断无收回之理。彼时佛教寺院尚拥有完整权利和"遗世独立"的社会地位。而宋代寺院之所以落得这样一个"人为刀俎，我为鱼肉"的境地，处处为人挟制，由原本的超脱世外到沦为"权势"的附庸，

---

① （元）脱脱等撰：《宋史·李先传》，中华书局1977年版，第10697页。
② 何兹全：《宋元寺院经济》，《世界宗教研究》1992年第2期。

究其原因，有很多方面。最重要的一点在于唐武宗和后周世宗的灭佛活动距宋不远，杀僧、毁寺、烧经、勒令还俗等一系列迫害活动，让佛教遭遇了一场场浩劫，更撕碎了其神秘面纱，很大程度上动摇了中土的信众基础，虽未使佛教亡于中国，但自此慢慢衰落。个中缘由，穆修《蔡州开元寺佛塔记》说得最为分明。他认为西佛氏所以法唱中夏，靡然倾天下的原因在于"今佛氏之法，后三代而作，极其说于圣人之外，因斯民所恶欲而喻以死生祸福之事"。佛教以死生祸福之事怖人归信，却遭此无妄之灾，自身祸福尚且无法保全，信众的虔敬自然随之打了折扣。宋朝时，修建了许多权利受制于施主的功德类寺院，多到宋帝多次下令禁止私创，诏令颁布之后，也没有刹住这股乱建功德寺院的风气，反而使得许多原本有额的寺院被强行侵占，抑压为一家之功德院所。概言之，宋代寺院丧失寺产权利的情况是十分严重的。关于宋代功德寺院的详细情况，后文将有专门叙述，此处略去。

综上所述，北宋寺院丧失了赋役的豁免权，必须纳税服役；也失去了对寺产的掌控权，受制于人。以上两点，导致了寺院农业经济与世俗农业经济的趋同，这也正是佛教世间化的一大力证。

2. 工商业的活跃

与寺院农业经济的衰退不同，宋代寺院工商业经济异常活跃。虽然早在南北朝时期，已经有僧人从事相关活动的零星记录，但尚不普遍，影响也不大。正如谢和耐所言，寺院"从唐代开始，商业活动发展得越来越突出了"[①]。而宋代寺院由于农业经济发展受制的缘故，手工业和商业的发展较唐更为鲜明。这与中国当时的社会经济大背景也是相呼应的，不仅寺院里面，纵观中国历史，手工业和商业也是从唐开始越来越

---

① ［法］谢和耐著，耿昇译：《中国五—十世纪的寺院经济》，甘肃人民出版社1987年版，第208页。

繁荣的。

对宋代寺院从事工商业活动的考察，游彪《宋代寺院经济史稿》、黄敏枝《宋代佛教社会经济史论集》、段玉明《中国寺庙文化》以及一些相关论文中都已经有详细深入的揭示。游、黄两位先生都是按照手工业、商业进行分类，并在此基础之上细致划分来展开阐述的（游彪先生分手工业、商业、高利贷三部分阐述，黄敏枝先生则将高利贷部分并入商业中）。两位先生的论著，专研宋代，细致精微，但部分细节略有涵盖不全和类别交叉之憾。在这点上，段玉明先生独辟蹊径，提出了"寺院贸易"的概念，并将寺院内的一切贸易分为"稳定贸易"和"不稳定贸易"两类，分类合理，逻辑严密。故此处主要采用段先生的说法。

吴师孟《大中祥符禅院记》称该寺名下拥有"僧童之筹七十，成都县文学乡负郭水田七顷，华阳县金城坊赁院一所，皆充常住，岁入租斛，月敛馎缯，以备蒲尼缮葺之费"，"赁院"之意大抵与"邸店""邸舍"相同，属于段先生所谓"稳定贸易"一类。这条记载中的"赁院"是外界施舍、赠予的，但对于寺院自有邸店的情况没有展示。其实，宋代寺院不仅有俗家施主布施的邸店，还有大量自有邸店，如"洪福禅院火，即诏以院之庄产、邸店并赐章懿皇太后家"[1]，明显可见洪福禅院遭灾之前是有邸店的，而且从庄产、邸店并提的陈述方式可以推断出，邸店经营在寺产中已经占有相当比重。宋时寺院邸店经营的范围十分之广，如东京相国寺，相国寺的繁华景象《东京梦华录》中有生动描绘，时人称之为瓦市。"东京相国寺乃瓦市也，僧房散处，而中庭两庑可容万人，凡商旅交易，皆萃其中，四方趋京师以货物求售，转售他物者，必由此。"[2] 宋朝还设有专门管理寺院邸店经营的机构，"掌京城诸寺邸店、庄园课利之物，听命于三

---

[1] （宋）李焘：《续资治通鉴长编》卷一百五十九，中华书局1995年版，第3841页。
[2] （宋）王栐撰，诚刚点校：《燕翼诒谋录》，中华书局1981年版，第20页。

第一章 北宋寺院文产生的文化环境

司,以寺务司官兼掌"①。上述两例,可说明宋代寺院稳定贸易的普遍性和规模性。宋代寺院"不稳定贸易"的代表是庙会。不稳定贸易和稳定贸易的区别只在于经营方式的不同,在经营范围和种类方面是没有差别的,宋代寺院的庙会也和其邸店一样,农商百工,无所不营。有关宋代寺院庙会的情况,可详参段玉明先生"寺院的不稳定贸易"一节的论述②。可以确知的是,宋时佛教庙会很大程度上已经脱离了"庙会"的原始宗教节祭涵义,虽还保留淡淡的佛教色彩,但经济交流部分已经成为主要内容,与今天尚存之庙会相去已不太远。

寺院之邸店经营和庙会贸易大都是通过租赁和出借场地的形式进行的,对僧人直接参与经济活动的情况没有说明。其实宋代僧人经商的不在少数,庄季裕《鸡肋编》中称:"广南风俗,市井坐估多僧人为之,率皆致富,又例有家室,故其妇女多嫁于僧。"③部分僧人对金钱的追逐已经到了不加掩饰的地步,有僧人称"钱如蜜,一滴也甜"④。有僧人为了金钱罔顾良心,"福唐大旱,斗米千二百有奇,主僧法勋负积券一千六百万钱,谢事而去"。还有僧人为了金钱攻讦寺内同门,苏辙《杭州龙井院讷斋记》记载辩才法师因富有而为寺内僧人所嫉,以致被逐出天竺寺:"有利其(辩才)富者迫而逐之,师忻然舍去,不以为恨。"《龙井辩才法师塔碑》中更是详述了寺僧迫害辩才的经过:"有僧文捷者,利其富,倚权贵人以动转运使,夺而有之,迁师于下天竺,师恬不为忤。捷犹不厌,使者复为逐师于潜。"

对金钱的追求及从事工商业经营的积累,导致宋代出现了一批"豪

---

① (清)徐松辑:《宋会要辑稿·职官二五》,中华书局1957年版,第2918页。
② 段玉明:《中国寺庙文化》,上海人民出版社1994年版,第363页。
③ (宋)庄绰:《鸡肋编》,中华书局1983年版,第52页。
④ (宋)李昉等编:《太平广记》卷一百一十六,中华书局1961年版,第807页。

僧"。卢慎微《青山禅寺记》赞住持保宁上人"冰雪励行,水月空性",即便赢得如此美誉的世外高人也积蓄颇丰,记文称上人多次发私帑修井、治井亭,买山拓址、买田立庄,记文还称该寺从圮倾卑陋到焕然一新,仅仅用了不到一年的时间:"是经是营,不越期星,厥功告成,莫与之京。"与穆修《蔡州开元寺佛塔记》中提到的开元寺佛塔历经四师之手,耗费近二十年的时间才告功成相比,这不能不算是极快的了,这些显然不是稍具资财即可完成的,称上人为豪僧当不为过。翻检宋人寺记,像蔡州开元寺住持法师般俭身奉佛、励精成寺的在宋代是少数,绝大多数情况下,无论是寺院的修缮还是新建都完成得十分迅速。如释如皎《传教院新建育王石塔记》称"乃命石工,匠成四所,不逾载祀,能事告圆",释仲林《法果教寺记》称该寺"期年而就",修成轮奂鼎新之寺"易如反掌",再如杨亿《处州龙泉县金沙塔院记》称该寺起庄严佛事"岁星之周天,始祇园之迄役",杨亿另外一篇寺记《连州开元寺重修三门行廊记》也言兴造之速:"庀徒未几,厥功告成",释惠洪《潭州白鹿山灵应禅寺大佛殿记》更放出豪言称赞澄法师"非止为此殿而已,要将咄嗟办一梵刹可也",诸如此类,不胜枚举。与竣工的迅速一起常常在寺记中被并提的还有修寺的奢费:耗资动辄百万、千万,刻必精工,木必良材,所建佛宇富丽庄严,规格不啻世之宫殿。相关例证寺院文中比比皆是,此处不再列举。曾巩《鹅湖院佛殿记》《兜率院记》二文,专为记寺之奢、讽寺之侈而作,从文中种种具体描写以及作者痛心疾首的语气,不难见出宋代在寺院建造上的奢费无度。以上两点(竣工迅速和建寺奢费)的达成皆有赖于强有力的财力支撑。这些钱财中,部分来自大檀越,如皇室、大臣、豪族等的布施,另外一部分则是寺院或者住持自身的资财,正如《青山禅寺记》中所言,修缮该寺时"内竭泉货,外募檀施"。在宋代,许多佛寺亦或说寺中上层僧侣十分富有,如保宁上人一般的"豪僧"致力于佛寺修缮尚不离本职,但有部分"豪僧"贪图金钱、享受,何郯《乞罢修宝相寺奏》中揭露宝相寺主师素来"豪猾""颇善结托""将图财用为奉身恣纵之资",甚至"妇人置于佛阁",此事在韩琦《乞罢宝相禅院创建殿宇奏》中亦可得到证实。

  僧人与女色的牵扯在宋代算不上稀奇,《东京梦华录》卷三载相国寺,"寺南即录事巷妓馆……北即小甜水巷,巷内南食店甚盛,妓馆亦多"①,汴京景德寺"寺前有桃花洞,皆妓馆"。寺院与妓馆比邻而居,想来不甚清白。寺僧乃至部分高僧的香艳故事在宋代各类笔记中多有流传,如惠洪的狎妓纳室②,大慧宗杲与女尼无著的风流韵事③等。狎妓之外,宋时僧徒与人私通、偷情的事情也于书有载,庄绰《鸡肋编》称:"两浙妇人皆事服饰口腹,而耻为营生。故小民之家,不能供其费者,皆纵其私通,谓之贴夫,公然出入不以为怪。如近寺居人,其所贴者皆僧行者,多至有四五焉。"④甚而佛门内部,清修的僧尼之间也存在私通之事,为此,太祖曾专门颁布诏令防范此类事件的发生,诏曰:"男女有别,时在《礼》经。僧尼无间,实紊教法。自今应两京及诸道州府,尼有合度者,只许于本寺趣坛受戒,令尼大德主之。其尼院公事,大者申送所在长吏鞫断,小者委逐寺三纲区分,无得与僧司更相统摄。如违,重置其罪。"严令之下,仍多有顶风抗命者,王栐《燕翼诒谋录》卷二称:"则是尼受戒不须入戒坛,各就其本寺也。近世僧戒坛中,公然招诱新尼受戒,其不至者,反诬以违法。"⑤以上种种僧尼纵欲行径,虽于自然人性层面可以理解,但佛门净侣

---

① (宋)孟元老撰,邓之诚注:《东京梦华录》卷三,中华书局1982年版,第102页。
② 惠洪狎妓纳妾事例参见陈自力:《论宋释惠洪的"好为绮语"》,《文学遗产》2005年第2期。
③ (宋)释希叟:《五家正宗赞》卷二,《续藏经》第一辑第二编乙第八套第五册,商务印书馆1923年影印版,第475页。
④ (宋)庄绰:《鸡肋编》,中华书局1983年版,第73页。
⑤ (宋)王栐撰,诚刚点校:《燕翼诒谋录》,中华书局1981年版,第20页。

头顶禁欲清修之名，却行纵欲享乐之实的状况，无疑愈发缩小了佛门与世俗间的差距。

三、融入民间习俗

欧阳修《本论》称宋代民众普遍信佛，崇信程度达到"民之沉酣入于骨髓"的地步。在争取民间信众方面，佛教所做的主要工作是将自身与民间习俗相融合，在赢得了大批民众支持的同时，也使得佛教愈发趋向世俗化。

至北宋时，佛教已经成功融入中国民间。寺院由原本的僧人清修之地，变为民间宴游聚会的重要场所，佛寺也取代了以往一些祠庙类场所成为民间传统节祭活动的举办地。宋白《修相国寺碑记》载北宋国都相国寺，每逢佳节良辰，皆游人如堵："若乃龙华春日，然灯月夕，都人士女，百亿如云。"王霁《游海云寺唱和诗序》亦称当地有在寺院"摸石求子"的传统："成都风俗，岁以三月二十一日游城东海云寺，摸石于池中，以为求子之祥。"每至是日，太守都会带领民众于此寺宴饮嬉游。苏轼《黄州安国寺记》对在寺院中行传统民俗之事也有记载："岁正月，男女万人会庭中（安国寺），饮食作乐，且祠瘟神，江淮旧俗也。"同样，黄庭坚《南浦西山行记》中也载有当地人常在南浦勒封院行除灾祈福之事："此邦之人岁修禊事于此。"上列诸例中的摸石求子、祷祠瘟神、修禊事等习俗皆是中国古已有之且原本与佛教了无关涉的。然而无论是在寺院中开展传统民俗活动，还是在其中宴饮娱乐都有悖佛教教义，这些元素的被接纳，恐怕是佛教内部着意为之的结果。佛教接纳传统民俗，寺院成为民间宴游聚会的重要场所无疑拉近了释法与民众的距离，而一定程度上，佛教恰恰就是利用这种方式——将佛法与民俗相融——来俘获大批民间信众的。

与民俗融合方面，佛教最成功的做法是将佛法与中国孝养父母以及丧葬习俗相结合。在北宋，日常为父母祷求安康，特别是父母身后丧事的办理，佛教法事几乎成为不可缺少的环节。《宋史·穆修传》称穆修遭遇母丧时，恪守中国礼俗，每日念诵孝经和丧记，不请浮屠做法事。① 史书中特意注明不请浮屠一事，可见当时这种行为的稀见和反常，更从侧面印证了请僧徒做法事在北宋丧葬活动中的盛行。关于这种现象，苏轼在《跋李康年篆心经后》概括道："然人之欲荐其亲，必归于佛，而做佛事，当各以其所能。"翻检《全宋文》可以发现，在民间宋人做佛事为父母子女祈福已经非常普遍，方式亦灵活多样，有的造石香炉、造塔（多为塔的一面），有的塑罗汉像、佛龛以及各类菩萨、佛祖画像，有的则是建经幢，有些则是施舍田地、佛钟等物品，还有些是抄写、念诵佛经等，当真如苏轼所论"各以其所能"。

值得注意的是，民间荐福活动中广泛进行的佛教法事已非纯粹佛教范畴内的活动，而是掺杂着大量民间习俗于其中。此时的佛教与民俗已经难分彼此，往往呈现出你中有我、我中有你的关系。例如盂兰盆节乃佛教传统节日，由佛弟子目连救母于倒悬之事演化而来，依照佛教传统，每年七月十五日须于寺院设盆供养十方自恣僧。盂兰盆节的核心精神在于集合佛及十方僧众之力方能解救处于厄难之中的亡魂，凸显的是佛之声威，所以法会富丽庄严。但由于目连救母之事与中国传统孝道存在共通之处，所以盂兰盆节极易被拿来作弘扬孝道之用。至北宋，盂兰盆节原本凸显佛之神威的意义逐渐被世俗孝亲荐亡的行事所取代，供僧也变成了施鬼，同时还增添了许多民间习俗在其中，如卖冥器、焚盆、告秋成等，宋代民众过盂兰盆节的具体情形在《东京梦华录》（卷八）、《武林旧事》（卷三）等文献中都有记载，此处不再详述②。

北宋时期中国的丧葬仪式也是佛家规矩与中国礼俗的杂糅，其中既有

---

① （元）脱脱等撰：《宋史·穆修传》，中华书局1977年版，第13071页。
② 具体例证可参见段玉明：《中国寺庙文化》，上海人民出版社1994年版，第715页。

来自佛家的轨范，又有传统民俗的规定。这从张方平关于宋人丧仪的文章中看得最为分明。张方平本人是信佛的，他的文章佛意很浓，"空幻""泡沫"等字眼时常出现，文章中也毫不避讳对佛的亲近，《上都故左街僧录知教门公事宣教大师塔铭》中就自称"仆早探内典"，所以他才会在所作墓志中多次提及墓主用佛家规矩治丧，因为他内心深处认为此种行为亦或说这种行为背后所代表的对佛的信向颇可称道。在他的墓志作品中，包括皇妃、公主、皇室宗亲以及大臣内眷在内的大量宋人丧仪中都采用了佛家礼仪，但其中又有细微的差别。有些只是暂时停灵于寺院，最终还要归葬先人坟茔；有些则是于寺院行浮屠荼毗法，遵火葬之制。于佛寺权厝灵柩，例证如下：

秦国大长公主丧仪："四月二日蕆涂于奉先资福精舍，上为辍视朝五日，追禭秦国大长公主。秋八月从英宗皇帝龙辀归窆昭陵外域，别用卤簿仪物以从，盖旧礼也。"

韩国公主丧仪："……皇第八女齐国公主薨，出于都城西普济佛舍，以须即还……五月丁卯，葬诸永安陵园，本朝之故典也。"

汉东郡公丧仪："四月乙酉，权厝于奉先资福佛舍。四年八月癸酉，从英宗龙驾往祔于先王之茔。"

宗室宗育丧仪："讣闻，上震悼有加，申命内司宾、内谒者临吊治丧事，遂以颍州防御史、汝阴侯印绶，权厝普济精蓝。后三年甲申夏四月，从燕恭惠王之卤簿，往窆河南永安县，实祔先王之茔。"

宗室仲考丧仪："赠右屯卫大将军，权厝普济佛舍。八月癸酉从大行灵驾，葬河南永安，以祔先王之茔。"

张氏夫人丧仪："越月，涂殡资福精舍。甲申孟夏，归窆洛阳永安，从邦族之大茔。"

李氏夫人丧仪："……以疾终，年二十有四，权厝于奉先佛舍。

第一章 北宋寺院文产生的文化环境

八月癸酉,从英宗灵驾往葬于河南永安。"

…………

另外还有许多宗室、夫人的丧礼,都是采用上述顺序——先停放灵柩于佛寺,一段时日之后跟随车驾归葬先人坟茔,此处不再枚举。而于寺院行火葬之制的例证也有很多,如:

> 郓国公主丧礼:"以庆历二年六月二日生,三年八月十八日卒,火于奉先佛舍。……以甲申孟夏癸卯藏于庄懿太后之陵域,不封树,从旧制也。"
>
> 宗室宗诉第四男丧仪:"生弗周岁……初火于永宁佛舍,越甲申孟夏癸卯,坎而藏于永安大茔。"
>
> 宗室宗育第二男丧仪:"生未周星,夺于襁褓……初,火于荐严佛舍,越甲申孟夏从燕恭惠王葬,伏藏于永安大茔。"
>
> 宗室宗凯第八男丧仪:"未名……椟而焚之,藏于奉先精舍。戊子六月六日,葬永嘉郡王于永安大茔,殇子从与瘗焉。"
>
> 宗室仲郢长女丧仪:"凡二岁,感疾而殒,即日从浮屠氏荼毗法而置之法济精舍。后二岁……举而藏于伊南之大茔。"
>
> …………

宋人中用火葬方式处理亡者遗体的尚有很多,此处不再冗举。归结来看,可以得出这样的结论:宋人中未成年而夭折,特别是未得命名和封号便去世的往往采取火葬方式。当然这并非铁律,张方平的墓志文中也提到有幼年殒命而不行火葬之制者,如宗室仲郢第三男未满周岁而亡,"初厝于普济佛舍,即以夏五月十二日掩于永安之域,从旧制也",便没有实施火葬。只是这样的例子非常之少,根据张方平墓志文的记载,大部分殇子遗体都是火葬处理的。

　　宋代人的丧仪在具体实行中存在长幼之别：成年人丧礼虽会在寺院暂时停灵，但终归还是土葬于先人之茔；幼儿丧仪则大都采用火葬，然后归葬祖坟。不仅长幼之间在丧礼实施中存在差别，墓主性别不同丧仪亦有差别。比如宗室仲郢的一双儿女皆早夭，女儿是火葬，儿子则是土葬。同为皇亲，妃子和亲王的丧仪又有不同。贤妃丧礼，"命楚国保宁安德夫人景氏主丧礼……蕆涂于开圣尼院。以十月二十二日就窀穸于奉先资福精舍之东园，卤簿仪仗，率从其品"；而亲王的葬礼则是"蕆涂于正寝之西楹。八月癸酉，英宗龙輴西引，从葬于河南永安先王之茔"。显然可见，皇妃的丧仪中采用了许多佛教礼仪，而亲王的葬礼则全然是传统仪式。其实不仅皇妃和亲王的丧仪有区别，国之股肱大臣与其内眷的丧礼也存在明显差别，起码在张方平墓志作品的"表述"中差异十分明显：给军功或者政绩斐然的朝臣所作的墓志或神道碑中，多不涉及具体丧仪，至多如前述亲王丧仪一样简单带过，无外乎停灵于寝，然后归葬先人之茔，更无片语涉及葬礼中的佛教仪式；而在其内眷丧仪中则对佛教仪俗多有描写，对某夫人笃信释迦之事也津津乐道。诚然，这与内眷的生平经历乏善可陈所以细化丧仪、突出佛典有一定关系，但更主要的原因大概在于宋代的丧仪规制。

　　张方平墓志作品的丧主皆为当朝显贵，丧仪都有固定规制，正如张的文章中提到的，他们的丧仪皆依礼或者国朝故典而行，并非随意为之。所以，通过以上例证可以归纳出宋人尤其宋代上流社会统治阶层丧仪的一些特征：妇女或幼儿的葬礼中适当采用佛教礼仪是被允许的，甚至于幼儿葬礼可以行佛教火化之制；成年男性的丧礼则要遵循传统礼俗，进行土葬并归葬于先人坟茔。当然这只是官方的规定和书面表述，事实上宋代皇室宗亲和官僚阶层中的成年男性丧礼中，行佛教礼仪的大有人在，这从当时遍布全国的功德寺院、坟寺便可见出。除却小部分立场坚定的反佛儒者之外，在成年男子的丧仪中采取佛家仪典已经是十分普遍的事情，而之所以会出现书面文字和官方宣传中对行佛之礼仪秘而不宣的情况，则是北宋社会的特殊国情造就的。

北宋朝廷以儒立国，后期官方哲学——理学亦不过是更新的儒学而已，儒家学者对外来佛教有着激烈的抨击与排斥，北宋朝廷即使对佛教持扶植、利用的态度，但终归还是站在儒家一边，对佛教会有一定的打压、抑制。儒家丧葬传统与佛教丧仪存在很大的抵牾之处：儒家讲究慎护先人发肤因而采取土葬方式保持先人肢体的完整；佛教则看重灵魂的永恒，漠视肉体寂灭而以火葬方式处理亡者遗体。佛教火化的做法与儒家伦理道德相悖，遭到了儒家文人的极力反对和批评。比如贾同《禁焚死》中批判火葬"盖始自桑门之教、西域之胡俗也"，若在中夏实施火葬则"恶不容于诛矣"；程颐亦言："古人之法，必犯大恶则焚其尸。今风俗之弊，遂以为礼，虽孝子慈孙，亦不以为异。"①二人之外，还有许多儒者对佛教火葬提出了激烈批评，他们的看法大致相类，认为实行火葬乃大不孝之举，惨无人道、伤风败俗，必须禁止。儒者们将问题上升到"不孝"的高度，那么依靠儒家忠、孝伦理秩序治国齐家的北宋朝廷当然会下令禁止火葬。早在宋初，太祖赵匡胤就已经颁行了禁止火葬的诏令："王者设棺椁之品，建封树之制，所以厚人伦而一风化也。近代以来，遵用夷法，率多火葬，甚恣典礼，自今宜禁之。"而这条禁令的发布，恰恰更印证了火葬之俗于其时的风行。不仅如此，宋廷为了确保火葬禁令的推行，还制定了具体的惩罚措施，并将其载入刑律，以示重视。这便能解释为何张方平的墓志作品中，成年的亲王宗室、国家的股肱之臣的丧仪中不会提及佛教礼仪，对火葬更是绝口不提了。官方舆论对佛教丧仪持反对甚至是禁止的态度，而

---

① （宋）程颢、程颐著，王孝鱼点校：《二程文集》第一册，中华书局1981年版，第58页。

在男权当道的宋代社会，男性亦或说成年男性才是国家的体面和担当所在，妇女和儿童的地位相对来说没有那么重要，对他们的要求也可以相对放松，所以即使是在公开的场合、正式的书面文字中也不用避讳在他们的丧仪中采用佛教礼仪的事情。

然而禁令的颁布是一回事，实施则是另外一回事。宋代君王对火葬大都采取了包容、放任的态度。《宋史》称"宋兴，承五季之乱，太祖、太宗颇用重典……而以忠厚为本""其君一以宽仁为治，故立法之制严，而用法之情恕"①。翻检宋代相关资料，并没有发现一则因采用火葬之制而受到严惩的例子，所以虽有严命禁令，火葬在宋代仍蔚然成风。上流社会的人群中多有行火葬之制者，民间治丧过程中使用火葬的那就更多了，因为火葬不仅在程序上较之儒家繁琐的丧仪更为简单、方便，在经济上也为普通民众减轻了很大的负担，兼之这种遗体处理方式干净、卫生，所以在民间极为流行。有一点需要注意，虽然火葬这种方式在宋代以前的中国早已存在，在一些民族地区确实存在火葬的传统，但非常零星，波及的地域也十分有限，火葬在宋代的普遍流行实出于佛教的推动。

综上可知，在宋人的丧礼中实行佛家礼仪已是十分普遍的事情，宋人不论王公贵族或是平民黎庶的丧仪中都会或多或少地采用一些佛门仪式，佛教的影响已经广泛且深入地渗透到了北宋的丧葬礼俗之中。当然，北宋的丧葬习俗也并非全然采用佛家规矩，停灵寺院和实施火葬是佛家的礼仪，而跟随车驾归葬先人坟茔等则是中国传统礼仪的规定。宋人将这两种规矩杂糅形成了宋朝独有的丧仪，可以说这种丧葬仪式是佛家规矩与传统礼俗碰撞、妥协、融合的结果。佛教规矩在宋人丧仪中完美融入传统礼俗，以及广为宋人接受，堪为佛教世俗化之力证。

宋代社会的儒、佛融合以及佛教向世间生活的不断倾斜，给佛教带

---

① （元）脱脱等撰：《宋史·刑法》，中华书局1977年版，第4961—4962页。

来"名利双收"重大利好的同时,亦给佛教带来了致命的伤害。佛教的儒化亦或说世间化是以佛教义理及其仪轨不断向世间生活妥协为代价的,当佛教将儒家之核心理念"孝"乃至"忠"均引入佛门,由方外之臣彻底变为封建政权之忠臣孝子,并积极参与工商经营、努力融入民间习俗,由世外修心不断向世俗生活倾斜之时,其原初的独立精神和宗教特质也随之失落。不唯如此,在佛教世间化的过程中,世间习气渐渐浸染佛门,一些本不该在佛门发生的污秽现象大量涌现,如贪婪、争讼、伤生等。

第二章 宋代寺院与寺文的生成

第二章　宋代寺院与寺文的生成

北宋寺院表现出鲜明的功德化特征："寺"在北宋，官署的意义逐渐淡化，佛宇的意义不断加强。与之相应的是，其时寺院数量和佛教人口的大幅飙升，这是佛教事业兴盛、佛门孝论感召、逃避赋役需要以及宋廷支持等多方面因素加持的结果。宋代寺院表现出了与前代不同的风貌，成为或为先人守护坟墓、或为生人祈求福报的功德道场，出现了大量坟寺、功德寺，以及以寺院为生祠的情况。此外，随着佛教在民间的广泛普及和渗透，民间亦多有建造佛教庵堂的情况。寺院的功德化为北宋寺院文的产生准备了条件。

当然，这还远远不够，基于寺院强大引力的寺僧与文人的亲密互动是导致寺院题材文在北宋大量涌现的直接动因。具体来讲，寺院引力的形成主要有赖于僧人在才艺、真情、品德等方面对文士的吸引。另外，由于寺院本身的容留性特质，文人入仕前多有寺院读书经历，范仲淹、李畋、张遹等均曾寓寺攻经，尤以范仲淹寺读事最为知名，加之寺院经常被征作科举考场，像开宝寺等一些大寺都曾被用作临时考场，这些因素都密切了文人与寺院的联系。在北宋，对于诸文士而言，寺院不仅是清修净心的宗教场所，更是他们日常雅聚游赏的清幽所在，寺院因而成为文人争相抒写的对象。综合上述诸种因素而成的寺院引力促成了寺院文在该时期蜂出并作，造就了北宋寺院文的空前盛况。

第一节 北宋之"寺"

许慎《说文解字》释"寺"曰:"寺,廷也,有法度者也,从寸之声。"①按照这一解释,"寺"乃掌管分寸法度的所在,通俗地说即官署。许慎是东汉人,这表明至晚在东汉时"寺"已经用来指称"官署"了。不过,两汉时的"寺"一般指"九卿"所在的官署,所谓"三公所居谓之府,九卿所居谓之寺"②。这一涵义一直袭用至明清而不废,只是在使用过程中"寺"的意义进一步泛化,九卿以外的一般官署也可称"寺"。此外,"寺"字自东汉明帝始还被用来指称佛教僧徒聚居和修行所在地。这种涵义由"明帝夜梦金人事"触发。《后汉书·楚王英传》引袁宏《汉纪》对此事有明确记载,称:"明帝梦见金人长大,项有日月光,以问群臣。或曰:'西方有神,其名曰佛。陛下所梦,得无是乎?'于是遣使天竺,问其道术而图其形像焉。"③迦叶摩腾、竺法兰应邀来汉后,最初被安置在专司外交事务的鸿胪寺内。后明帝特地命人修建了一处居所安置天竺僧人和他们带来的法物、经像,亦以最初所居之"寺"命名,此寺即今天的洛阳白马寺。

白马寺常被认定为中国历史上第一座寺院。该"寺"由汉代帝王敕建,专司为明帝译经之事,又借用其时官署之名,所以彼时之"白马寺"

---

① (汉)许慎撰,(清)段玉裁注:《说文解字注》,上海古籍出版社1981年版,第121页。
② (清)阮元校刻:《十三经注疏·春秋左传正义》,中华书局1980年版,第1732页。
③ (汉)范晔撰,(唐)李贤等注:《后汉书》卷四十二,中华书局1965年版,第1429页。

在定性上更近于官署还是佛宇很难说清,很多人对白马寺是否是中国第一座佛教寺院尚持异议,认为中国第一所真正意义上的佛教寺院应是东吴时孙权为康僧会所创之"建初寺"。宋朝著名禅师释惠洪亦持此见,他在《资福法堂记》中说:"自后汉摩腾、竺法兰来自五天,馆于洛阳鸿胪寺,有经而未有精舍。至吴赤乌中,康僧会入建康,架茅茨,与其徒以行道有精舍,而未有僧。""精舍"即指佛宇,明显可见,惠洪认为佛教在白马寺的时代还是只有经书没有寺院,至建初寺的时代,佛教才真正地拥有了自己的佛舍,以"建初寺"为中国第一寺之论甚明。在第一寺的认定上,以惠洪为代表的"建初寺"论明显更为严谨,但历来在中国僧俗两界还是持"白马寺"论者居多。究其原因,表面看来是由于白马寺名气更大,创寺年代更为悠久。本质而言,"白马寺"论由汉室正统帝王和佛教初传法师构成,明帝夜梦金人请佛入中国的故事,亦更能成就帝王与佛教之间的佳话,对政权及佛教而言都更为有利,故而这种说法的流传更为广泛。无论是"白马寺"还是"建初寺"为第一寺,可以确知的是,此后,"寺"这一称呼便被普遍用于佛家。特别是后来随着"寺"字官署意义的淡化,"寺"更成为佛门宗教活动所在地的专称。

佛教在传入中国之前,其僧徒聚居和修行的地方并不称"寺","寺"是中国特色的叫法。据隋灵裕法师《寺诰》记载,寺共有十种不同的名称:"一名寺,二名净住,三名法同舍,四名出世舍,五名精舍,六名清净园,七名金刚刹,八名寂灭道场,九名远离处,十名亲近处。"① 这十种称呼,除位居第一的"寺"之外,其余九种皆出自佛经的汉文直译,却以"寺"这一称呼的使用更为广泛。其中原因,从中国方面考虑,将梵僧的居所与官署等名同称为寺,概是出于礼重之意;而从佛教群体观

---

① (唐)释道世撰,周叔迦、苏晋仁校注:《法苑珠林校注》卷三十九,中华书局2003年版,第1229页。

之，以"寺"来广泛命名其修行场所，除有对中国官方好意的承情之外，大概亦有融入中国风俗并抬高本教身价的考量，毕竟佛教在刚进入中国之时，并不为绝大多数中国人所了解。借"寺"命名其居所，容易让人产生威严、庄重的联想，从而起敬重之意。或许正基于此，在中国佛宇虽还有梵刹、兰若、道场、丛林、招提、伽蓝、浮屠（佛图）、佛祠等叫法，但"寺"这一称谓明显更为普遍和常见。

北宋时，"寺"仍然用来指称官署和佛宇。王禹偁《济州龙泉寺修三门记》中对"寺"的涵义有扼要表述："古之官府通谓之寺，故今九卿之署，其名尚有存者。浮图氏之教，来于西国，馆于鸿胪，斯得名之始也。""寺"在宋朝正如王禹偁所言主要用来指称官署和佛宇。宋代官制沿袭唐制，唐代的九寺在宋朝仍然得到了保留，分别为太常寺、大理寺、司农寺、宗正寺、太府寺、卫尉寺、鸿胪寺、光禄寺、太仆寺。但宋代九寺与唐代九寺相比，差别非常明显。《宋史·职官志》称："台、省、寺、监，官无定员，无专职，悉皆出入分莅庶务。故三省、六曹、二十四司，类以他官主判，虽有正官，非别敕不治本司事，事之所寄，十亡二三。"①可以看出宋代九寺皆无固定守官，即使有官员被冠以寺卿之名，若无皇帝专门旨意，该名官员也不具有管理本部门事宜的权限，属于典型的"有官无职"。此外北宋各部门在职责区间的限定上亦不够清晰，一件差事往往有多个部门互相统摄，容易造成冗滥和混乱的局面。因而，宋神宗元丰年间对此进行了改革，史称"元丰改制"，其中便涉及了九寺的改革。改革后的九寺才如唐制一般，有了明确的职责范围和管辖区间，得以正常运行。但九寺由于在职责上与六部存在重叠之处，入南宋后其中三寺被并入六部，原本的九寺只余六寺。光禄寺并入礼部，卫尉寺并入兵部，鸿胪寺并入礼部，此外剩下的六寺中，司农寺、太府寺虽未完全罢用，但亦时有废

---

① （元）脱脱等撰：《宋史·职官》，中华书局1977年版，第3768页。

置。作为官署之"寺"在宋代朝堂的被弃,大概是"寺"字官署意义淡化的开端。此外,从宋文中还发现在宋朝存在九寺以外以"寺"命名的普通官署,如法寺、司恩寺等。

相较"寺"字官署意义的弱化,"佛宇"的意义则在不断强化。这与宋代佛教事业的繁荣密切相关。本书第一章中已经述及宋代佛教通过自身的世间化转型为自己争取到了广泛的信众基础,从民间到朝堂,从天子贵胄、文人士大夫到平民百姓,几乎全被佛门虏获,成为佛门信徒,由此带来了宋代佛教事业空前的热闹和繁荣景象。但又由于该种繁荣建立在佛教的世间化基础之上,所以宋代佛教事业的发达主要体现在外在形式上,在义理学说和教派建设上进益不大。是以教内僧徒和教外信众均热衷于建寺起塔,在北宋一朝虽有严令限制创设新寺,但官方和民间新造寺的数量还是极为可观的。而这些新起的寺院,不论是官方敕建还是民间筹措,概多以"寺"命名。此外,宋代新建或已存的佛宇都以获得官方赐额为无上荣耀,宋廷赐予的佛宇名称亦以"寺"最为常见。这说明,在宋代"寺"已经成为佛宇理所当然的名称。至于宋代寺宇的别名,宋僧赞宁《僧史略》卷上有较为详细的叙述。赞宁称在宋朝名寺方式有六种:"一名窟(如后魏凿山为窟,安置圣像及僧居是也);二名院(今禅宗多此名也);三名林(律曰'住一树',经中有逝多林也);四名庙(如《善见论》中瞿昙庙);五名兰若(无院相者);六名普通(今五台山有多所也)。"①其中像院、庙、普通(全称为普通院)三者都是借用中国固有名物命名寺院。赞宁是宋初人,他所述的六种名寺方式只能说明宋初的情况。日后在宋代佛教的发展过程中,教内寺宇还多有以庵、堂、轩、山房等命名的情况。从隋代灵裕法师十种名寺方式中中国名称只占一种到赞宁的六种名寺方式中

---

① (唐)释道世撰,周叔迦、苏晋仁校注:《法苑珠林校注》卷三十九,中华书局2003年版,第1229页。

中国名称占到三种，明显可以看出佛教名寺方式中国化程度的不断加深，特别是宋代佛教寺院以中国寻常可见的庵、斋、堂、轩、阁、山房等命名，更可印证宋代佛教的世间化转向。

　　以宋代寺院文观之，宋代佛教寺院的命名还是以"寺"和"院"两者最为常见。"寺"的来历前文已有论说，此处将对佛寺称"院"事做一说明。世人在言及佛宇时，往往称之为"寺院"，单独称"寺"或"院"亦可，但"院"用于佛教并不与"寺"同时。"院"本意指房屋围墙以内的空地，也用来指称房屋。唐代之前，"院"一直是这一涵义。以"院"命名佛教寺宇是唐朝以后的事情，以"院"名寺的流行与几百年前以"寺"命名的流行，情况十分相似：二称皆本为官署的名称，政府将其赋予佛教后，该种称呼在佛教内部迅速流行。以"院"名寺在唐朝经历了这样的一个过程：首先"院"具备了官署的涵义，其次政府赐予佛寺"院"的名号，最后以"院"名寺在佛教内广泛流行。在翻阅了历代职官史料之后，基本可以确定"院"用于指称官署是自唐朝开始的。唐朝设有翰林院、集贤院、台院、殿院、察院等，而作为官署的"院"与佛教的牵连则始于唐贞观年间太宗为玄奘法师建翻经院，专为译经之所。其实自东晋南朝佛教于中国日渐繁荣起，各朝对译经之事就颇为重视，历朝都组织僧俗译出了大量佛教经书，但设立专门的译经机构却是自隋朝开始的。史载隋炀帝于洛阳上林园置"翻经馆"，以沙门彦琮及费长房、刘冯等为翻经学士，唐代"翻经院"一称概由此而起，只是将"馆"替换成了唐代惯用的官署名称"院"。官方赋名之后，"院"这一称呼便如当初的"寺"一样在教门内得到了普遍的应用。而基于佛教在唐朝的鼎盛以及唐朝的国祚悠长，加之继唐而起的宋朝又在各方面沿袭唐制，继续以"院"命名佛寺和官署，所以佛教寺宇称"院"虽起步较晚，在日后的流传过程中却得以与"寺"齐名，成为佛门梵宇最常用的称呼。

　　除上述原因外，"院"用于指称佛教，在中国早有渊源。这还需从寺院的建筑风格谈起。佛教自进入中国后就不断与中国习俗融合，特别是随着国人的广泛舍宅为寺，民间居所的庭院式风格亦进入寺院之中。至南朝时，佛教寺宇的院落式布局已颇具雏形，时人王囧称虎窟山寺"房廊相映属，阶阁并殊异"[1]。北魏洛阳永宁寺"寺院墙皆施短椽，以瓦覆之，若今宫墙也"[2]，亦堪为当时佛寺呈现院落风格的明证。结合后文来看此处引文中的"寺院墙"三字该从"寺"字断开，正确的断句方式应为"寺/院墙"，以与后文的"宫墙"对应。此处的"院"尚属庭院的意义范畴，虽与后世之"寺院"涵义不同，亦为后世的称"院"奠定了基础。北齐有"雀离佛院"，这是唐前史料中唯一能找到的一处以"院"命名佛寺的记录。《北齐书·赵郡王高琛传附高睿传》称"（高睿）出至永巷，遇兵被执，送华林园，于雀离佛院令刘桃枝拉而杀之，时年三十六"[3]，这也是北齐相关史料中关于雀离佛院的唯一记载。"雀离"之名，郦道元《水经注》中引道安《西域记》称"（龟兹）国北四十里，山上有寺，名雀离大清净"[4]；梁僧祐《出三藏记集》十一之《比丘尼戒本所出本末序》中亦有"（龟兹）北山寺名致隶蓝"，汤用彤先生认为"致隶蓝"即雀离寺[5]，笔者对此亦持相同意见；北魏杨衒之《洛阳伽蓝记》卷五称雀离浮图在西域浮图中，"最为第一"[6]，为西域国王所建，僧人惠生在到访雀离浮图后曾以铜摹该寺之形携归洛阳。此外北魏郦道元《水经注》中亦称："西域有爵

---

[1] 逯钦立辑校：《先秦汉魏晋南北朝诗》，中华书局1983年版，第2091页。
[2] （北魏）杨衒之撰，周祖谟校释：《洛阳伽蓝记校释》，中华书局1963年版，第22页。
[3] （唐）李百药：《北齐书》卷十三，中华书局1972年版，第173页。
[4] （北魏）郦道元著，陈桥驿校证：《水经注校证》，中华书局2007年版，第39页。
[5] 汤用彤：《汤用彤大德文汇》，华夏出版社2012年版，第294页。
[6] （北魏）杨衒之撰，周祖谟校释：《洛阳伽蓝记校释》，中华书局1963年版，第219页。

离浮图，其高与此（永宁寺）相状，东都西域，俱为庄妙矣。"①通过上述材料可以得知，"雀离寺"实为西域知名大寺，所以称"雀离"概是音译而来，所以有"爵离""致隶蓝""雀离"之多称。既然北魏时僧人惠生已经带回雀离寺的铜版模型，郦道元又曾拿雀离寺与永宁寺做比较，加之雀离又是西域国王所建，那么在北齐皇家苑囿中建有"雀离佛院"亦不足为奇了。只不过此处之"院"仍然只是庭院的意思，尚不具备独立命名佛教寺宇的涵义，所以前面需缀上"佛"字。不仅北齐史料中仅此一则以"佛院"指称寺院的例证，北齐之后直至唐前亦再无类似例证出现。此条引文亦堪为北齐佛教寺宇建筑庭院化之例证。到了唐朝和唐以后，佛寺建筑规模更趋宏大，往往由多个院落组成，采用纵轴式或自由式布局，庭院幽深、重楼叠院的特色更为显著。此时以佛教建筑的院落特色来命名佛寺，即使没有"院"的被提升为官署以及朝廷赐寺"院"名，亦不显违和。

《古清凉传》《广清凉传》《清凉山志》《山西通志》等山西有关的典籍中常称灵鹫寺（今显通寺）的创设或扩建系由北魏孝文帝完成，文帝在当时建立了包括真容院、善住院在内的十二院。这种说法明显跟上文所述唐以前不以"院"名寺的论点矛盾。这种观点起码在表述上是存在一定问题的。关于灵鹫寺的创寺问题，官方史料中并无记载，只在教门中流传着东汉明帝和北魏孝文帝创寺两种说法，如《古清凉传》称灵鹫寺为孝文帝首创，《法苑珠林》《广清凉传》《清凉山志》等认为灵鹫寺最先由东汉明帝敕令迦叶摩腾、竺法兰所建，但又没有明确的证据加以证明，《法苑珠林》在论及此事时只说是"古传"，《广清凉传》亦只言"世传"。也就是说佛门内没有任何证据可以证明灵鹫寺究竟于何时创立，他们只是采纳了以往在佛门内流传的一些说法或者出于一种将建寺之事附会于古之崇佛贤

---

① （北魏）郦道元著，陈桥驿校证：《水经注校证》，中华书局2007年版，第98页。

君身上以自抬身价的美好愿望。不论是传说还是主观愿望，都不足采信。灵鹫寺由汉明帝首创说已基本被推翻，首先这一说法在史书上找不到任何佐证，其次梁慧皎《高僧传》迦叶摩腾、竺法兰两位法师的传记中未有二人踏足五台山的记载，若实有于五台山创寺事，不该没有片语涉及。灵鹫寺与北魏孝文帝之间存在关联这一点，还是比较可信的。史载孝文帝亲向佛教，精研佛典，在位期间修建了思远寺、报德寺等多处佛寺，还常前往方山周围的佛寺拜谒，灵鹫寺在北魏迁都前离北魏都城相去不远，孝文帝创设灵鹫寺或于前人旧基之上扩建新寺都极有可能。

若仅根据《清凉山志》"魏孝文帝再建大孚灵鹫寺，置十二院"①以及《山西通志》中"五台县"条"大显通寺在县东北百二十里五台山，古名大孚灵鹫寺。汉明帝永平十一年春印度摩腾、法兰礼清凉山，奏请建伽蓝，复言山形如印度灵鹫，宜即用为名。上以始信化，缘加大孚灵鹫寺，仍度僧数十居之。后魏名善住院，孝文帝重建，环山复置院十二"②的说法，就判定在北魏时就已以"院"名寺是不妥当的。首先《清凉山志》《山西通志》都是唐代以后出现的资料，此时"寺""院"并提和佛宇的称"院"已经十分普遍，这两部书的著者极有可能把寺在当时的名称"院"和北魏时的情况混淆了。此外，《清凉山志》《山西通志》皆为明代作品，其中关于清凉山的内容皆祖述自唐宋人对清凉山的介绍。唐僧慧祥《古清凉传》中仅称灵鹫寺为北魏孝文帝首建，于当时有所创设，对于当时具体的建寺情况并无表述。慧祥此传参考了《括地志》以及道宣《续高僧传》的相关记载，并两次登上五台山实地考察、寻访旧迹，他的说法还是较为严谨可信

---

① （明）释镇澄撰，释印光重修：《中国佛寺史志汇刊》第2辑第29册《清凉山志》，台湾明文书局1980年版，第69页。

② （清）觉罗石麟等编：《山西通志》，景印文渊阁四库全书本，台湾商务印书馆1986年版，第548册，第300页。

的。宋僧延一《广清凉传》中直接没有提及北魏孝文帝，更无论具体的建寺规模了。值得注意的是在提及真容院时，《广清凉传》称"今真容院所居之基，岗峦特起，有类高台，势接中台、北台之麓，山形相似，故以名焉"①，所以"真容院"是宋时的叫法无疑。可见在唐宋人著述中尚无灵鹫寺创寺时的具体描述，距离年代较近的唐人和宋人尚无法获知灵鹫寺创寺时的情形，在明朝人的著述中却具体至魏孝文帝建十二院，且其中两院名为"真容院"和"善住院"，恐怕想象和讹传的成分占得更多。此外，《山西通志》中称真容院乃唐僧法云所创，关于善住院的记载亦只出现在宋朝，所以北魏时就已有"真容院"和"善住院"的说法是错误的。可以这么说，即使北魏孝文帝确实参与了灵鹫寺的创设或扩建，兴建了若干院落，那么其时之"院"亦只是"庭院"的意思，尚不具备命名佛寺的涵义。

第二节　北宋寺院与僧尼数量问题考论

宋朝佛教由于世间化趋向严重，虽外表看来极为繁盛，但究其实质只是在佛事上下功夫，举国上下，不论僧俗皆致力于建寺起塔之事业，是以宋代寺塔的数量是极为可观的。先来看看宋人对佛宇遍布天下的直观感受：余靖《庐山承天归宗禅寺重修寺记》中说道："一一城邑，一一聚落，一一川原，一一岩岫，未尝无刹也。""……十室之居，万里之远，钟梵之声相闻，世人不厌其多。"他的《惠州开元寺记》中亦称"自汉迄今仅千祀，天下郡国之胜游，云泉之绝境，精庐居之，迨且遍矣"。余靖亲向佛

---

①　陈扬炯、冯巧英校注：《古清凉传·广清凉传·续清凉传》，山西人民出版社2013年版，第65页。

教，他对宋朝寺宇繁多的描述或有溢美、夸张之嫌，那么李觏《修梓山寺殿记》所言"天下名山水域，为佛地者什有八九。其次一泉一石，含清吐寒，粗远尘俗处，靡不为桑门所蹈藉"，则堪为宋朝寺院之多的力证了。李觏是持反佛立场的，引文中"蹈藉"一词亦能透露出他对佛教的反感，以他的立场绝不会捏造寺院繁多的情况，宋朝佛宇之多亦可证无疑。

一、寺塔的林立及成因

关于宋代寺院繁多的情况，其他史料亦有载录。孔平仲《谈苑》称："景德中，天下二万五千寺，今三万九千寺，陈述古判祠部云。"①孔平仲虽未明言"今"之时间限定，但根据其"陈述古判祠部云"之语，可以推断出大致的时间范围。关于"今"的起点，可以依据陈襄呈给仁宗的《乞止绝臣僚陈乞创造寺观度僧道状》做出界定。该文称："臣因检会本部在京诸道州军寺观，计有三万八千九百余所，僧、尼、道士、女冠，计有三十一万七百余人，数目极多。"陈襄写作此文的时间，游彪先生在《宋代寺观数量问题考辨》中根据《续资治通鉴长编》"嘉祐三年十月丙午"条中陈襄"判祠部""执奏不行"以及陈之侄孙陈晔《古灵先生年谱》中陈襄于嘉祐三年"判尚书祠部"的记载，认定此文当作于嘉祐三年。②是以，"今"的起点被缩小至景德后至嘉祐三年之间。另据陈莲香《江西"临江三孔"生卒年考》③可将孔平仲生年系于1046年至1047年，则"今"的起点范围可进一步缩小至宋仁宗晚期。

"今"之终点，可据苏颂《奏乞今后不许特创寺院》判定。该文称："臣近主判尚书祠部，窃见天下寺院宫观计三万八千九百余所。近日又

---

① （宋）孔平仲：《孔氏谈苑》卷二《景德佛寺》，商务印书馆1939年版，第27页。
② 游彪：《宋代寺观数量问题考辨》，《文史哲》2009年第3期。
③ 陈莲香：《江西"临江三孔"生卒年考》，《新余高专学报》2005年第3期。

赐三十间以上无名寺院以寿圣为额者二千三百余所；其间勘会未到及不满三十间者，仍不在其数。"根据其中所涉寿圣赐额事可知此文大致作于治平末年，治平末年因寿圣赐额，宋代佛寺宫观总额新增二千三百余所，所以宋代寺院宫观总计"三万八千九百余所"的情况应截至治平初年。

是以，孔平仲《谈苑》中"今三万九千寺"所言之"今"，大概指的就是宋仁宗晚年至英宗治平初年这段时间。然而，宋朝寺观总数保持在"三万九千寺"的年代并非只在宋仁宗晚年至英宗治平初年这段时间，实质上自真宗天禧五年之后至英宗治平初年之间，宋代的寺院、宫观数量变化不大，一直保持在"三万九千寺"左右。详细论述可参看孙旭《北宋寺观政策与数量探析》一文。① 自治平末年大规模赐额之后相当长的一段时间，寺观数量都没有发生大的变化，"熙宁末，天下寺观、宫院四万六百十三所，内在京九百十三所"②。

以上便是现在可见的关于宋代寺院、宫观总数的全部数据。真宗景德年间，寺观合计两万五千所，天禧年间至英宗治平初年寺观合计三万九千所，而熙宁末年总计四万六百十三所。这些数据皆为寺观合论，究竟寺院在其中占据多大的比重呢？游彪先生《宋代寺观数量问题考辨》一文已经给出了答案，游彪先生根据《新安志》中所载南宋新安县寺院、道观的数量，估算出了寺院和道观在寺观总额中所占的比率，其中寺院高达百分之九十左右，道观仅为百分之十上下。虽然具体至各州县，总扩至北宋会略有差异，但基于南北两宋在佛教基本政策上的一贯性以及寺院、道观增长幅度相对稳定的状况，北宋的寺院与道观大致也应呈现相

---

① 孙旭先生"天禧五年"宋代寺院宫观达三万九千所，以及真宗朝统计数据差距甚大是统计范围和方法不同的观点是极为精辟和富有创见的，但将"天禧五年"认定为"今"之节点的观点未考虑孔平仲生平，笔者对此不予认同。

② （宋）方勺撰，许沛藻、杨立扬点校：《泊宅编》卷十，中华书局1983年版，第57页。

似的比率。另外，通过计算北宋不同时期僧、尼和道士、女冠在总人数上的比率亦可验证佛寺远盛于道观，《宋会要辑稿》称天禧五年有道士万九千六百六人，女冠七百三十一人；而僧人则三十九万七千六百一十五人，尼六万一千二百三十九人。景祐元年道士万九千五百三十八人，女冠五百八十八人；僧人的数目则为三十八万五千五百二十人，尼四万八千四百七十二人。熙宁元年道士万八千七百四十六人，女冠六百三十八人；僧人则有二十二万七千七百七十一人，尼三万四千三十七人。[①] 这三年的数据里佛教徒的人数均占九成以上，道教人数不足一成，据此可推知佛寺大概亦为总数的百分之九十。北宋人慕容彦逢《香山天宁观音禅院新塑大阿罗汉记》中对佛宇盛于道观的情况亦有描述，堪为佐证："然今天下山林胜处，皆建道宇佛祠，而佛祠尤盛。"

按照这个比例，可推知宋真宗景德年间有寺院22500所，真宗天禧五年至英宗治平初年有寺院35010所，神宗熙宁末年有寺院36551所。这几则数字看似平常，实际上是十分惊人的，只要拿以往朝代寺院的数量与宋朝做一个简单对比即可得知。首先来看唐朝，周知唐朝国祚悠长，疆界辽阔，且佛教在唐时发展至鼎盛，唐朝寺院的总数想必亦不能少。贞观二十二年（648年）时，"海内寺三千七百一十六所"；[②] 乾封元年（666年），全国寺院增加至四千余所[③]；开元年间唐代有寺院5358所[④]，这一数字亦成为唐朝"凡天下寺有定数"的定数，直至唐末会昌灭佛时，寺院总

---

① （清）徐松辑：《宋会要辑稿·道释一之十三、十四》，中华书局1957年版，第7875页。

② （唐）慧立、彦悰撰，孙毓棠、谢方点校：《大慈恩寺三藏法师传》，中华书局1983年版，第153页。

③ （唐）释道世撰，周叔迦、苏晋仁校注：《法苑珠林校注》卷一百，中华书局2003年版，第2898页。

④ （唐）李林甫等撰，陈仲夫点校：《唐六典》卷四，中华书局1992年版，第125页。

数仍维持在这个定数上。另外张弓先生《汉唐佛寺文化史》据方志考证得出唐朝有寺院5335所①。即使以唐朝寺院定数的5358所与宋朝寺院总数最少的宋真宗景德年间的22500所比，唐代寺院总数亦不及宋朝的四分之一。北宋以远短于唐的国祚、远狭于唐的疆土，却创造出了几倍于唐人的佛教寺院，即便减去前朝遗留之寺院，宋人的创寺热情和创寺力度亦堪称卓著了。

唐宋之前，各朝的创寺数量大都不能与宋之情况抗衡。《释氏通鉴》记载，西晋有佛寺180所，东晋1768所，（刘）宋1913所，（萧）齐2015所，（萧）梁2846所，陈1232所，北魏30000所，北齐40000所，北周无统计，隋4000所，唐4600所。当然《释氏通鉴》的统计未必完全准确，如唐朝的数据仅采纳了会昌灭佛时毁寺院4600所的记载，但亦大致能反映出各朝建寺的概况。除了北魏和北齐两朝的数字之外，宋朝建寺的数量要远远超过以往朝代。需要指出的是，北魏和北齐佛寺数量的统计方法和统计范围不同于唐宋，《释氏通鉴》称："（魏）国家大寺四十七所，王公等寺八百四十所，百姓所造寺院三万余所。自古佛寺图塔之盛，无出于此。"②北齐的情况，《释氏通鉴》中只有简单的数据，概是采自《广弘明集》"魏齐东川，佛法崇盛，见成寺庙，出四十千"③的说法。明显可见，北魏和北齐的数据皆是针对其治内所有寺院而言，亦包括民间建寺在内。而唐、宋两朝的数据，皆指官方正式承认并赐额的寺院，民间未得赐额的寺院皆未被统计在内。而在宋朝举国上下热衷建寺的情势下，未得赐额的民间寺院多如牛毛。以此观之，北宋寺院总数或当超越北魏

---

① 张弓：《汉唐佛寺文化史》，中国社会科学出版社1997年版，第147页。
② （宋）释本觉：《释氏通鉴》卷五，转引自何兹全：《中国社会史研究导论》，商务印书馆2010年版，第333页。
③ （唐）释道宣：《广弘明集》卷十，景印文渊阁四库全书本，台湾商务印书馆1986年版，第1048册，第359页。

和北齐的数量。

宋人不仅热衷于建寺起塔，更追求寺塔的富丽庄严。宋代营建的许多大型寺院在豪奢程度上甚至不输皇室宫廷，一些由法师个人募集或民间筹资创建的佛院亦多以奢华为尚。在宋代寺院文里常常能见到奢建寺宇的记载：建造一所普通寺院动辄"为屋千楹"、花费数十万缗，且常常"期年而就"，大型寺院如与皇家关系密切的传法院、开宝寺灵感塔、大安塔等的花费更可用触目惊心形容，以大安塔的开销为例，照夏竦《大安塔碑铭》中的说法，该寺前后获"赐以潜邸珍玩三千万直""继赐乘舆副物货镪万缗，以供余费""庄太后……以奁金五百万输于内府""明德太后宝器价二百六十万，洎庄献服用千余万""法坚秉给余赀三百二十万以偿其工""上给白金五十镒""上赐钱千万"。总之在宋朝凡建寺起塔，不论是佛门法师还是俗世施主都竭尽所能、力构宏壮，反倒以清净俭朴为念的十分罕见。通读宋代寺院文，其中对建寺之功德和寺宇之富丽的夸耀会给人造成如下一种印象：似乎营造寺院与否，所造寺院气象如何，成为考核佛门法师道行的最重要指标，没有创寺建院且把寺院营造得肃穆堂皇的，简直不能被称为佛门高僧。而实际上，宋代的高僧似乎也都在忙着建寺起塔。俗世信徒亦汲汲于此，宋代寺院文中常常能看到民众捐资或出力助成寺塔，甚至遇上灾荒、饥馑的年份，宋代百姓都能省出衣食之资用于构建寺院，而所建寺院往往亦气度恢宏。这种奢建寺宇的风气在当时遭到了一些批评，部分朝臣从国计民生的角度出发，认为大肆崇寺不惟豪奢浪费，还会造成国用的不足和百姓生活的困难，王禹偁、范仲淹、宋祁、赵抃、李觏等人都曾上书皇帝，提出沙汰寺宇和僧尼的要求。部分佛门高僧亦认为豪侈建寺有失佛教之本，长此以往会导致佛教本体的衰落。

即使面对这样的批评，宋朝的建寺事业还是如火如荼地进行着，释惟白《明州桃源保安院大界相碑》中的一段话颇能展示当时佛门醉心于建寺的景况："如今之世，知崇佛祠之益者愈繁其人，启诚既壮，而基构之广,曷止夫屋?盘取奕世,惟厥千祀,极甍栋之壮,肆般尔之妙,尽金碧之饰,免县膪之彩,竭十室之施,才一间之费,劬劬然未有期而成者,将比于纪世。殆工告成,既壮且丽,众诧喧沸,亦自曰能事毕矣。"这段话生动描绘了宋代僧人营造寺院的过程和其间伴随的心理活动,对这段话的理解,尤以"崇佛祠之益"五字最为紧要。宋代僧人纷纷建寺起塔,固然有信仰的因素在其中,但归根结底利益才是最根本的驱动。基于佛教在宋代趋向世俗化的状况,建造寺院在宋朝确实能给僧人带来切实的利益。相较于避喧世外、澄心静虑、苦修悟道这种修行方式而言,建寺起塔在操作上更为简便易行,修为门槛减低的同时所带来的效果却是立竿见影的。不仅如此,它还会为建寺者博得美名、谋取财利,甚或名和利的双收。利益,才是绝大多数僧人致力于寺塔营建的根本所在,这从下文亦可以得到验证。释惟白称这些僧人虽于建寺汲汲以行,于结界则"觥然疾视",甚至说出了"斯(建寺)将阐某法,将安某徒,何结界为"这样的话,可见这部分僧人对佛的崇信仅流于形式和实用,驱动他们的并非佛教信仰,而是建寺事宜背后的利益。

当然,并非所有建寺起塔之人皆是为利而来,从弘传佛教的角度考虑,建寺起塔之事亦有其存在的必要。宋代有一部分潜心向佛、不图名利的佛徒便认为建寺奉佛乃修行之本分,营得寺院庄严堂皇不惟不是浪费,还是虔心向佛所必需、必备的条件。余靖《东京左街永兴华严禅院记》中的院主道隆便持此看法:"师以为信之所起,必始于庄严,故不惮于有为也;理之所通,必去其攀缘,当遗照而无著也。"正因如此,道隆才会倾尽所有致力于营葺寺院,却在寺院建成、师号封赏之后飘然远遁。他在乎的并不是修寺起塔所带来的名声和利益,而是修寺起塔行为本身对佛教修行的意义。余靖对道隆的看法持赞同意见,他的另外一篇寺记文《江州庐山重修崇胜禅院记》亦言:"一切诸善,皆由信起,不有庄严,何能起信?"胡宿《下天竺灵山教寺记》中亦称:"殚土木之庄严,未有以称其德；盛金石之篆刻，不足以究其功。"王安国《治平禅寺记》认为建寺奉佛乃合宜之举："方其因归依之感于外，而使人之内有以发其信心，则侈其事以报之，奚曰不宜？"在这些人看来，寺塔的建造是佛教修行的题中之义。

二、佛教人口的飙升及成因

与大起寺塔同时并行的，是宋代佛教人口的大幅度飙升。北宋开国时，佛教人口仅有67430人，天禧五年（1021年）达到458854人，景祐元年（1034年）共计433992人，熙宁元年（1068年）共254808人，宋徽宗宣和七年（1125年），天下僧道逾百万。①以真宗天禧年间的数据为例，全国僧尼总数在天禧五年达到458854人的高值，且天禧三年一年的度僧数目就达到了245770人②。按照天禧五年人口总数8677677户、13930320人来计算③，天禧五年佛教人口在总人口中的比例已经高达百分之三。这虽然只是天禧五年的数值，以佛教在北宋的持续繁荣和宋廷过盛则抑的佛教政策观之，其他年份的数值也不会有太大差异，大概在此周围浮动。徐振《莱阳县趣果寺新修大圣殿记》中的说法亦验证了这个事实："每岁会皇上诞辰，落发称大比丘者不减千数，天下业经试可、籍名奏御者又不知几千焉，故知百民五僧，不为诬也。"这与天禧五年计算得出的百分之三的数据是大体吻合的。佛教人口在总人口中占据百分之三，仅是针对全国的一个平均值，具体至两浙、福建等佛化格外严重的区域，佛教人口所占的比例要远高于这个数值。余靖《韶州善化院记》便称"韶州生齿登黄籍也

---

① （清）徐松辑：《宋会要辑稿·道释一之十三、十四》，中华书局1957年版，第7875页。
② （清）徐松辑：《宋会要辑稿·道释一之二十三》，中华书局1957年版，第7880页。
③ （宋）李焘：《续资治通鉴长编》卷九十七，中华书局1995年版，第2258页。

三万一千户,削发隶祠曹者三千七百名",计算下来,韶州佛教人口在总人口中所占比例已经达到百分之十,即平均每100个人中便有10名佛徒。这个数字不仅令人心惊,更让人为韶州民众的生活感到担忧。除了摆脱不掉的赋役催征、战争伤害、天灾祸临,每个韶州平民额外还需承担摊派在他们身上的每9个人养活1个僧人的经济压力,负担不可谓不重。

宋代佛教人口的大幅飙升,究其原因,首先归因于佛教事业在宋代的繁荣。北宋佛教的世俗化转向和佛教在形式层面的高度繁荣,导致了建寺起塔、写经拜祷、持斋唱念等佛事活动的勃兴。而这些佛事活动中,建寺起塔一事又因收获功德最大,所以在宋人间最为流行。宋人兴建和修葺了大量佛教殿宇,宋代寺院文中常见时人以夸耀和赞赏的口吻描述佛宇繁多的情况,如"佛庙之胜,无土无之。皆金碧滉漾,绀瓦鳞次,列刹相望,楼阁台殿,高下参差,门户千万",再如"百家之聚,必有一窣堵焉;两楹之室,必有一龛像也。矧名都通邑,塔庙固错落相望矣"。形式化的佛事活动尤其是寺塔的建造和日常维持,需要大量僧尼的参与,所以宋代出家人口大幅增加。除却这一直接显性因素外,还有很多具体因素导致了宋代出家人口的剧增。

从宋代寺院文来看,宋人出家的原因是多种多样的。有的是因为生病,投入空门得佛庇佑,疾病方有望得愈。仁宗皇帝第八女韩国公主皈依佛教或即为此。张方平代仁宗皇帝所写《皇第八女追封韩国公主石记文》称这位公主因"闻梵呗铙磬之音,辄有悦色,以故尝依浮图,法号为'保慈崇祐大师'"。考诸该篇记文及有关史实可知,这位公主去世时不足三岁,且在该年前后仁宗还有多位公主幼年夭折,获封的师号亦有佑护之意,综上推测该位公主托身佛门概是出于皇室为公主健康祈福的考虑,希图借助佛的恩泽庇佑公主健康成长。再如释慧观《有宋永兴军香城善感禅院主广慈大师海公寿塔记》中的院主海公。海公尚在襁褓中时便有相士预言:"此儿异日非尘埃中物,但幼龄多患,而不利所天耳。"其后海公果然不满八岁便疾病缠身，父亲亦在他八岁那年故去，与当日相士所言一一验符。后来海公母亲梦到有梵僧告知需让海公皈依佛门，身上的疾病才能痊愈。而海公在遁入空门一个月后，身体竟然完全康复。海公的痊愈估计与佛门医术的高超、生活方式的健康以及寺居环境的宜人有关，但这种事情发生在鬼神、方术等迷信思想仍然十分浓厚，而整体医疗水平亦比较低下的宋朝，时人难免会将此事与神神怪怪等超自然物事扯上联系，将海公的痊愈归结于佛。而在当时的社会氛围中，此类神怪灵异感通事件又最容易得到信任和传播，海公舍身为僧而致疾病痊愈的成功案例，在当时定然会得到效仿，所以可以想见宋时因病遁入空门的肯定大有人在。

还有些人遁入空门概是出于天性，"生无适俗韵"，弱龄就不茹荤腥，不与玩伴嬉闹，一心恭施拜祷，征得父母同意后舍身释迦，宋代知名高僧的出家大概皆如此类，在他们的传记中经常能看到类似的描述；或生性淡泊，于人世有一番历练后，看破红尘遂入空门，释清穆、恩禅师、文英、讷禅师皆为此类。释清穆自撰的《普安禅院记》称该院的维系多年来皆有赖于其家布施，自其五世祖起便为此院大施主，至其祖、其父、其兄包括他本人更是亲自参与了该寺的缮修和扩建工作。从他的描述中，可以看出他的家境十分优裕，且其兄于房在当时已官至尚书屯田员外郎。释清穆放弃富贵生活，应是在其家世代亲佛氛围的熏染下出于本心的自主选择。恩禅师的情况大致与释清穆相类，范域《随州大洪山十方崇宁保寿禅院第一代住持恩禅师塔铭》称恩禅师"世以武进，家喜事佛"，却在"举方略擢第，调官北都"时弃官从佛，自言欲以薰修之功报王室厚恩。李弥逊《宣州昭亭山广教寺讷公禅师塔铭》中所记讷公亦属此类："（讷公）本衣冠子，业进士，有声场屋间。"但天性淡泊，后礼圆照本公，弃儒衣冠。又有超悟院文英，郭印《超悟院记》称："师姓苏氏，泉州人，往来商成都，富巨万，留意禅悦，忽若有悟，尽捐资，移书别妻子，祝发于嘉祐院。"文英祝发后，妻子曾不远千里前来寻访，文英亦不为所动，甚至拒绝出见。可见此时之文英已心无挂碍，了却尘缘。宋人中依从本心而弃富贵从僧伽的，尚有真宗第八妹吴国大长公主号报慈正觉大师。关于这位公主的出家原因，史书有确切记载："庚子（大中祥符二年二月），上谓王旦等曰：'陈国长公主幼不茹荤，先朝或抑令食之，则病，自是许其剃度。'"①这位公主出家之后，据《湘山野录》记载"藩国近戚及掖庭嫔御愿出家者，若密恭懿王女万年县主、曹恭惠王女惠安县主凡三十余人，皆随出家"②，并且在公主出家的当年真宗即下诏书普度天下僧尼。在这类榜样激励作用之下，宋代出于本心愿为佛徒者概亦不在少数。

上述或出于病痛、或依本心的皈依缘由，是以往历朝皆有的情况，并不算稀奇。导致宋人乐于出家的主要原因在于佛门孝论在宋朝的风行以及出家人在缴纳赋役方面享有特权，尤其是在缴纳身丁钱方面。正因如此，虽然宋代对出家年龄有严格限制，按照《宋会要辑稿》的记载，真宗时规定儿童入寺者须年满10岁③，仁宗时则将这一年龄提高到了男20岁、女15岁④，但仍然有大量宋人罔顾法律规定，将年龄幼小的儿童甚至襁褓中的婴儿送入寺院充当童行。吕益柔《胜果寺妙悟大师碑》就称妙悟乃"其母感异梦而生，乳中遇相者曰：'是子骨法异常，勿染于俗。'因舍之出家，依郡之广化寺僧宝新为师，四岁遇天禧霈恩，祝发受具足戒。"妙悟尚在乳中之时便被送往了寺院。文中没有片语涉及法师的父亲，仅言其"族姓施"，这在宋代社会男尊女卑的语境中是十分反常的，极有可能根本不知其父姓氏或不便说出其父姓氏，据此可知其母感异梦、遇相士的说法或为托词。妙悟的母亲究竟为何将其送入佛门已不可知，但其母最终将其托付

---

① （宋）李焘：《续资治通鉴长编》，中华书局1995年版，第1595页。
② （宋）文莹撰，郑世刚、杨立扬点校：《湘山野录》，中华书局1984年版，第17页。
③ （清）徐松辑：《宋会要辑稿·道释一之十七》，中华书局1957年版，第7877页。
④ （清）徐松辑：《宋会要辑稿·道释一之二十七》，中华书局1957年版，第7882页。

佛门的选择却反映出了宋代民众对佛门的信任和倚重。宋人纷纷将幼子舍入佛门，主要出于两方面的考虑，一方面可以为父母最大限度地尽孝和谋取福报，富贵家庭子女的出家多为此类；另一方面可在很大程度上为家庭减轻生活负担，平民百姓子女投身佛门的主因概在于此。

宋代佛门孝论的产生和风行，也是导致出家意愿增加的重要诱因。前文论及契嵩的佛门"孝论"时曾简要谈到这一问题。其时之佛教，出于避免再罹灭教之难和扩大其教影响的心理，积极修改自身教义以与中国风俗融合，特别是与中国自古尊倡、宋人又格外看重的"孝道"融合，故而在佛门产生了孝的理论，所谓"夫孝，三教皆尊之，而佛教殊尊也"。佛门孝论的产生，使得佛教得以与中国传统儒家思想达到了更高程度的融合，佛教更易被国人接纳。佛门内毁伤肢体的行为也因冠上"孝"的美名从此摆脱了被诟病的命运，摇身变为时人嘉许的高行。鉴于行"孝"能给佛门带来种种利益，孝论很快便在佛门中流行开来。实质上，佛门"孝论"不仅造福了释教上下，对世间生活亦影响深远。首先，佛门孝论为世间行孝提供了全新的方式，诵经、燃香、舍身、修像等从佛教中传来的行孝方式在实际的操作过程中又兼备简便、经济的双重利好，所以在当时很受世人欢迎。其次，佛门孝论在行孝的维度上于时间和空间层面皆有扩展。中国传统的孝道，实质只是此生此世之事，当父母长辈大限来临，与子孙阴阳两隔、人鬼殊途之时，"孝"便失去了价值。虽有丧制、丧仪、丧期的约制和"事死如事生"的规定，亦不过生者寄托哀思、排遣悲情的手段而已，对逝者没有任何实际的意义。即便是对于生者，孝道观念和丧葬制度所能起到的慰藉安抚、纾解悲怀的效果也十分有限，亲人故去的伤痛唯有靠时间流逝点滴磨灭。而在佛教观念中，从时间上来讲，生并非起点，死亦非终点；从空间而论，众生赖以存活、可知可感的世界也只是三界中最底层的"欲界"，并非唯一。将"孝"纳入佛门之后，佛门的"孝"自然也具备佛家超越时间、空间的内涵。所以，佛门之孝，只要心意诚挚、供养得法，功德可通达多个时间和空间。最后，佛门孝论在佛教框架内提升了"孝"的意义和价值，将原本只是伦理观念的"孝"提升到了哲学的层面，并将"孝"产生价值的区间由此生此世扩展至生生世世。这样一来，非但亲人的去世不是永诀，对亲人的孝敬和荐福亦可终生奉行，使逝去的亲人一直能得福泽庇佑。这对消除将逝者对死亡的恐惧以及安抚生者失去亲人的悲痛都有莫大作用。佛教灵魂不灭和以戒为孝的理念，为世人提供了一种逝去亲人仍然存在的可能性以及与故去亲人再度产生联系的方法，于自然人情而论确实诱人。不仅如此，佛教还有着精严的理论体系可以自圆其说，非学至高、思至密之人不能攻破，自然网罗了大批追随者。按照佛门孝论的阐发，行佛门孝事，不仅能使逝者永得福泽庇佑，奉行孝事的生者亦能因此获得福报，这相较于传统孝道的依赖道德自觉或者借此获取政府奖赏，无疑更具激励作用。因而，佛门孝论在宋代世俗间的流行不输儒家，种种孝亲、荐福、丧葬行事皆采佛门规矩，更有大量宋人为向父母尽孝，舍身遁入空门，以求父母福报的最大化。佛门孝论的感召，致使许多宋人加入了僧徒的队伍之中，宋代出家人口的数量亦随之增加。

释契嵩《秀州资圣禅院故暹禅师影堂记》称暹禅师出身仕族，祖父皆仕。暹禅师在父亲去世时，年仅五岁，听从其母之命出家："至是禅师方五岁，而秀气蔼然，其母异之，命从净行子昭出家于今资圣精舍。"暹禅师出身仕宦世家，即便父亲去世亦不会致使母子二人难以过活，故而暹禅师母亲在其父乍去世时便割舍骨肉亲情命其出家，应该不会是出于经济上的拮据，而是受到了当时甚为风行的佛门"孝"论影响，欲使幼儿为僧以替亡夫荐福。李觏《广潜书》中亦曾以讥讽的口吻对这类社会现象有所概括，称："人之愚父母，徒惑其富厚安闲，捐孺子而奴之。"契嵩《孝论》自述出家缘由时亦言，为僧乃是父母的要求："念七龄之时，吾先子方启手足，即命之出家。稍长，诸兄以孺子可教，将夺其志。独吾母曰：'此父命，不可易也。'遽摄衣将访道于四方。"显然，契嵩的出家与暹禅师一样，皆是出于为父尽孝、荐福的考量。上列诸法师皆在幼龄便奉父母之命投身佛门，出家并非自主选择，而是他们的父母在受到佛教殊尊孝道理论的影响下为了自身的福报加在幼儿身上的命运，由上述几例便颇可窥知宋人对佛门孝论的敬信和服膺。

本禅师虽非幼年出家，但从他出家的经过，亦颇可见出佛门孝论在民间的深入渗透。释惠洪《夹山第十五代本禅师塔铭》称："（师）生五岁大饥，有贵客过门，见其气骨，留万钱与其父母，欲携去。祖母刘适从旁舍归，顾见怒曰：'儿生之夕，吾梦天雨华吾家，吉兆也，宁饥死，不以与人。'推钱还之。既长大，游报慈寺，闻僧说出家因缘，愿为门弟子。刘氏喜曰：'此吾志也。'年十九试经为僧，明年受具足戒，即往游方。"在大饥的情况下，本禅师的祖母却拒绝足以饱饥救命的万贯钱财；孙儿长大有能力养家并传宗接代之时，祖母却又支持孙儿投身佛门，还引以为豪大加赞赏。除非本禅师祖母刘氏笃信佛教，在宗教信仰和情怀的牵引下做了上述事情，否则于情理上很难说通。但以其祖母一介村妇的知识水平和眼界又不太可能对佛教有深入的认知和信仰，文中也没有提及刘氏日常敬佛、信佛之事，刘氏与佛的关联仅有孙儿降生时，梦到天雨花以及赞成孙儿出家之志两件，在对佛的态度上，顶多算是亲向。而且，若本禅师祖母平日真的笃信释教，在本禅师塔铭中申明亦是增耀之事，不会不予说明，所以这桩出家故事导自虔诚信仰的可能性不大，最可能的情况是禅师祖母刘氏受到了佛门孝论的影响，认为儿孙出家奉佛能为父母、长辈最大限度地尽孝，所带来的福报不仅能庇佑长者的此生此世，更能福及生生世世，造福无限、功德无量。据此而论，一切便能说通了，这也反映出了佛教孝论在宋代民众间影响的深刻。管窥之下，可以想见受此影响投入佛门的宋人定然不在少数。在宋代社会格外崇尚孝道，佛门孝论又大行其道的社会氛围下，大批宋人以孝的名义进入佛门，佛教人数亦随之大幅增加。

寺院僧尼在赋役方面仍然享有特权，是北宋民户流失、佛户增加的另一重要因素，大概也是下层民众纷纷趋身奉佛的最主要原因。宋代僧尼在神宗熙宁变法前一直享有免役特权，熙宁变法始规定部分僧尼需通过交纳助役钱来服役，此后一直到南宋，僧尼的赋役负担才逐渐加重。北宋在僧尼服役方面的界定也不甚严格，仁宗以前未正式剃度的童行亦享受免役特权，仁宗时才明确规定"诏出家者须落发为僧，乃听免役"①，废除了童行的免役权。而在身丁钱的征收方面，自真宗咸平五年（1002年）罢收僧尼身丁钱之后，直至南宋时期专门针对僧尼的"免丁钱"的出台，其间对僧尼一直免收身丁钱。宋廷在南方地区针对民众征收的身丁钱，除真宗于大中祥符四年（1011年）曾下诏蠲免外，一直长期征收，且征收数额明显呈现增长的趋势。即使是真宗执政时期，身丁钱蠲免一事贯彻得也很不彻底。部分地区虽蠲免了身丁钱，丁盐钱却仍然存在，更有地区仍然顶风征收或变相征收。仁宗即位以后，宋朝三冗的现象日益突出，于嘉祐年间又重新恢复征收身丁钱，所征钱数由原来的166文涨到360文②，在此之后所征身丁钱更是有增无减。也就是说，北宋享国的167年间，除却大中祥符四年到嘉祐年间这40余年，宋廷治下的南方民众一直承受着沉重的丁税负担。正由于此，大量民众不堪重负，纷纷逃身为僧。宋太宗曾说："东南之俗，连村跨邑去为僧者，盖慵稼穑而避徭役耳。"③仁宗时期此类现象亦大量存在，"民避役者，或窜名浮图籍，号为出家"，真宗时期"两浙，福建、荆湖、广南诸州循伪制输身

---

① （元）脱脱等撰：《宋史·食货志·役法》卷一七七，中华书局1977年版，第4296页。

② （宋）李心传撰，徐规点校：《建炎以来朝野杂记》，中华书局2000年版，第327页。

③ （宋）李攸：《宋朝事实·道释》卷七，丛书集成初编本，中华书局2010年版，第833册，第122页。

丁钱，岁凡四十五万四百贯，民有子者，或弃不养，或卖为童仆，或度为释老"①。由上述三条引文可见，北宋下层民众为逃避严苛的赋役负担，转投僧籍的现象十分常见。上列太宗朝、真宗朝的两例皆针对南方地区而言，身丁钱的征收亦是在南方颁行，似乎只能证明北宋时南方地区民众为避赋役，大量出家。但以北宋佛教发展南强北弱，佛教寺院和出家人口集中于南方的实际情形来看，南方地区下层民众为逃赋役纷纷出家的情况，很能代表北宋一朝的情况，南方民众的大量出家必然会导致宋代整体出家人口的大量增加。

由逃避赋役这一经济因素导致出家人口增加，在宋代寺院文中并无直接呈示。这其实不难理解，宋代寺院文多为夸耀寺院气象和法师功德的篇章，迫于经济压力进入寺院的僧人多为下层僧侣，无缘进入宋代文人和高僧的视野，不被写进宋代寺院文是很正常的。但是大量仅为逃避赋役，对佛无切实信仰的人进入僧徒队伍，定然会导致僧徒整体素质的下滑。该类僧人无心修行，在七情六欲的牵引下，种种触律犯戒、俗滥低下甚至作奸犯科之事便会随之而生，败坏佛门清名，使佛门与俗间无异，《宋会要辑稿》所谓"僧徒猥多，寺院填溢，冗滥奸蠹，其势日甚"②，正是其时佛门的真实写照。宋代僧人经业生疏、行为鄙陋、毁风伤俗之事在宋文中都有记录和呈示，这些败坏佛门形象的僧人定非信仰佛教、笃于清修者，其中肯定不乏为避役而投佛的。宋文中所呈现的僧尼素质低下、种种佛门乱象以及佛教的趋俗，虽不能完全归咎于避役而投佛的下层民众，但与此类人群关系莫大，起码可从侧面印证大量世俗人群混入佛教队伍的事实。

佛教事业尤其是寺院的兴盛，健康的考虑与本心的要求，佛门孝论的

---

① （宋）李焘：《续资治通鉴长编》，中华书局1995年版，第1728页。
② （清）徐松辑：《宋会要辑稿·道释一之三十三》，中华书局1957年版，第7885页。

感召以及逃避赋役的需要，都为宋代佛教人口的大量增加提供了可能性。但在宋朝，僧尼入籍和剃度完全处于政府的控制之下，现在所能看到的关于僧尼人数的数据也是宋廷认可资格后组织祠部等相关部门统计得来的。所以在宋代社会，纵有出家意愿，即便驻寺修行，不得宋廷认可亦不得为僧，宋廷统计的僧尼数目亦不会有所增长。是以，宋代佛教人数的大幅度飙升最后还要有赖于宋廷的许可。宋代朝廷影响佛教人口增加的政策主要是大规模的普度僧尼及后期源于财政紧张的度牒鬻卖。宋廷大规模普度僧尼情形主要有三次：第一次，太平兴国七年（982年）太宗下《特许先系帐沙弥剃度给牒诏》，普赐先系帐僧尼剃度名额，这一次剃度人数高达17万①。第二次为大中祥符二年（1009年），真宗第八妹吴国长公主出家，真宗下诏"以吴国长公主出家受诫迄，普度天下僧尼、道士，凡宫观、寺院每十人度一人，不满十人及各礼师者，亦度一人"，每10人度1人，也就是说现有僧尼人数要增长十分之一，数量亦非常惊人。第三次为天禧三年（1019年）八月，真宗下诏"天下僧尼，道士女冠，系帐童行，并与普度"②，这次度僧数量达到了245770人③，按照天禧五年（1021年）僧尼总数458854人④来看，此次普度为宋代佛教人口的增长贡献了极大力量。此外在太祖朝、仁宗朝、神宗朝都有过普度僧尼的行为，但或度僧数量不大，或者史料无载，影响皆不及以上三次。从三次普度情形来看，宋廷三次诏令均导致了短时间内僧尼人数的大幅度攀升。此外，神宗以后度牒鬻卖的冗滥亦导致了僧尼人数激增，白文固、赵春娥《中国古代僧尼名籍制度》

---

① 17万的数字见于《佛祖统纪》卷四三，认为太平兴国元年度僧17万。另赞宁《大宋僧史略》卷下称太宗太平兴国元年至七年度僧17万人。
② （宋）志磐撰，释道法校注：《佛祖统纪》卷四四，《大正藏》卷四十九，第406页。
③ （清）徐松辑：《宋会要辑稿·道释一之二十三》，中华书局1957年版，第7880页。
④ （清）徐松辑：《宋会要辑稿·道释一之十三》，中华书局1957年版，第7875页。

称神宗在位年间粗略统计便卖出度牒近30万道①，哲宗、徽宗时期鬻卖度牒的情况依然严重，《燕翼诒谋录》称宋徽宗宣和七年（1125年），天下僧道逾百万②。这个数字别处无见载录，僧尼的总数比天禧年间两次普度僧尼之后的数量还多了一倍，着实惊人。但若属实，应该是将用于鬻卖的度牒计算在内得到的结果。

第三节　宋廷对寺院的控制机制

　　佛教为取得宋代皇帝支持，对宋廷俯首称臣，佛教的方方面面都处于宋廷的管理和控制之下，原本由僧团内部自主决定的僧人度化和选任权利也被宋廷收归囊中，作为佛教实体化象征的寺院，自然亦难逃被宋廷管控的命运。在宋朝，寺院不但要由朝廷颁给寺额才具备合法存在的资格，寺内僧众的剃度和选任也全由朝廷做主，甚至连僧众修为的高低亦由官方通过赐紫和授师号来判定。

　　赐予佛教寺院名额之事并非始于宋朝，前朝亦多有赐予寺院名额事。早在东晋时，已有政府赐寺名额之举，晋穆帝曾为许询所建永兴、山阴两处寺院赐名："山阴旧宅为祇洹寺，永兴新居为崇化寺。"③南北朝起，由皇帝宣赐寺额的风气渐渐盛行，见于史料记载的赐额行为渐渐多了起来，南北朝崇佛君王皆有赐名寺院之举。但此时针对寺院的赐名行为，主要

---

　　①　白文固、赵春娥：《中国古代僧尼名籍制度》，青海人民出版社2002年版，第121页。

　　②　（宋）王栐撰，诚刚点校：《燕翼诒谋录》，中华书局1981年版，第50页。

　　③　（唐）许嵩撰，张忱石点校：《建康实录》卷八《孝宗穆皇帝》，中华书局1986年版，第216页。

是为表对佛教的尊重和推崇。唐朝时赐额现象更为普遍，据《旧唐书》记载，唐朝在很长的一段时间内，有额寺院总数都维持在5358所左右。且唐朝时的赐额行为，除对佛教示旌表和嘉奖之意外，已有通过颁赐寺额加强对寺院管理的用心。在唐朝有额寺院才能被称作寺，无额私创的，只能称作招提和兰若[①]，无额寺和有额寺之间区别鲜明、对立明显。但唐朝时的赐额并非官方强制性的常态措施，无额寺院只在享受官方优待方面较有额寺院存在差异，尚可合法存在。

到了宋朝，随着寺院数量大幅增长，赐额的现象更为普遍。可以说，赐额已经成为官方管理寺院的政策化举措。凡合法寺院，均须有官方赐额。诸多无额寺院在宋廷历次佛教整顿活动中是首当其冲的清理对象。对于无额寺院，特别是其中规模较小的，宋廷多有撤毁之令：天禧二年（1018年）诏："诸路转运司，应部内诸州有神庙，不系赐额佛堂、无僧主持、据山险孤迥之地，为盗贼藏伏者，并令毁拆。"[②]景祐元年（1034年）亦有毁撤之令，"闰月……乙亥，毁天下无额寺院"[③]。治平三年（1066年）亦有命曰："一应无额寺院屋宇及三十间以上者，并赐寿圣为额，不及三十间者，并行拆毁。"[④]虽然宋廷对无额寺院时有毁弃之令，但总体而言该项政策在执行时标准比较宽松，宋代帝王又常常通过恩诏或赦令等方式普赐无额寺院名额，宋朝寺院中多有以"太平兴国""景德""寿圣""大中祥符"为名者皆缘于此，此外部分应在毁弃之列的寺宇亦有通过各级州县长官向朝廷陈情而得留存的情况，所以在宋代绝大多数无额寺院最终都能获得寺额，拥有合法身份。司马光《论寺额札子》就对众多合该毁弃之

---

① （宋）司马光编著：《资治通鉴》卷二四八，中华书局1956年版，第8017页。
② （清）徐松辑：《宋会要辑稿·兵十一之八》，中华书局1957年版，第6941页。
③ （元）脱脱等撰：《宋史》卷十，中华书局1977年版，第198页。
④ （宋）曾巩：《隆平集》卷一《寺观》，景印文渊阁四库全书本，台湾商务印书馆1986年版，第371册，第13页。

寺因仁宗一纸敕令得获敕额一事表示反对。要之，对待无额寺院，宋廷的管理手段主要是通过各种方式使其转化成有额寺院。而在新创寺院方面，宋廷则严厉禁止私创，太祖建隆初已规定"佛寺已废，不得再兴"①，太宗雍熙二年（985年）更明诏天下禁请建置，凡有创置，必先请得名额。北宋以后诸帝也基本沿袭这一政策。通过纳无额寺为有额以及创寺必申名额的方式，宋廷对其治下绝大多数寺院进行了强有力的管控。

宋代寺额事宜，在宋代寺院文中多有呈示。卢多逊《赐兴平县寺院额牒》，颇能展示宋廷赐无额寺院名额之事，现摘录于下：

> 中书门下牒京兆府：京兆府奏，准敕分析所管存留有无名额僧尼寺院共陆拾壹所。伍拾柒所并合胜任额。数内，兴平县肆所并无额：一、清梵寺，宜赐保宁之寺为额；一、西禅院，宜赐净相禅院为额；一、志公塔院，宜赐多宝之院为额；一、法花院，宜赐惠安之院为额。牒，奉敕，据分析到先存留无名额寺院等。宜令本府，系未胜任得额外，其诸寺院各依前项名额勒额悬挂。牒到准敕，故牒。太平兴国三年四月三十日牒。

可以得到以下几个信息：首先，宋代敕赐寺额的力度和范围很大，京兆府有寺院61所，其中57所皆已有额，剩余4所位于兴平县的无额寺院，在这次赐额中亦得名额。而且朝廷对赐额之事十分重视，所赐额牒由中书省草拟。其次，从"分析所管存留有无名额僧尼寺院共陆拾壹所"句分析，宋廷在赐额之前预已责令有司考索、查访当地寺院情形，对治下寺院数量、寺产、名额等各方面的情况，桩桩件件皆记录在案，这一点亦可从卢多逊《赐中牟县智度寺额牒》《赐明州传教院牒》中得到印证。最后，所

---

① （清）徐松辑：《宋会要辑稿·道释一之十五》，中华书局1957年版，第7876页。

赐名额俱改换前额。不仅兴平一县如此，在宋代寺院文中也能发现寺名改易的普遍，前人所用寺名在宋代大都被与世间生活联系密切的词语替换，南宋人赵彦卫《云麓漫钞》中称："本朝凡前代僧寺道观，多因郊赦改赐名额，或用圣节名，如承天、寿圣、天宁、乾宁之类是也。隋唐旧额鲜有不改者。后来创建寺多移古名，州郡亦逼于人情，往往曲从。"①无额寺院改赐新名外，部分有额寺院名称也有改动的情况，例如原赐名天宁万寿的寺院后多改崇宁万寿之额，太宗时的平晋寺于真宗年间改名崇圣寺，等等。大量以年号、圣节等命名的佛寺的存在不仅削弱了寺院的宗教色彩，也很能证明宋代寺院受制于皇权的情况。

宋代赐额事既普遍，得到敕赐寺额并非难事，体现在宋代寺院文中虽然多涉赐额事，但概多以某某年赐某某额带过，以胡宿《常州兴化寺记》为例，其中言及宋帝赐额事时，仅以"国初泛恩，诏赐今额"八字概括。也有以敕赐寺额事大做文章的，但往往都包含着别样的用心，如杨亿《潞州新敕赐承天禅院记》记录宋辽澶渊之盟后，主持和戎事宜的西京左藏库使李继昌，为掩盖屈辱求和的真相，刻意粉饰升平，自请于其祖居地上党营建寺院一所事，以祝佑当今的太平盛世、和乐无疆。真宗得知后，欣然应允并赐名"承天禅院"，该寺遂得百般经营，蔚为大寺。童蒙亨《敕赐封崇寺为额记》则记寺僧惠庆、法润为得敕赐寺额，不惜跋山涉水亲观真宗封禅典礼，并上书恳求终得偿所愿。文末还有相当篇幅描绘获得赐额的荣誉感受："空门既耀，梵宇生光。顾皇恩而赫赫，俄临荣观电落；荷鸿休而兢兢，失次乍听雷奔。誓将尘芥之心，用报乾坤之惠。"释普祥《处州丽水县敕赐普照寺记》称该寺祥符年间得到赐额，文中详列各位法师对寺院的贡献，字里行间皆是引以为耀之意。另外还有黄裳《崇宁万寿观记》和李之仪《颍昌府崇宁万寿寺元赐天宁万寿敕赐改作十方住持黄牒

---

① （宋）赵彦卫：《云麓漫钞》卷五，中华书局1996年版，第75页。

第二章 宋代寺院与寺文的生成

刻石记》，二文皆肇自徽宗崇宁二年（1103年）下诏赐天下州军寺院"崇宁"额事，主旨都是借兴修寺院祝佑天子万寿，唯一的不同在于，黄记中的崇宁万寿观是特意为祝圣上康寿卜地新创的，李之仪所记则是在原寺基础上改换新额，大加增修而成。上述以赐额为题的文章，都明显含带着讨好皇帝、谄媚皇权之意。

宋代僧众的剃度也完全受制于朝廷，在剃度年龄和剃度方式上都有明确规定。按照《宋会要辑稿》的记载，真宗时规定儿童入寺者须年满10岁[1]，仁宗时则将这一年龄提高到了男20岁、女15岁[2]，之后基本延续了这一规定。以童行身份入寺后，若要获得僧人身份，一般还需达到"系帐两年""试经合格"[3]的标准，方可正式剃度成为僧人。这就是所谓的"试经度僧"，是唐朝时为控制僧人数量，禁止私自剃度创行的一种制度，宋沿唐制，宋代剃度僧人时亦以此种方式为主。此外世间民众还可通过"特恩度僧"和"进纳度僧"的办法进入僧人队伍。"特恩度僧"并非常制，是皇帝特别赐予的恩宠，常见于各种圣节、大赦、封赏的场合，前文所涉的三次普度僧众便属于特恩度僧，而且这种度僧方式一般对经业要求并不严格，甚至免试经业。"进纳度僧"则指用钱购买度牒，所得钱财收归宋廷，这一纳钱买牒状况是与宋廷财政的趋紧相伴而生的。神宗朝颁行后，渐渐成为宋廷补充财政收入的一项固定政策，度牒在当时甚至可以当作货币来用。关于每道度牒的价格，《燕翼诒谋录》称："僧道度牒，每岁试补刊印板，用纸摹印。新法既行，献议者立价出卖，每牒一纸，为价百三十千……至元丰六年，限以万数。而夔州转运司增价至三百千，以次减为百九十千。建中靖国元年增至二百二十千。大观四年，岁卖三万余

---

[1] （清）徐松辑：《宋会要辑稿·道释一之十七》，中华书局1957年版，第7877页。
[2] （清）徐松辑：《宋会要辑稿·道释一之二十七》，中华书局1957年版，第7882页。
[3] （清）徐松辑：《宋会要辑稿·道释一之十四》，中华书局1957年版，第7875页。

纸，新旧积压，民间折价至九十千。朝廷病其滥，住卖三年，仍追在京民间者毁抹，诸路民间闻之，一时争折价急售，至二十千一纸，而富家停榻，渐增至百余贯。"① 可见，度牒虽在不同时期价值存在浮动的情况，但在当时确实是具备如货币一样的流通功能的。

由于宋仁宗朝时对童行的年龄做了明确规定，所以宋人撰写的各位高僧大德的塔记、幢记、行业记、影堂记或碑铭中，提到的诸师剃度年龄普遍在二十岁上下，如夹山本禅师"年十九试经为僧，明年受具足戒"，再如英禅师虽在母亲腹中时就表现出超俗特质，十五岁便出家，但也直到二十岁才得剃度，"年十五，挺然有拔俗之气，从长老希言出家。又五年，落发受具"。偶或有例外，则是受到特恩度僧的影响，如胜果寺妙悟之所以能在四岁时剃度为僧，是赶上了天禧年间普度众僧的机遇，"（师）四岁遇天禧霈恩，祝发受具足戒"，但这种情况远不及二十岁得剃的情况普遍。试经度僧的如月华山西堂琳禅师："少学儒，能谈王霸大略，已而学佛，以诵经披剃，乃游方。"苏轼《上执政乞度牒赈济因修廨宇书》则反映了宋朝鬻卖僧徒度牒的情况，该文记载了苏轼向朝廷请求二百道度牒以赈济灾民兼修完廨宇之事，"轼近以本州廨宇弊坏，奏乞度牒二百道修完，未蒙开允。意欲以此度牒募人于诸县纳米，度可得二万五千石。然后减价出卖，每斗六十，度可得钱万五千贯。且以此钱修完廨宇。虽不及元计钱数，且修完紧要处，亦粗可足用。则是此度牒一出而两利也"。按照苏轼前文所言当时米价"斗至八九十"，甚至某些地区达到百余钱，以斗米百钱，二百道度牒可纳米二万五千石来计算，苏轼所请的度牒的价格大概为每道120余钱。苏轼当时只是杭州的一个地方官吏，从他上书向朝廷请求度牒用来买米、修屋之事来看，向朝廷请赐度牒的情况，在当时大概已经十分普遍了。买米、修屋之外，还有请求度牒来修建寺院的。黄庭坚《江

---

① （宋）王栐撰，诚刚点校：《燕翼诒谋录》卷五，中华书局1981年版，第50页。

州东林寺藏经记》称该寺的修造使用了僧人度牒，"诏可之，赐祠部度僧牒二百，给其费"。鲍慎由《灵感观音碑记》亦奏请度牒修寺，"臣不胜大愿，愿给祠部空名度僧牒数十道，货缗钱，市材僦工，撤而新之"，他的请求也得到了宋廷的批准，"许衷一路祠庙施利以充其费"。其实，度牒在宋朝不仅仅被用作以上用途，它还经常被用作筹集军资、营建修造、发展社会生产、营商放贷、帝王后妃日常耗费等多个方面，自度牒鬻卖流行以来，宋代僧人度牒在当时可以充当货币使用。后世还流传着一个故事："荆公素喜俞清老。一日谓荆公曰：'吾欲为浮屠，苦无祠部牒耳。'荆公欣然为具僧资，约日祝发。过期寂然。公问故，清老徐曰：'吾思僧亦不易为，祠部牒金且送酒家还债。'公大笑。"①记载这则故事的冯梦龙是明朝之人，此则事例亦不可当史实使用，但所反映的僧尼剃度需获得甚至购买祠部度牒，以及祠部度牒可充酒钱的事情却是符合宋朝现实的。此事在荆公和清老或无之，在宋人却定然有之。这则故事即便属于后人伪托，也在一定程度上反映了北宋朝的一些社会状况。

僧官的选拔和任命也在朝廷掌握之中，教团内部并不具备太多的自主权。宋朝僧人数量甚多，故而在中央和地方都设有专门的机构管理僧尼事务，中央称僧录，地方称僧正。但此二者皆在宋代政权管辖范围之内：僧尼的度牒、名籍等由朝廷祠部掌管，僧官事宜则由功德司或鸿胪寺主理。其中，功德司管理僧官事宜主要在元丰改制之前，元丰改制之后则皆归鸿胪寺辖理。而作为僧尼最高管理机构的僧录司，不过是鸿胪寺的一个下设官署，分为左右街僧录司，分别设僧录一名，以左街为尊。此外，鸿胪寺内管理佛教事务的机关还有专司在京寺务司及提点所和传法院，分别管理诸寺的葺治和译经润文之事。在具体的僧官选授问题上，各类僧官机构只

---

① （明）冯梦龙编著，栾保群点校：《古今谭概·谲智·金还酒债》，中华书局2007年版，第263页。

有推荐人选的资格，并不具备决定的权力。最终的决定权还是掌握在宋廷手中。宋初，中央僧官的选任由开封府功德司负责；后来为了避免滥行选任的现象，改由御史推荐、皇帝面试的方式进行选拔；至真宗大中祥符三年（1010年），真宗下诏命中书考试僧师经业来决定僧官的任命[①]，此后，左、右街僧录的任命基本都是通过试经方式选拔。显而易见，这种由官方出题、官方组织考试、官方评阅并最终公布结果的选拔过程始终由政权主导。而地方僧官的选择，亦是由地方知州、通判从见管僧尼中择优选取，真宗大中祥符八年七月已有诏书明申此点[②]。甚而具体至一寺住持的任命，亦多见皇帝敕赐、官员举荐的情况，僧团内部的自主决定权被大大压缩。

关于宋代僧师选任受制于宋廷的情况，黄庭坚《江州东林寺藏经记》有很好的呈示：

> 元丰三年夏四月，提点寺务司言，大相国寺星居院六十区，院或有屋数楹，接栋寄檐，市井犬牙，庖烟相及，风火不虞。请合东西序为僧舍八区，以其六为律院，以其二为禅坊。诏可之，赐祠部度僧牒二百，给其费。其六年秋七月落成，赐两禅院名，其东曰慧林，其西曰智海。尚书礼部言，净因院僧道臻奉诏选举可住持慧林、智海院者，今选于四方，得苏州瑞光院僧宗本、江州东林寺僧常总。诏所在给装钱，上道听乘驿。

引文中所述相国寺重新修建、赐名和选任住持之事，并不单单是相国寺一寺的情况，可以说是宋代寺院在大宋王朝管制下的生存状态的普遍写照。在宋朝，修建一所寺院的支配因素不再是基于虔诚的信仰和宗教修行的

[①] （宋）志磐撰，释道法校注：《佛祖统纪》卷四四，《大正藏》卷四十九，第402页。
[②] （清）徐松辑：《宋会要辑稿·道释一之十一》，中华书局1957年版，第7874页。

第二章　宋代寺院与寺文的生成

需要，起决定作用的反是政权的意愿。正如慧林、智海二寺的修建一样，政权意志贯穿始终：在修寺准备阶段，修缮请求便不由寺僧请愿，反而由"提点寺务司"提出。上段已有论及提点寺务司是鸿胪寺下设机构，专司寺院修葺之事，按照宋朝僧官制度，由提点寺务司提出确是"合宜"之举。后来的寺院修缮阶段，政权亦屡屡插手，经历了朝廷许可修寺请求、赐度牒、赐额，慧林、智海两寺才得落成。最后修缮完成阶段，在两寺住持的甄选上，虽有净因院道臻的参与，但决定权还是掌握在朝廷手中。最终选定宗本和常总实是奉诏而行，且由尚书礼部出具文书。尽管常总以年老多病拒绝了任命，朝廷也尊重了常总的意愿。但从宋代寺院文还有各种相关史料来看，如常总一样拒绝朝廷任命的情况少之又少，且不提那些谄媚政权、为名利奔走的权师贵僧们，即便是品行端洁的法师出于弘传佛法以及避陷罪责的考虑（随州崇宁保寿院庆预就曾因拒绝皇帝赐予的身章师号而获罪），亦多会接受朝廷任命。常总拒绝任命却没有得罪朝廷，大概一方面是由于常总德高望重、名满天下，当权者有所顾忌；另一方面常总所言的年老多病确为实情，大约在该寺建成后一年，常总就溘然辞世了。此外，宋代寺院文中由皇帝下诏任命某师为某寺住持，或者官员举荐僧师担任住持的情况更是不胜枚举，不再一一列举。

宋代朝廷在管理僧尼事务时，虽然处处体现皇权意志，但基本还是遵循"国有僧以僧法治，国有俗以俗法治"的精神，并不直接任用世俗之人管理教门公事，而是采用从僧人中选拔僧官、住持等方式。但在研读宋代寺院文的过程中，却发现了一些似乎与"国有僧以僧法治"相矛盾的情况。如宋初开宝年间人王延福《重修尊胜幢记》中自称"都维那头"。"都维那"或"维那"是寺院的一种僧职，是管理僧众的寺院三纲之一，北魏时便已设此职位，此后历朝皆有沿用。翻检相关史料和今人研究，都不见著录"都维那头"一条。所以，"都维那头"或即为"都维那"在当时之俗称，因为是同一职官，所以相关资料中没有另行载录。

095

寺内维那一职历来皆由僧人充任，没有俗人担任之先例。由此推断王延福应该是僧人，"今有都维那头弟子王延福等"中的"弟子"一词，似乎也在表明王的僧人身份，但有一点却令人费解。因为按照僧家题名的惯例，一般只题法号，不呼俗名。"王延福"明显是俗家姓名，将都维那头与王延福放在一起称呼，很是奇怪，以此来看王或许又不是僧人。下文"虽为凡庶，愿结圣缘"句也明确揭示了王延福的俗人身份。这就明显与宋朝以僧治僧的管理精神相违背了，并且这种现象不是孤例，在宋代寺院文中有很多世俗之人称维那、都维那的情况。释缘海《佛顶尊胜陀罗尼经幢题记》在文章结尾处罗列了捐资建幢的邑人："都维那王说，副维那……吕斌、魏彦，清衣邑众魏氏、敬氏、范氏、王氏、徐氏、王氏。"既称"邑众"肯定不是出家人，王说、吕斌等又皆为俗家姓名，这条资料亦可佐证。王怀信《造心经幢记》中亦有此类表述，曰："维大宋国济州任城县谏议乡鲁翟村维那头王怀信、副维那王文显，发心建造威雄将军堂殿。"从后文来看王怀信、王文显皆有父母妻儿，当为俗人无差。邓方《安香炉疏》、冯遂《慈云寺石香幢记》等抒写佛教信仰的文章中，亦有俗人称维那的情况。

不仅如此，在传达民间传统信仰和道教信仰的文章中亦有"维那"踪迹，如《河中府万泉县新建后土圣母庙记》于文末载录了主理建祠之人，其中便有"都维那头，县前录事司皇甫臻……故都维那头前行皇甫义"的内容，后土圣母属于中国传统民俗内容，与佛教并无关涉，此处却将主理之人称为"都维那头"。另外《潞州潞城县三池东圣母仙乡之碑》是为道教建筑所写的碑文，其中碑阴亦有"修舞楼，维那一十五人秦一"的说法。综合以上例证可知诸文所称"都维那头"或"维那"与作为寺内教职的"都维那""维那"应该不是同一概念。上述例证中以世俗身份称维那之名者还存在一个突出的共同特点，即称"维那"的情况都是在民间宗教活动的语境中发生的。据此推断，这些文章中的"都维那头""维那头"

或"维那"应该是民间自发建立的宗教组织的头领,再联系宋代民间多有以官名僭称的情况,如旅店里负责茶酒的小二称"茶酒博士",剃头的称"待诏",木工称"司务",卜相称"巡官"等。那么,以朝廷僧官体系中的"维那"之名称呼民间宗教团体的首领亦在情理之中了,这便与宋廷的佛教管理政策并行不悖了。需要说明的是,中国古代民间信仰本来就繁杂,没有单一、纯粹的宗教信仰,多为各种宗教的杂糅,因而以"都维那头"为首领的民间宗教组织并不一定信仰佛教。当然,由于"维那"一词是从佛教中借来的,以"维那"为首的民间宗教团体还是以信仰佛教的居多。民间佛教组织的首领称"维那头""都维那头"并非宋朝首创,东晋南北朝时民间佛教组织中,便多有俗人称"维那"的情况[1],而且当时民间以"维那"为管事人的宗教组织都是信仰佛教的,与宋朝时杂有道教、神仙信仰的情况存在差异。而且东晋南北朝民间的"维那"多为民间佛教组织的副首领,如同维那在寺院中为住持的副职一般,但在宋朝时,从上述引文中便可看出"维那"或"都维那""都维那头"等已经成为民间宗教团体首领的称呼了。

宋廷为加强对寺院的控制,与颁赐寺额、操控僧人的剃度和选任同时并行的,还有对已经成为合法僧人的法师赐紫,赐师号、大德号、谥号等,以评鉴法师修为和嘉奖有德高僧为名进一步强化政权对佛教的管理。尤其是赐紫和赐师号,本为嘉奖教内德业兼修法师的特别之举,后来随着授赐的冗滥,已经失去了其原初评鉴和嘉奖功能。宋代获赐紫衣的僧人遍布天下,由此滥赐现象导致需获皇帝"帘前赐紫"方显尊荣,从宋朝史实来看,获"帘前赐紫"的僧师亦不在少数。而敕赐的师号也由原来的二字,延长至"四字""六字"甚至"八字",以字数多者为

---

[1] 详情参见郝春文:《东晋南北朝佛社首领考略》,《北京师范学院学报(社科版)》1991年第3期。

尊，如宋初尚以二字师号为主，赞宁为"通惠大师"，契嵩为"明教大师"，后来所赐师号渐趋冗长，如仁宗朝三藏大师法护被授"普明慈觉传梵大师"，北宋时去世的名僧惠宽在南宋被授八字师号——"威济灵应普惠妙显大师"。在政权对佛教的严密管理之下，上层僧侣俱以获得朝廷赐予的紫衣和师号为荣，后来紫衣和师号也如僧尼度牒一般被大量用于鬻卖，僧尼获赐紫衣和师号的范围亦因此更为扩大。是以，随便翻看北宋寺院文便会发现大量紫衣僧和获赐师号的僧人存在，相关例证既多且繁，此处不再一一列举。

第四节　北宋寺院构成新格局

在宋廷对寺院的严密掌控下，寺院呈现出向皇权妥协，于皇权夹缝下求生存、求发展的态势。臣服朝廷之外，宋代寺院在佛教世俗化大潮的影响下，亦表现出与民间习俗交融的倾向。受到皇权和民俗双重影响侵袭的宋代寺院表现出了与前代不同的风貌：宗教职能明显弱化，世间荐福意味明显增强。在宋朝，寺院宗教清修之地的原初定位大大失落，转而成为或为先人守护坟墓、或为生人祈求福报的功德道场，北宋朝出现了大量坟寺、功德寺，以及以寺院为生祠的情况。此外，随着佛教在民间的广泛普及和渗透，民间亦多有建造佛教庵堂的情况。

宋廷的鼓励和提倡，是宋朝功德类寺院泛滥的主因。功德类寺院在唐朝以及五代时期已经存在，从现有史料来看功德类寺院在当时并不流行，关于功德类寺院仅有零星的几条记载。至北宋朝，建造功德类寺院甚至改有额寺院为功德寺院的风气开始盛行，这与宋廷允许甚至鼓励朝臣贵戚建造功德寺院的政策密切相关。宋仁宗时有准许臣僚建寺的明确诏令："应乞坟寺名额,非亲王、长公主及见任中书、枢密院并入内内侍省都知、押班,毋得施行。"①对这条诏令应从两方面加以理解,首先宋代政府对朝廷重臣及宗室贵戚的建寺资格是许可的。为表对这类人群的礼戴与爱重,宋代政府不仅准许他们创建功德寺院,还多给予赐紫衣、赐师号、特度行者以及蠲免赋役的优待。功德类寺院享受的优遇,可参见徽宗大观三年(1109年)的诏书:"敕勋臣戚里,应功德坟寺自造屋置田,止赐名额,蠲免科敷,从本家请僧住持。"②另外,从严格限定创寺人的范围以及"毋得施行"的严厉措辞来看,这条诏令应是针对社会上滥创坟寺的现象而专门颁行的,可以想见在当时以及此条诏令颁布之前,社会上私创功德类寺院的现象定然十分严重。该条诏令颁行之后,亦有不符合条件却以皇帝特恩或者其他性质创立功德寺院的现象发生,如徽宗政和年间武官杜大忠仅官至步军副都指挥使、荆州观察使,离创寺资格相差甚远,但他以祖、父战死沙场的军功向朝廷特别申请建立坟寺守卫父祖坟墓,朝廷准其创寺,并赐"愍报寺"之额。即便只将严格按照仁宗诏令执行的情况计算在内,考虑到宋朝官场人浮于事的状况,符合建寺资格的人数及所创功德类寺院的数量都是极为可观的。关于宋朝官员执行这一诏令的情况,叶梦得《避暑录话》有侧面反映:"欧阳文忠公平生诋佛老……公既登政路,法当得坟寺,极难之,久不敢请,已乃乞为道宫。凡执政以道宫守坟墓,惟公一人。"③从欧阳修久久不愿依例创寺到被强以道宫充坟寺这一事实来看,宋朝两府以上官员对仁宗创寺诏令的贯彻还是十分到位的,这也可从反面印证其时功德类寺院创建的普遍。迫于新创功德类寺院过多、过滥影响社会

---

① (宋)李焘:《续资治通鉴长编》卷一百八十九,中华书局1995年版,第4567页。
② (宋)志磐撰,释道法校注:《佛祖统纪》卷四六,《大正藏》卷四十九,第419页。
③ (宋)叶梦得:《避暑录话》,景印文渊阁四库全书本,台湾商务印书馆1986年版,第863册,第635页。

经济正常运行的状况，宋代朝廷经常会颁布一些限制甚至禁止创寺的诏令，这在一定程度上导致了宋代官员侵占有额寺院作为自家功德院现象的大量出现，徽宗大观三年关于创寺的诏令中就曾严令禁止此类现象。此外，由于功德类寺院在科敷、度僧以及僧师的赐紫和师号方面享有超出普通寺院的特别优待，随着宋廷财政状况的不断趋紧和针对寺院盘剥的日益加剧，有越来越多的有额寺院自请成为功德寺。鉴于以上种种因素，在宋朝功德类寺院不论是从数量论还是从规模看都大为可观，造就了宋代寺院与以往历朝寺院截然不同的格局。

功德寺和坟寺本质上都属于功德类寺院，两者并无太大区别。坟寺除可为逝去亲人守护坟墓外亦作祝祷祈福之用；而功德寺除却周围没有坟墓之外，亦为生者和亡者追福拜祷。二者的区别仅在于周围有没有坟墓，在功能和性质上没有太大差异，所以这里将这两类寺院合而论之，统称为功德类寺院。关于宋代功德类寺院的情况，宋文里多有展示。王子融《请于亡兄僧院拨放剃度行者并赐院号奏》向皇帝请求亡兄坟所每年剃度行者的权利，此文不仅印证了功德类寺院享受特权一事，顺带也说明了吕夷简等人皆建有坟院。关于朝中大臣皆建功德坟寺之事，上段其实已有说明。准许臣僚创建坟寺是宋代帝王给予大臣的特别恩遇，并有诏书颁行天下，大臣创建功德寺院事在当时已经基本成为一项制度化的举措，故建寺之事十分普遍。即便是排佛的官员亦多依制建坟寺，如欧阳修不喜释教，终以道宫充之。范仲淹多次上书主张沙汰僧尼、禁止创寺，但亦依例于庆历四年请以白云寺为功德寺；司马光生前亦多有排佛讥僧言论但亦以余庆禅院为功德坟寺。反佛官员犹且如此，亲佛官员对创寺的积极和热情更可想而知。富弼《修建坟院帖》叙为先人神刻特向蔡襄求文之事，亦依例建寺。文彦博《永福寺藏经记》称文家因庆历建寺恩典得为高祖、父母建坟寺祈福，又因高祖和父母坟茔不在一处，皇帝准许在其高祖、父母坟茔处各建坟寺一所以守庐墓，分别赐额永福、教忠、余庆之名，另在西京立资圣禅院奉其家四世先祖，并准四寺发放童行。文氏以一家却恩得四所坟寺，每处坟寺皆享度僧特权，恩赏不可谓不优厚。文中还称西京资圣禅院、余庆院"乃因旧院，已各有藏经"，此二处禅院或原为有额寺院，被文家占有也未可知。

苏辙《坟院记》堪称宋代功德类寺院记文的代表作品，记文不仅对宋朝赐予臣僚功德坟寺这一政策有全方位的展示，亦将自身宦海遭际和人生感受寄寓其中，兼之言辞雅洁，情意悠长，堪为宋文佳篇。文中对建寺缘由、寺之规制以及肇自官场沉浮的坟寺予夺都有详细记载，苏辙称该寺是在他几遭贬谪，年逾五旬之时才"与闻国政，以故事得于坟侧建刹度僧，以荐先福"，故在父母坟寺故伽蓝基础上创建而成，后来在苏辙再次遇罪遭贬时，此寺曾被夺去："前执政以黜去者，皆夺坟上刹。"被夺寺整两年之后，才终因皇帝哀矜旧臣的手诏复得此寺。苏辙得寺过程坎坷不断，自身亦于官场几度沉浮，其间又经历了兄轼的亡故，文中蕴藉了沉痛的沧桑感受，读来令人生慨；行文间又多寄寓对父母亲人的怀想笃念之思，情真意挚处亦颇令人动容。置设坟寺原本便是为笃怀先人，追荐先亡，而宋代臣僚相关寺记作品中却多以寺院规制、感念皇恩、寺内创设为主要表现内容，对父母亲人的感怀被压缩到很小的部分，甚至完全不予表现，如苏辙般不离坟寺创设初旨、以追怀先人为主要表现对象的记文在宋时并不多见，因此亦愈发可贵。

范祖禹《龙门山胜善寺药寮记》所记龙门山胜善寺亦为功德类寺院，而且是功德寺中十分独特的一类，一般王公大臣建功德寺皆作先祖荐福之用。此处功德寺为太尉潞国文公出资翻修并请为功德寺，除追荐先祖之外，文公还在寺中创设药寮，"择僧之知医者为寮主以长之"，尽出家中医书、方剂、针石等，荐福的同时为民众施药疗疾，造福无数。文公所建寺院屋舍仅十几楹，又有药寮之设，在诸多争以私利是牟、互以寺之华耀为夸的王公大臣建寺中可谓独树一帜，于其中颇可见文公爱民拯济之心。黄庭坚《成都府慈因忠报禅院经藏阁记》亦是专为功德类寺院所作的记文，与上列文公功德寺的俭朴、利民不同，慈因忠报禅院为其时王公大臣建寺的典型代表。记文首述建寺渊源，称该寺系因范公百禄身居要职、与闻大政而得，依照旧例朝廷准其在祖先坟茔处建筑寺院以追福三祖。该文录其父祖姓名、位爵之外，再无片言关涉，对先祖的追慕之情表达得不太明显，反倒是对皇恩的感戴以及身登政路的荣誉感受表现得更为突出。接下来便详细描绘建寺经过、建寺之人、掌寺之僧，对崇奉佛事、营造经藏阁之事大书特书，终营得佛屋二百余楹并于寺内创经藏阁藏经书五千四十八卷。该寺资财的丰富以及规模的宏壮已跃然纸上，时之臣僚贵公所创功德寺院大略皆与此寺相类。通过这篇记文也可对时之臣僚贵公创设功德寺院的情况有一个大致和直观的把握。

皇帝和皇室宗亲处于国家权力金字塔的顶端，在享受的特权和资财上又远超列位臣工，所以由此类人群创设的各类皇家寺院，在构寺数量、寺院规模和寺内豪奢程度上更是有过之而无不及，大抵壮丽宏阔，形同王宫，宋代寺院文对此类寺院也多有涉及。诸如作为皇家陵寺的奉先资福禅院，寺内设有皇帝神御殿的左街护国禅院大安塔，仁宗为先帝资福所建的慈孝寺，神宗为申孝道所建的昭孝禅院，太祖时因武事为死去将士荐福的建隆寺和太宗时的平晋寺，以及宋朝历代君王皆有崇奉的开宝寺灵感塔等都有专门寺记，各种节庆功德疏、道场疏中所涉皇家寺院更是难以计数。由于该类寺院记文多为臣子应皇室之命写就，内容基本以歌功颂上、堆砌典故为主，馆阁文词的气息和应制公文的痕迹都特别明显，所呈现出的诸寺风貌亦千篇一律。所以此处不欲对各类皇家功德寺院作展开论述，仅以慈孝寺为例作大致说明。夏竦应皇帝之命作有《御书慈孝寺碑额记》《慈孝寺铭》两篇记文，记文中满是对仁宗以及皇太后的夸赞褒扬之词和伸张孝道的议论，并无太多实际内容，《慈孝寺铭》的主体内容更明显地分为赞美皇帝和赞美皇太后两部分，谀辞满纸，不堪卒读。不过从《慈孝寺铭》中还是能得到一些关于该寺的具体信息，该寺为仁宗和太后为追福真宗所建，以燕国英惠故长公主府第为寺基。在公主府第的基础上再加营建之，其规模与气象必定非凡：寺中在玉清廷建安圣殿，灵景馆建奉真殿，又有应天院、鸿庆宫之设，安放遗像之处亦皆建宝宇。尽管已经如此豪奢，文中却称"因旧垣而不广，虑民居也；鸠庶工而惟简，形人力也"，寺成之后又责令臣子献文记胜。文章结尾处更铺排陈列了祭祀真宗的奢华排场和仪仗，尽显皇家富贵气象。窥此一斑，便大概可知宋代皇家功德类寺院的全貌。宋代功德类寺院除上文所述王公大臣功德类寺院和皇家功德类寺院，尚有民间所建坟庵。民间坟庵将会在"庵堂"部分有详细论述，此处不再展开。

宋代以祈福祝祷为主要功能的功德类寺院，多为自家之事而建，或为先人追福，或为在世亲人以及自身祝求安康，上文所述臣僚功德类寺院和皇家功德类寺院皆为此类。在宋代还有一种用作功德的寺院情况比较特殊。这种以"生祠"命名的功德场所，是由民众筹资为他们爱戴的官员所建，将官员画像置放于寺院中，日日恭施拜祷、祝念祈福以求佛泽庇佑该名官员余生健康顺遂。建祠时，官员尚在人世，与一般祠堂祭祀亡人不同，所以此类祠堂便称作"生祠"。根据宋朝寺院文所反映的情况来看，"生祠"并非一定建在寺院之中，行佛家法事，也有以中国民间传统方式祝祷的。宋人有关生祠的文章共计9篇，其中7篇是专为生祠所写记文，有3所生祠可以确知建于寺院中，有1所极有可能以佛教方式供奉，另外3所没有说明具体的供奉方式，再参照宋代民间广泛亲佛的现实状况，估计宋代生祠建于寺院之中或按照佛教方式祭祀的，当不在少数。

生祠并非宋朝首创，何嗣昌《告通邑士民止建生祠文》中称早在晋朝时已有人为荀勖立生祠，赞颂其德声政绩。顾炎武《日知录》则将创建生祠的年代追溯至汉代："《汉书·万石君传》曰：'石庆为齐相，齐人为立'石相祠'。《于定国传》：'父于公为县狱吏，郡中为之立生祠，号曰

'于公祠'。《汉纪》：'栾布为燕相，有治迹，民为之立生祠。'此后世生祠之始。"①生祠创始年代问题非本书所要研究的核心问题，限于时间和精力，此处不欲深究，暂以顾炎武所说为准。

自汉代以后，历朝皆有兴建生祠的记载。其实不论是汉时还是晋时之生祠，由于彼时佛教尚不流行，所建祠堂与中国传统祠堂并无差异。只是随着佛教在中国的逐渐繁荣和深入渗透，佛教因素开始在生祠中出现并呈现慢慢增多的趋势，特别是在宋朝全社会普遍亲佛的时代大背景下，生祠更是修进了寺院之中。沈绅《越帅沈公生祠堂记》记录了沈公任越帅时的种种德政功绩以及越民对其的爱戴、敬重之情，朝廷对沈公的迁调之令下达后，越地民众为表对沈公的感戴以及为沈公祈祷安康之用，"相与画公仪形，揭于永福佛寺，以虔慕詹；从而铺其治行，属绅序次，光明世闻"。陈舜俞《杭州知府沈公生祠堂德政记》也是描绘的沈公的生祠，只不过是由杭州民众为沈公而建的，从沈公治理越、杭两地的种种举措和所达到的政通人和的效果来看，沈公确为当时不可多得的良吏。两年之后，朝廷再度将沈公调离，调令下达之后，杭地民众思无以报公，遂为沈公建立生祠，一来显公政绩，二来为公祈福："于是民知公去是而用，将致于大，自嗟其逢之不可再也，乃相与于山之巅，作为室堂，物色仪像，以揭示瞻仰，日颂公寿。"引文中虽未明言此处生祠与佛教存在关联，但后文称"衣冠缁黄、耄旧秀艾"之人皆来请文，其中"缁"便为佛教僧人之特指，兼之宋朝时杭州是佛教泛滥的地区，所以此处生祠以佛教方式祝祷的可能性非常之大。秦观《罗君生祠堂记》对当地民众在寺院中为罗君建生祠的情况也有记述："召埭之东法华佛寺置生祠焉""画罗君之像而祠之"。吴景修《隆德府知府韩公生祠记》亦称隆德士民在寺院中为韩公创建生祠"屯留倾邑仰德，无以申报，乃于佛寺绘像而俎豆之"。此外《邵

---

① （明）顾炎武著，张京华校释：《日知录校释》，岳麓书社2011年版，第894页。

氏闻见录》亦提及洛阳士庶为潞公在资胜佛院建造生祠的情况："洛之士庶又生祠潞公于资胜院，温公取神宗送潞公判河南诗，隶书于榜曰伫瞻堂，塑公像其中，冠剑伟然，都人事之甚肃。"①

宋代有关生祠的资料记载比较零散，除宋文中有专门记文的7所外，应还有大量生祠的存在。宋太宗淳化五年曾专门下诏禁止剑南诸州为该地官员建造生祠，想来该道诏令颁布的背景定是因为剑南诸州多有为官员建生祠之俗。剑南诸州前后蜀时期在其国主影响下，绘真容、建生祠的风气曾盛极一时，归宋后其地之民大概仍然承袭此俗。宋朝政制大抵承袭唐朝，唐代在创建生祠之事上态度十分审慎，需由民间请愿，报呈朝廷逐级审批方得创建②，宋太宗下诏抑制剑南诸州建生祠之风概出于此。但从宋代相关史料来看，对民间创设生祠的规定似乎不如唐朝严格，在七篇关于生祠的记文中皆未提及民间为当地守官创祠需报朝廷审批，大抵皆为当地民众奔走相商、议地建祠即可创成，但亦遵唐制需在该名官员调离之后才可实行创祠之事，上述七篇生祠记文所述皆为官员调令下达之后所建。创设生祠上享有的自由以及五代时期前后蜀两朝创设生祠风气的遗留，均可能导致宋代生祠数量的增长。除上述7所生祠外，宋代官员享生祠事亦多有记载，如曾巩《隆平集》中称范仲淹在当时有多所生祠："仲淹所至，恩威并行，邓、庆之民并西陲属羌绘像生祠之。"③李清臣《韩忠献公琦行状》亦称韩琦"所历诸大镇，皆有遗爱，人皆画像事之，独魏人于生祠为

---

① （宋）邵伯温撰，李剑雄、刘德权点校：《邵氏闻见录》卷十，中华书局1983年版，第105页。

② 唐代生祠创建情况可参见雷闻：《唐代地方祠祀的分层与运作——以生祠与城隍神为中心》，《历史研究》2004年第2期。

③ （宋）曾巩：《隆平集·范仲淹》卷八，景印文渊阁四库全书本，台湾商务印书馆1986年版，第371册，第84页。

塑像"①。《宋史·苏轼传》亦称"轼二十年间再莅杭，有德于民，家有画像，饮食必祝。又作生祠以报"②。《宋史》中亦多记官员生祠事，比如李复圭，为民请命避免重复纳税"复圭为奏免，民立生祠"③；郎简，"县有石塘陂，岁以湮塞，募民浚筑，溉废田百余顷，邑人为立生祠"④，相关例证还有很多，王钦若、胡宿、程师孟等人皆有生祠。粗略统计《宋史》中北宋朝官吏享有生祠的包括范仲淹、韩琦在内便有9人，其中范仲淹、程师孟等皆享有多所生祠，再参照何嗣昌《告通邑士民止建生祠文》中何当时仅为龙泉县一个小小的县丞却获当地士民请建生祠这一事实来看，北宋朝创建生祠的情况定然远远超过史书所载。史书典籍对生祠创建情况的缺录，或许恰恰是由于创祠的普遍和俗滥导致的。何嗣昌《告通邑士民止建生祠文》中对当时滥创生祠的情况有所反映："'某祠，某施小惠所饵也'，'某祠，某赏金徇民也'，'某祠，某阴使某等构之也'，不宁惟是，一时意气，东呼西号，率尔迄立，迨事过情迁，俯仰之间，视若秦越。以致今日生祠，明日废址；今日是某公之位，明日某姓之居。"也许正是因为这个原因，史书尚未记载，生祠往往便已易主、废止，所以史书中载录的生祠数量要远少于当时实创之数。滥创生祠导致其原本旌表、尊崇之意的失落，或许也是时人文章中不涉创祠之事的原因，从现在掌握的材料来看宋朝官员不辨忠奸（奸相王钦若亦有生祠），功绩不分大小皆享生祠，大约如此"生祠"，不提也罢。

未及记录也罢，不乐提及也罢，事实上，北宋朝创建生祠的数量还是极为可观的，以北宋朝佛教繁兴的状况来看，其中定多有建于寺院或以佛

---

① （宋）韩琦撰，李之亮、徐正英笺注：《安阳集编年笺注（下）》，巴蜀书社2000年版，第1745页。
② （元）脱脱等撰：《宋史》卷三百三十八，中华书局1977年版，第10814页。
③ （元）脱脱等撰：《宋史》卷二百九十一，中华书局1977年版，第9743页。
④ （元）脱脱等撰：《宋史》卷二百九十九，中华书局1977年版，第9926页。

教方式祝祷的，于寺院中创设生祠的也定然仅非生祠记文中所列三所。南宋王继先的传记中有"又于诸处佛寺建立生祠，凡名山大刹所有，大半入其家"①之语，可以推断在寺院中立生祠大概已经成为当时习见、惯常的风俗，而此俗之形成和扩散必然要经过在北宋一朝的发展过程，此例也可作为北宋朝以寺院为生祠的佐证。

宋代佛教繁荣，除上层社会普遍亲信，宋代民间对佛教亦大为欢迎，佛教的影响在民间渗透极深，民众多亲向佛教。较之皇室、王公大臣而言，普通民众无力兴建大型寺宇，但亦各以其所能地践行其佛教信仰。比如家贫的常常积攒钱财造石香炉、龛像，在家中供奉各类佛祖、菩萨画像等，稍具资财的便建堂起庵，创设小型寺院。在宋代寺院文中存在大量以庵命名的小型佛宇，大批佛庵的出现，验证了佛教在民间的流行。

庵的本意为小草屋。其意大概来源于作为草本蒿科植物的"庵闾"，长成后老茎可以用来覆盖房屋，早在西汉时期司马相如《子虚赋》中已有庵闾之称，"莲藕觚卢，庵闾轩于"。庵即民间常见的草屋、草庐，隐居之人或出家之人常常居住其中，后来便渐渐具备了高士居所和小型佛宇的意义。"庵"在宋朝也具备这两重涵义，一方面大量文人的书斋多以"庵"命名，隐士居所亦称庵，如范祖禹《和乐庵记》称"河南张子京结茅为庵于其所居会隐之园"，民间或僧人修建的小型佛宇亦以庵称。后来"庵"字涵义逐渐缩小，称某某庵者，一般多为佛教女性修行者的居所，即尼姑庵。在宋朝，"庵"字尚不具备区分男女修佛者的涵义，男僧和女尼所建规模较小的佛宇均称佛庵。如张弼《寿圣禅院记》称寿圣禅院由一个小庵扩建而来，"西距县郭五里，俗谓之东庵，盖雪峰禅师尝隐此，身光发见，远近望之以为回禄，驰往救扑，至则无有，因号为光明庵，后稍益屋，谓之光明禅院。熙宁元年始赐今额"。可见，在宋朝小型佛宇被

---

① （元）脱脱等撰：《宋史》卷四百七十，中华书局1977年版，第13687页。

称为"庵",大型的则称"院"或寺。再如钱藻《瑞石庵记》中亦称该庵由邑民筹资所建,规模较小:"明道纪元之初,浮图守常者能默诵《妙法莲华经》,邑民陈氏浩涤相诏,出泉二百万厪其下为庵,召守常者,持事之。"此庵耗费为二百万泉,相较大型寺院的动辄数十万缗确实花费较少。郭受《妙智讲寺记》亦有言叙庵事:"钱氏之有吴越日,凡二浙之间山水奇秀者,皆许建刹摩以安僧焉。兹地始得僧师贤……乃诛茅建庵而居之。"妙智讲寺便是由当时之庵扩建而来。赵抃《西园圆通颂》中对圆通庵之狭小、简陋亦有言及:"以其(圆通)庵庐编竹覆茅,岁凡一葺完,不能久,屡为风雨所挫。"宋代寺院文以庵为表现对象的非常之多,黄庭坚、江公望、惠洪等人皆有多篇庵铭或庵记文。由上列引文还可看出佛庵的创设之人并不固定,有民众,有僧人,也有部分士人,但都有着明显共同点:俱为民间创设且皆规模不广。

宋代寺院文中涉佛庵甚多,大抵皆微小而清幽之所,此处仅以江公望《惟庵记》和惠洪《明白庵铭》为例。《惟庵记》称此庵乃真悟老屏俗清修之地,"结茅于其山之西冈,以为宴休之地"。真悟老的做法在当时高僧名宿之中很有代表性,当时大德名僧在历坐道场、屡开法坛之余或者年迈之后,往往会为自己建造一个躲避人喧、净心清修的庵室或者轩堂之类,在清净简朴的环境中摆脱世间万物乃至思想情感的遮蔽,达到此心与佛法合一的境界。惟庵的陈设亦不脱此类:庵建于山峰流水间,应门的唯有一小童、犬吠还有应风作响的竹声,庵堂外观没有任何藻饰,庵内也仅设一榻供坐卧之用,可谓精简至极,所以此庵名"惟庵",但"惟庵"的用意不仅在此。文末又从佛理高度阐释了"惟庵"的意义以及真悟老的生活境界,并将佛理阐释与青山丽水糅合,使人于山水景致中自然领悟湛然的佛理,丝毫无生硬、堆砌之感。这尚不是此篇记文最令人称道之处,《惟庵记》的绝妙处在于江公望对周围山水环境的精心描绘上,如"松杉青润色,欲染人衣袯"句,读来似诗如画。惠洪《明白庵铭》是惠洪专为自省、缄口而建，很有点静室思过的意味。时之高僧在失意或者获罪的情况下，多会如惠洪一般，找一处静庵，反省自身，默思己过。惠洪在大观元年初建此庵的目的，便是为克服其"好论古今治乱是非成败"的毛病，欲"痛自治也"，却在陈莹中言语激将下背离初衷又复多言招祸："竟坐此得罪，出九死而仅生。"释罪得归后，惠洪复回此庵"收招魂魄，料理初心"，自此"一庵收身，以时卧起。语默不昧，丝毫不差"。文末之铭将佛理融贯于生活感受之中，春雷、冬雷的譬喻更是深入浅出、发人深省。以篇幅论，这篇文章不过短短三百余字；以内容论，此篇却兼具叙事、传情、达理之妙；结构上看，文章恰到好处地征引了陈莹中两处精彩议论以推动事情的发展。这篇铭文很能见出惠洪的文学功底。

宋代佛庵中有一种情况比较特殊，它产生于佛教世间化和寺院功德化的大潮中。前文已论宋代寺宇中有很大一部分都是功德类寺院，宋代的庵堂亦不例外，许多佛庵乃民间出资修建专为守护自家祖先坟墓，追荐先祖之用，这种佛庵一般称作坟庵。宋代寺院文中对民间修建坟庵的情况亦有展示，汪藻、孙觌皆有请僧驻坟庵的疏文，但两篇文章都十分简短，所涉不广。对宋代民间坟庵展示最全面的要数李纲的《邓公新坟庵堂名序》和《邓氏新坟庵堂名序》。两篇序文所记坟庵祭奠的对象，皆非达官显贵之人，第一篇序文中的"邓公"曾经做过官，但官亦不过吏部使者，远远够不上朝廷创建坟寺的资格；第二篇序文中"邓氏"的身份则仅仅曾是一名士子，"曾有声场屋间"，两位皆可归入民间士人一类。从两篇序文中还可以见出，当时民间稍有资财的家庭为亡者置办丧葬之事时，一般要在坟墓旁边建堂和庵，堂和庵是独立的，各有其专门职能："有堂直墓下，以奉荐享；有庵居墓傍，以修佛事""今子建堂奉祭祀之事以追远，……今子结庵修香火之缘以报亲"。也就是说这种丧葬制度整合了传统礼俗和佛家礼仪的规定，以堂奉传统祭祀之事，以庵行佛家法事。第二篇序文还对当时之人在丧仪上普遍按照佛制建佛庵、做佛教法事的现象有所揭示和说明:"后世金仙氏之教兴,其说以谓凡欲追报其亲者,必修吾法以资冥福,于是人子无以致其罔极之思,则必筑室墓次,使其徒居之,梵呗钟磬之音朝夕不绝,庶几获其报焉。"从这段引文推断,宋人修筑佛庵为亡人荐福的情况除却宋代寺院文中提及的几例外,应当还有很多。

第五节　寺院引力下寺院文的涌现

在宋代社会,皇权之外,影响最巨的非文士阶层莫属。北宋一朝,自太祖赵匡胤《戒约》"不得杀士大夫及上书言事人,子孙有渝此誓者,天必殛之"始,一直重文抑武,文彦博更以"为与士大夫治天下,非与百姓治天下"之语,彻底瓦解了神宗推行新政的决心,文士阶层的社会地位之高、影响力之巨,可见一斑,是以宋代释教一直不遗余力地积极争取该阶层的支持。然而讨好皇权容易,佛门只需恭顺姿态即可;取悦文人则不同,若无精神交契和呼应,似绝无可能。于此北宋佛门颇费心思,以期"同声相应,同气相求"。北宋佛教虽面貌兴盛,但以佛理察照,除贡献了文字禅、默照禅、看话禅等几种悟禅方法外,进益无多,莲经妙法并非佛教用以亲和文士阶层的利器,部分僧人甚至常因佛理空疏为其所讥。相反,其时佛教不断向俗世倾斜,"世间性品格"突出,与文士阶层的神通气和多是在"世间"层面完成的,具体而言,主要有赖于寺内僧人在艺、情、德三方面不断提高自身、接近文人的努力。在寺僧获得文人敬重与友谊的同时,寺院又兼有景致秀美、免费食宿供应、科考场地提供、各类经济文化活动频频于寺举行等诸多优势,寺院对文士形成了一股强大的引力,寺院游观蔚然成风。北宋时期文人大量参与寺院文的创作就是以此为前提的。

需要指出的是，寺院与文人之间并非单向的吸引与被吸引关系。实际上，寺院与文人间，准确地说是寺内僧人与文人间的互动是双向的：一方面寺院尤其是寺内僧人积极在艺、情、德等方面缩小与文人的差距，不断接近文人；另一方面文人亦亲向佛法，主动向寺院和僧人靠拢。二者亲密关系的达成是双方共同努力的结果。鉴于北宋文人尤其是知名文人亲佛、交游诸位高僧的事迹，在学界已有较为全面、深入的论说，故本书在寺院与文人关系这一问题的揭示上，主要侧重从寺院对文人的吸引方面展开。

一、以艺服人

早期僧人文化素质普遍较低，其时僧人罕有通晓文学者，至东晋南朝，会作诗的僧人才渐渐多了起来，但真正以诗闻名的僧人尚属凤毛麟角。至于唐，会作诗的僧人和以诗闻名的僧人大量增加。灯传照远，随着佛教的兴盛，宋僧文学素养进一步提升。僧侣为了博取文人好感，显然已经不会更不能满足于"会作诗"和"作好诗"的程度。欧明俊先生曾论及，宋人眼中第一等文体为"文"，其次是"诗"[①]，可以想见，僧人于"文"自然用力甚勤。

宋代僧侣不乏研习儒家经传者，对文典如数家珍。如《宋高僧传·序》赞宁言"盖是拘于墟也，传不习乎"，《宋高僧传·后序》中"先者所谓，加我数年，于《僧传》则可矣已"，"俾将来君子，知我者以《僧传》，罪我者亦以《僧传》"，其化用儒典，圆润自然。王禹偁《左街僧录通惠大师文集序》激赏赞宁："释子谓佛书为内典，谓儒书为外学。工诗则众，工文则鲜，并是四者，其惟大师"。赞宁之后，佛门中兼通内

---

① 欧明俊：《文学文体，还是文化文体？——古代散文界说之总检讨》，《文史哲》2011年第4期。

典外学之人辈出，至智圆、契嵩、惠洪辈，儒学造诣愈发精微，对儒学的收蓄已不再流于文字浅层而直指内核，更将两教互参融通。在这一过程中，僧人大量地参与"文"的创作，与北宋文士一道缔造了宋文"后无来者"的辉煌。

北宋僧人能作文、作佳文的都不在少数，仅就寺院文这一项统计来看，已有超过百名僧人所作的两百余篇。其中尚不包括《全宋文》失录的僧人作品，遑论僧作中仅存名目而后世无传者。长于吟诗作文，僧人便与文人有了更多交集，两者诗文往还，雅集佳会不断，极大地拉近了僧、文二者的距离。

北宋寺院文中，夸赞某僧"博该众艺""博综众艺"之语频见。文学之外，寺僧在书法、音乐、茶道、绘画等文人钟爱的领域，同样造诣精深。宋僧常抄经礼佛，僧中多擅书法者。僧人长于书法的名声，大半要归功两位反佛斗士——欧阳修和曾巩，尽管二人本意并不在此。欧阳修和曾巩反佛立场坚定、影响深远，抨击释教言辞激烈、贯彻始终，尽管如此，他们对佛僧书法却不吝赞美。欧阳修《集古录》收录了许多佛门作品，对书法赞誉有加："衰世之弊，遂至于斯。余于《集古录》不忍遽弃者，以其字画粗可佳，舍其所短，取其所长，斯可矣"；"惟其字画多异，往往奇怪，故录之以备广览""时时字有完者，笔画清婉可爱，故录之"；"文辞既尔无取，而浮图固吾侪所贬，所以录于此者，第不忍弃其书尔"。曾巩在一些寺院碑跋作品中也多赞寺院书法："其字画妍媚，遒劲有法，诚少与为比。然今所见，特此碑尚完，尤为可爱也"；"其字尤可喜，得之自余始，世盖未有传之者也"。欧曾二人肯定佛门书法的用意，固然不在揄扬佛教，对此欧阳修《集古录》反复申明，却客观上大扬佛门书法之名。僧人亦有以书法名著宋世者，宋人盛赞释梦英书法，称"阳冰死而梦英生"，《全宋文》录有释梦英的两篇书法专论，郭忠恕《答英公大师书》更称，与英公"共得阳冰笔法，同传史籀书踪"。另如释永牙、吕端等，都有诗歌赞誉英公书法。

寺僧亦有善音律者，如日观法师、昕法师。范仲淹对佛教的态度十分审慎，多有批判言论。然而范著《天竺山日观大师塔记》，醉心日观琴技："师深于琴，余尝听之，爱其神端气平，安坐如石，指不纤失，徽不少差，迟速重轻，一一而当。故其音清而弗哀，和而弗淫，自不知其所以然，精之至也。"范仲淹能为日观法师撰写塔记，此琴之功也。与范仲淹一样，宋祁对佛教亦多有批驳，《治戒》更明告子孙"不得作道、佛二家斋醮"，但宋祁《相国张公听普印昕师弹琴诗序》描述昕师琴音："乐家有琴也，于古差近；释子悟禅也，在法最胜。胜法难喻，古声难调。二者合以相资，此昕师之鼓琴也。"可见昕师得到宋祁的欣赏，同样得益琴音。上列诸僧，擅书法、长鼓琴，却能得反佛文士青眼。反佛文士犹如此，亲佛文士对其爱敬，更不待言。亲佛者流如苏轼的文章中，多有对各位高僧大德工诗、善文、长于书、擅于琴的赞赏之词，多如繁星，兹不赘列。

苏轼对佛门茶事，亦有褒言。寺院茶事源远流长。《茶经》称晋时茶已入寺院。《晋书·艺术传》载敦煌人单道开，"日服镇守药数丸……时复饮荼苏一二升而已"[①]。有学者以为"荼苏"乃"屠苏"之误，想东晋时僧人持戒尚严，不可饮酒，所以此处"荼苏"应为茶饮。递至南朝，已有关于茶事的确实记载，《茶经》载："释道该《说续名僧传》宋释法瑶……武康小山寺，年垂悬车，饭所饮茶""《宋录》新安王子鸾、豫章王子尚，诣昙济道人于八公山，道人设茶茗，子尚味之曰：'此甘露也，何言茶茗。'"[②]唐时茶成为寺院必备饮品，茶事记载不能胜数。刘禹锡有山歌专赞寺茶："山僧后檐茶数丛，春来映竹抽新茸。宛然为客振衣起，自傍芳丛摘鹰觜。斯须炒成满室香，便酌砌下金沙水。"宋代茶风更盛，天子平

---

① （唐）房玄龄等撰：《晋书·艺术传》，中华书局1974年版，第2492页。
② （唐）陆羽：《茶经》，景印文渊阁四库全书本，台湾商务印书馆1986年版，第884册，第622—623页。

民、僧侣文士，皆有饮茶之习，苏轼与佛门的信件中便多次提到与僧师互赠佳茗。

相较世俗茶艺，槛外似更胜一等。因茶树宜生山地，且茶品高低很大程度上取决于水质，这两方面，寺院优势明显。首先，寺院多选山林密合之地，"天下名山水域，为佛地者什有八九"，寺院地理生态适宜茶树生长，多产上等佳茗。再者，寺院所在往往山明水秀，"一泉一石，含清吐寒，粗远尘俗处，靡不为桑门所蹈藉"。《茶经》称，泡茶"用山水上，江水中，井水下"①，山水即为"泉水"。佛寺多伴佳泉，苏轼即有多篇寺院文，专赞寺院山泉"白甘"，寺中山泉清洌，更添茶艺颜色。因了以上两点，寺院茶艺颇有其独到之处：苏轼《题万松岭惠明院壁》称寺茗芳烈，盖因主师梵英精心调配，"茶性新旧交，则香味复"；《参寥泉铭》绘寺院饮茶："是月又凿石得泉，加洌，参寥子撷新茶，钻火煮泉而瀹之"；《书卓锡泉》品鉴所历之水，认为井水不如江水，北江水不如南江水，南江水不如清远峡水，清远峡水虽色碧味甘，仍居卓锡之下，文末还特意指明，正因卓锡甘洌，当地人才尤爱斗茶，遥想斗茶者，该不乏取水便宜的寺僧。此外，惠洪《四绝堂分题诗序》亦有茶事记载："廓然与诸公登清富堂，汲峰顶之泉，试壑源茶，下鹿苑寺，散坐于青林之下。""壑源茶"是宋朝的贡品茶之一，《大观茶论》记云："味，夫茶以味为上。香甘重滑，为味之全。惟北苑、壑源之品兼之。"②惠洪此处看似随意的一笔，却道出了寺院饮茶的讲究：山泉已经为泡茶之佳品，按《大观茶论》，水"以清轻甘洁为美"说，峰顶之泉更是相宜了。以峰顶泉试壑源茶，可谓

---

① （唐）陆羽：《茶经》，景印文渊阁四库全书本，台湾商务印书馆1986年版，第884册，第618页。

② （清）陈梦雷等编：《古今图书集成·经济汇编·食货典》第二百八十九卷《茶部·徽宗大观茶论》，中华书局1934年影印版，第15页。

"十分水"遇"十分茶",所得之茶定为佳品。此外,惠洪另有《沩山空印禅师易本际庵为甘露灭以书招予归隐复赋归去来词》,其中对寺院茶事的描写亦颇风雅:"俯拾枯松,旋安茶樽。并两山之寒翠,煮万仞之潺颜。"虽寥寥数字,却道尽茶饮之风致。

"茶榜"文中,也可窥见宋时寺院茶事之盛。"茶榜"一词频见于各类寺院"清规",原为寺院在举办重大茶会时所撰写的制式公文,由寺内僧人负责撰写。① 宋时,在重"文"风气的影响下,"茶榜"演变为兼具审美韵味与佛理禅趣的独特文体,作者不再囿于僧人,文人也开始参与"茶榜"写作。北宋茶榜作品现存7篇,惠洪5篇,余由文人写就。惠洪之作偏重佛理,对寺院茶事着墨不多。两篇文人作品却对寺院茶事多有展示。李新《灵泉老诠茶榜》一文描绘尤细:

> 泥牛耕空,宝山布种,穷尽大千界,只这灵芽;试遍第一泉,无此至味。舌根知处,胜于乳酪、醍醐;玉尘飞时,碾出山河大地。汲取八功德水,瓶中已作苍蝇声;战退四天王魔,枕上讵成蝴蝶梦?要知下口处,须是点头人。惟诠公禅师云何住心,是名说法,便使千斋日赴,也要两腋风生。大众事还,会么几入鹫峰;云自碧重,游鹿苑日何长,谢师访临已后,为人不得错举。

该文从茶树种植、水的选择、茶的味道功效等多方面对寺院茶事细致描摹,记录了寺院的茶会盛景,为研究宋代寺院茶事提供了珍贵史料。文中大量运用佛典,平添禅趣,却略失阻滞。同类作品中,理韵兼备、风雅蕴藉者,当属孙觌《茶榜右语》:

---

① 茶榜事可参见宣方:《宋元佛寺茶榜考论》,载《茶禅东传宁波缘——第五届世界禅茶交流大会文集》,中国农业出版社2010年版,第87—89页。

谓茶为苦，以蜜说甜。同在一尘，孰知正味？明公长老以广长舌，说第一义，以清净眼，证不二门。应感而现法身，随缘而作佛事。众狙进果，百鸟衔花。鸣两耳之松风，倒一瓯之茗雪。三竿红日上，正熟睡时，两腋清风生，不妨仙去。

一幅寺院饮茶图跃然纸上：红日逐花鸟，香茗共松风，其中神韵，非亲历不能玩味。佛典化用平顺流直，毫无凝滞，平添理趣又无损文韵，实为佳篇。宋人诗词中，关于寺院茶事的记载更为纷繁，就不再赘述了。

至于绘画，释教独擅胜场。寺内多有诸佛菩萨雕塑、造像、壁画一类，开出极具特色的佛教绘画一叶。有些作品出自名家，十分珍贵：七祖院称寺中壁画为吴道子手迹；净因院有苏轼所画两丛竹、两竹梢、一枯木，更有宋代画竹名家文同真迹；中和胜相院藏唐人画像，画技惊人，"此院又有唐僖宗皇帝像，及其从官文武七十五人。其奔走失国与其所以将亡而不遂灭者，既足以感慨太息，而画又皆精妙冠世"；楞严院存刘允文绘六祖像，文同誉其"采饰殊绝，铺置有序""信法苑之胜缘，而画评之善品者也"。名家以外，僧中亦有长于此道者。苏颂《题巨然山水》称巨然"山水擅名江表，归朝尤为当时贵重"；苏轼《兴国寺浴室院六祖画赞》记蜀僧令宗画技，"神宇靖深，中空外夷，意非知是道者不能为也"；黄庭坚《自然堂记》言佛者惠言长于丹青："言师善鼓琴丹青而不有其能，读经论多自得其意，不事外饰，如山野人，可与言者也"；黄另有文章分赞仁上座、宝觉、惠崇三人，《跋仁上座橘洲图》称仁上座所绘《橘洲图》清逸出尘、涤人心魄："余方自尘埃中来，观此已有余清"，《题惠崇九鹿图》则比对宝觉与惠崇画技，宝觉"妙于生物之情态，优于崇"，惠崇"得意于荒寒平远，亦翰墨之秀也"。上列诸僧，惠崇最著，黄庭坚以外，其画作深得郭若虚、王安石、苏轼、袁燮等推崇，郭若虚《图画见闻志·自序》赞其画技曰："建阳僧惠崇，工画鹅雁鹭鸶，尤工小景。善为寒汀远渚、潇洒虚旷之象，人所难到也。"①

僧人擅长的领域尚有很多，比如医术、手工等领域。寺僧通医是汉传佛教的一大优良传统，东吴时已有名僧安世高"洞晓医术，妙善针脉，睹色知病，投药必济"②。僧人从医，大概如东晋于法开所言："明六度以除四魔之病，调九候以疗风寒之疾，自利利人，不亦可乎？"③南朝时，关于寺僧医术高明的记载已经十分之多④，唐代亦然。医方明乃佛家五明之一，是僧人日常必须修习的科目，是以许多出家人皆具备丰富的医学知识，虽然北宋寺院文涉及不多，但寺僧普遍具备一定的医学常识，且其中不乏医术高明者毋庸置疑。如抚州菜园院可栖，"善持其佛之法而言行不妄，且长于医，故士大夫礼之"；龙门山胜善寺内设有药寮，"择僧之知医者为寮主以长之"；苏轼与东林广惠禅师等法师的书信中也常互相探讨药方。寺僧长于手工的，如杭州南新普向院月言，本寺多宝佛塔便由月言亲手雕刻，"塔之终始，悉出于言手，而工无与焉"。僧人才艺加身，缩小了与文人之间的差距，赢得了文人好感，对宋代佛教发展大有裨益。

二、以情动人

与文人交，僧人尤重以情动人。许多僧人，包括大德名师，都与亲近佛教的文人有着浓情厚谊，更有肝胆相照、生死相随者。如苏轼、苏辙，

---

① （宋）郭若虚、邓椿撰，米田水译注：《图画见闻志》，湖南美术出版社2000年版，第165页。

② （梁）释僧祐撰，苏晋仁、萧炼子点校：《出三藏记集》，中华书局1995年版，第508页。

③ （梁）释慧皎撰，汤用彤校注：《高僧传·于法开传》，中华书局1992年版，第168页。

④ 详情可参见本人硕士学位论文第二章第三节"佛寺的社会功能"，李晓红：《佛寺与南朝诗歌研究》，山东师范大学2012年硕士学位论文。

两人结交法师无数，其中不乏投契之人。苏轼与参寥，诗文茶禅相交，同游共赏，声气相应。苏轼获罪遭贬，其曾不远千里前来探访，以此获罪，被迫还俗褫夺师号，却无怨无悔。海月法师平生与苏轼最厚，圆寂前欲见苏一面而不得，嘱咐寺众须待苏轼见过方能阖棺。四日之后，苏轼赶到，"发棺视之，肤理如生，心顶温然，惊叹出涕"，情深比金。苏辙与逍遥聪禅师初识于苏辙被贬高安之时，遂为挚交。十年后苏辙再谪高安，时聪禅师已退隐不见世人，闻苏辙复来，特意出见："去来，宿缘也，无足怪者。"自此不顾世人非议和坚请，为苏弃道场事一年，朝夕相从："与予处一年，弊衣粝食，澹然若将终焉。"透过"顾以苏公一来，余无求也"一语，聪禅师对苏辙之情谊，见得颇为分明。按教义，寺僧本应清修世外，四大皆空，不以七情系心，不陷人世纷扰。但参寥、海月、聪禅师却重情重义，在挚友落难时陪伴左右，不惧牵连、不惧非议，对朋友的深情令人动容。世人最难勘破生死，心无挂碍非佛门中人莫属，诸师圆寂前对友人的不舍，与其说是自己"放不下"，不如说是担心友人"放不下"，是基于对挚友最深切的了解，更是对其最后的关怀，情深至此，着实动人。宋代僧人与文人厚交的，尚有很多，就不再枚举了。

宋朝时，文人士大夫请僧人超度父母亡魂的情况十分普遍，有些位阶比较高的，还设有专门的功德寺为父母荐福。胡则《重修法轮院记》载，法轮院院主重礼上人得知胡母永乐县君新丧，自发组织寺僧为胡母诵经祈福，"重礼上人集本院僧诵大乘《金刚般若经》五千八十四卷，为永乐县君之冥荐，而启予述作之诚心"，精诚至此，胡则为法轮院撰写记文，自然在情理之中了。吕陶《圣兴寺僧文爽寿塔记》亦提及文爽在吕陶居母丧时，通宵达旦诵经荐福，"陶向遭先妣丧，数为水陆大供，觊享冥福，师夜诵真谛，亹亹达旦，声韵远畅，愈于壮夫"。

行佛家法事几乎成为宋代丧仪必不可少的环节，究其原因，要在"来世荐福说"。古代社会倡导"天地君亲师"，不论从伦常角度还是人性角度看，亲情都是一种最触心弦和最难割舍的感情，父母恩深，子女报恩往往难及万一，正如萧衍《孝思赋》云"父母之恩，云何可报，慈如河海，孝若涓尘"。慈严制中，哀恸伤绝，"子欲养而亲不待"之念每每充斥于心，悲怀难遣。儒家向来回避死生，仅对丧礼有定制，但这对子女痛失椿萱的苦楚于事无补。相反，释道重轮回，肉身寂灭非是永诀，子女仍可通过诵经、法事之途径追思荐福，为双亲在彼岸祈求福泽。来世荐福说最打动人的，在于它提供了一种"亡亲不灭"的可能性，基于此说，在世者仍可通过某些途径和挚亲交流，这无疑极大地慰藉了在世者的感情。所以，即使是出于一种愿景，这套理论也很容易被人接受，何况当时信佛者如过江之鲫，这套理论自是风行。寺僧主动为文人亡亲诵经祈福，即使对方非亲佛文士，仅凭一片赤诚和善意，便足够打动他们了。

宋代佛教事业繁荣，于寺院多有兴建，每有兴造，往往请文人作记。请托文人为寺院作记，也是寺僧拉近与文人关系的一个重要途径，前者在这一过程中表现出的谦恭真诚，是打动文人的重要方面。宋代流传的寺院文多为文人所作，其中绝大部分，又是应僧人之请写就。对于僧人热衷请文人撰写寺记的现象，苏轼《书柳子厚大鉴禅师碑后》的解释颇为精到："释迦以文教，其译于中国，必托于儒之能言者，然后传远。"李觏《太平兴国禅院什方住持记》亦言："然非吾儒文之，不足以谨事始而信后裔。"因而僧人往往不惜代价，通过各种因缘求取文人寺记，除上文所述为文人亡亲诵经祈福以求寺记外，僧人于此尤为用心。

宋代寺院文中，很多是文人应僧人好友请托所写。即便双方没有直接的交集，寺院与文人任何细微的间接关联，都会成为他们请求文人作文的契机。如宋州龙兴寺浴室院所得柳开寺记，即因柳开受人诬告囚于该寺而作。柳开一向反佛，多篇文章中均有反佛之语，若无此机缘，柳开作寺院记文的可能性只怕微乎其微。再如李觏，对佛批驳甚厉，而承天院却得李觏撰写寺记，最重要的原因是李觏先君曾到访该寺。又有昭觉寺得李畋记文，盖因李曾修学于此："畎且念景德初与今岳阳牧张都官逌肄业于兹，倏尔岁寒，永言梦寐。"同样，永乐教院得罗适记文，也是基于罗少时在寺中受过寺僧启蒙。还有一种极为常见的情况，文人游寺受到款待，寺院借机向文人求文，如罗适为定海妙胜禅院作记，即属此种。

若与文人实无故交，僧人便曲线通途，请文人的亲朋故旧或者德高望重者做说客。上述重礼上人为求胡则一记，除为其母诵经五千八十四卷外，另请胡则旧谊——当地颇有名望的灵泉院继初上人为之陈情："则以永乐县君哀制，居苫凶间，灵泉院继初上人乡关硕德，布素旧交，三访倚庐，请述记诫。"李觏为承天院作记，李甥引荐功不可没，"近者复来，且介秦氏甥以院记为言。……其僧又喜事，吾甥又贫，而为之请，义不可拒"；"尧师能不惮烦以来乞诗，不获，又属以记，傍吾亲戚间，求人为言，唯谢绝之忧，其指何邪"。淮安军金堂县庆善院得黄庭坚作记，也是通过黄表兄张子安的斡旋。

为求文士一记，寺僧常不远千里，再三遭拒而反复登门，精诚所至，金石自开。潮州开元寺重修大殿，为请余靖撰记，水陆兼程七千里："既落成，逾岭渡江，绝淮走辇下七千里，以其状来请识岁月"；云溪寺求"大隐先生"杨适寺记，"凡丐余文，躬至吾门者几百数。遂记其事"；成都玉溪寺新作清风阁，五访苏轼所在，"以书来求文为记，五返而益勤，余不能已"。寺记芳篇流传千载，今人得窥宋朝佛教盛貌于一二，正在僧志愈挫愈勇，所以折服文人。

僧人请文人作记，有一点尤为令人钦佩。与当时佛教信众甚巨的情况相对，一批持有强烈尊儒立场的儒者力倡排佛，不遗余力地在各种场合指斥释教。请反佛大儒作寺记已然勇气可嘉，更可贵的是僧人面对"口诛笔伐"的态度。佛门请文人撰写寺记，本为"褒善称伐，翰墨攸先"，借文人之手以扬寺弘法，有时却求来满纸嘲讽。文人寺院文中的批佛议论非常之多，更有司马光、曾巩、李觏、王傅、李骘等人因寺僧之请所作记文，通篇未置一字褒语。饶是如此，佛门却未生毁之后快的嗔念，反将其刻于金石，传之后世。谤我、欺我、辱我、笑我、轻我，忍他、让他、由他、耐他、敬他，容天下难容之事的胸怀，令人起敬。或许正是这份气度，为僧人赢得了部分反佛儒者的尊重和一定程度的认同，部分反佛儒者后期的亲佛转向，大概也与此有关。

三、以德化人

宋代僧人虽也有随波逐流、争名逐利者，但大多数高僧慈悲为怀，惟以济世度人为任，风骨超迈、品行高洁。即使抛开宗教，其卓然风骨也使文人心折。这一点，先从反佛文士对僧人的赞美谈起，反佛文士对部分僧师的首肯，无疑是对僧师德行的最佳鉴定。

徐铉早年与佛门有隙，本传称他"性简淡寡欲，质直无矫饰，不喜释氏而好神怪，有以此献者，所求必如其请"，排佛甚明。但他为金陵寂乐塔院玄寂禅师作影堂记，对禅师多有称赏，称"（师）常端居静念，如学道者"，与师"言意相得，有若旧交"，法师离世，徐再临故地，悲不自胜。再如柳开，柳虽尊儒排释，却也力赞桂州延龄寺咸整师："洁其行……为真僧""焦然坐一室，足不践山下寸地"。穆修也是反佛中人，遭母丧而坚持不做佛门法事，所作多有斥佛言辞，但其《蔡州开元寺佛塔记》也对该寺四师二十年募化成塔之行大为赞许。李觏《富国策》谈释之十害，《潜书》《广潜书》《景德寺新院记》同样讥讽辛辣，却有《回向院记》，肯定新法师在当地百姓罹遇天灾、穷困不堪时导民归善的教化之功。反佛的同时，能对佛门诸师不吝美辞，显然是高德感化所致。

北宋确有一批品行修洁、慈悲济世的高僧，嘉言懿行堪为典范。传教院义寂，营得寺院庄严堂皇，自己身无长物："师妙行孔修，慈心止足，衣惟大布，卧止一床。杖头但挂于瓶囊，庭内不施于扃钥。……虽春秋已高，而诲诱无懈，实僧史之一奇士也。"桑门高士道澄，发愿修尽所遇不平道路,"募缘而自旦至昏,无倦而经寒度暑",唯以济世造福系心。同样致力济世的,还有鼓山白云涌泉寺珪法师和随州崇宁保寿院庆预法师。珪法师不仅尽出葺寺余资修路,还派遣僧徒治水整河,民众产出借此倍增,生活也得到极大改善;庆预凿渠引芙蓉湖水入长江,得良田千顷,使"菰蒲沮洳之地皆为沃壤",一邑之民感戴不已。三位法师,行动皆以苍生福祉为念,其无私精神、悲悯情怀,在圣人亦不过如此。广州乌龙山觉性禅院法持禅师"语必诚愿,人多信向,不祈甘美而鼎饪常丰,不尚华侈而丹素无废",近于庄子未数数然而致福者。秀州资圣禅院暹禅师,清约不介俗事:"院稍治,遂结庐独处于园林,笃为杜多之行,不出不寝,更十九年。虽恶衣恶食,自视晏如也";"于人甚庄,处己至约;饮食资用,必务素俭,与时俗不合"。暹禅师笃于清修、秉性公正,面对坐法失序、有势者当先的佛门流弊据理力争,推为"高座"后却"方再会,即谢绝,踵不入俗殆十五年",不以名利系心。杭州石壁山保胜寺大德修洁清约,"其前后五十年,守其山林之操,未始苟游于乡墅闾里"。天竺海月法师天性淡泊,私产一无所蓄,遇人行窃,将衣物送与盗贼,还引其从小路逃走,胸怀气度世所罕见。

要之,宋代僧师十分看重与文人的交往,玄心妙法之外,他们积极作为,凭借才艺、真情、品德争取宋代文士,成功将宋代文人中的绝大部分吸引到寺院中来,将他们纳入了亲佛阵营,也赢得了一批反佛文士对其才华与品行的肯定。同时,以文化立身的宋代文士,出于对佛教文化的倾慕,也多有参禅学佛、交结僧师的举动。寺僧与文士在义理、情感、德行、日常交际等维度的沟通与交流尤其是二者在寺院空间内的频密互动是寺院文在北宋大量涌现的直接动因,为寺院文的繁兴提供了创作群体、题材内容等多方面的准备。

第三章

北宋寺院文的体裁

第三章　北宋寺院文的体裁

宋代文坛，为别立门户，各类文体都表现出"破体为文"的倾向，文的领域也不例外。是以，北宋寺院文不仅数量众多，体裁上亦颇为纷繁。北宋寺院文除《洛阳伽蓝记》确立的"记"体以及唐人寺院文的"碑""铭"体外，还大量运用铭、箴、颂、赞、赋、序、题名、疏、祝文、斋文、跋、榜、叙、帖、传、述、牒、奏、状等各类文体。各种体裁中，以承袭自《洛阳伽蓝记》的记体和唐人的"碑""铭"体数量最多，艺术价值也更为突出。

第一节　记体寺院文

以"记"名篇的文章出现非常早，《礼记》《考工记》皆已以记名篇，《后汉书》中有多条记载都可证明其时已经有人作"记"体文章，如"固所著《典引》《宾戏》《应讥》、诗、赋、铭、诔、颂、书、文、记、论、议、六言，在者凡四十一篇"[①]，《全上古三代秦汉三国六朝文》收六朝以"记"名篇的文章100余篇，包括《洛阳伽蓝记》在内的此时之"记"均以佛教文章为主，佛教记文之外的仅有10余篇。唐朝时，以"记"名篇且不与佛教关涉的文章开始大量增加，韩愈、柳宗元等人皆有多篇记文传世。但"记"作为一种独立的文体被关注则是宋朝之后的事情。

---

① （汉）范晔撰，（唐）李贤等注：《后汉书》，中华书局1973年版，第1386页。

一、记体溯源

至宋朝李昉编纂《文苑英华》列"记"一类,"记"才被视为一种独立的文体,关于"记"的文体特征的探讨才开始出现。南宋陈骙《文则》称:"大抵文士题命篇章,悉有所本,自孔子为《书》作序,文遂有序;自孔子为《易》说卦,文遂有说;自有《曾子问》《哀公问》之类,文遂有问。自有《考工记》《学记》之类,文遂有记。"①这是现在所能见到最早的关于"记"的文体论说,而且将"记"体文学的源头追溯到了《考工记》《学记》。从《考工记》和《学记》的内容来看,皆以叙说为主,似与唐宋时的"记体文"有一定差距。明朝吴讷《文章辨体序说》对"记"体文的文体特征有明确界定:"记以善叙事为主,《禹贡》《顾命》乃记之祖。……记之名,始于《戴记》《学记》等篇。记之文,《文选》弗载。后之作者,固以韩退之《画记》,柳子厚游山诸记为体之正。然观韩之《燕喜亭记》,亦微载议论于中。至柳之记新堂、铁炉步,则议论之辞多矣。迨至欧苏而后,始专有以论议为记者,宜乎后山诸老以是为言也。大抵记者,盖所以备不忘。……叙事之后,略作议论以结之,此为正体。"②按照吴讷的定义,"记"乃以叙事为主的文体,叙事之后稍做议论以为收束,唐人记篇为记之正体,而宋人记文中多掺杂议论,甚至通篇议论取代叙事,为记之变体。关于唐宋两朝记体文的差异,陈师道在《后山居士诗话》中也有揭示:"退之作记,记其事耳;今之记,乃论也。"③吴讷之后,清人徐师曾、恽敬等皆持相类看法。

---

① (宋)陈骙:《文则》,中华书局1985年版,第4页。
② (明)吴讷著,于北山校点:《文章辨体序说》,人民文学出版社1962年版,第41页。
③ (宋)陈师道:《后山居士诗话》,中华书局1985年版,第6页。

具体至寺院记文而言，其源头应在《洛阳伽蓝记》。《洛阳伽蓝记》的行文风格上文已有论说，主要是以质且实的笔触叙述实有之事。唐朝时已经存在一定数量的以记名篇的寺院文，颜真卿、柳宗元、刘禹锡、白居易、李德裕、司空图等人皆有记体寺院文传世。唐朝的寺院记文基本祖述《洛阳伽蓝记》，叙事简明，只是较之《洛》平朴质实的风格略有变化。以柳宗元《永州龙兴寺东丘记》《永州法华寺新作西亭记》《永州龙兴寺修净土院记》为例，其中描写景致、情致的内容有所增加，语言上也更注重自然、流畅之美的传达。但是出现"记"之变体的情况，则是宋代的事情。

二、宋代寺记文的流通变化

宋代的寺院记文于诸体寺院文中是数量最多的，也是艺术成就最高的。宋代的寺记文在继承《洛阳伽蓝记》和唐代寺记文的基础上，又有所变化和创新：首先是对寺内建筑的描写趋向空泛和笼统，对寺院建筑关注减低的同时，对周边事宜如山水、游宴、民俗、政治、佛理等的描写却明显增多；再就是文中议论成分大量增加，议论部分甚至超过记叙部分成为文章的主要内容，尤其是文字禅流行以来，大量寺记文通篇流为佛理的对话与阐说。

宋代记体寺院文在对寺院建筑的描绘上大都比较空泛，与《洛阳伽蓝记》还有唐人寺记文的如实描绘明显不同。如杨亿《处州龙泉县金沙塔院记》描述该处塔院："经斯营斯，载朴载斫。基肩环回而固护，堂陛崛起以穹崇。斫材也，必取山木之良，砻之以密石；购匠也，必择云梯之巧，赏之以兼金。极剞劂之工，加丹艧之饰。筑室斯广，盖百堵之有余；为台甚高，非三休而能诣。"将上述语言安放到任何一座塔院上似乎都是合适的，然而通过这些语言却不能在头脑中形成该处塔院的明确印象。再如曾孝基《广严院记》对该寺大殿的描述亦如此类："既而画栱垂云，文楣列绣，藻井晃晴阳之色，绮疏含夜魄之辉。……加彩饰于髹彤，极制度于轮奂。"信息亦是笼统的，仅能知道该处殿堂外观华贵，气势宏壮，却无法获知该殿的具体特征。其实不仅上述二人的记体寺文如此，从宋人的记体寺文中很难找到对寺内建筑如《洛阳伽蓝记》般实实在在的描绘，大多数都不作细致描摹而是以华丽、空泛的词语概而言之。虽语言藻丽华饰，却没有实际意义指向，以致将宋代不同人所作的同类寺记文中描绘建筑的文字互换，都不会有违和之感。产生这种情况，一方面如前文所言宋代寺院的趋繁趋俗导致寺院再也不能带给文人创作的新鲜和刺激感受，另一方面则可能是受到了六朝以及唐朝前期流行的骈文余韵的影响，认为如实描绘寺院建筑的细部特征会类同说明文体，影响文章的美感，用一些华美、押韵的词语对寺院建筑作抽象、笼统的描绘，才是"文"①的正确表达。不论是出于何种原因，对寺院建筑关注的减低是确凿无疑的，李湛《重修延福禅院记》中对此点表现得最为突出："于是有隆博而门者，有炳焕而亭者，有显壮而堂者，有邃丽而室者，有虚揭危累而塔者，有双延相敞而庑者，有表门背室、纡遮峭植而垣者。抱塔之趾，又有围覆瑰架四十而院者，居高而顾望周旋。"这段引文对寺院内各体建筑的描述，明显皆非实写，一应描绘皆从押韵、辞采角度展开。

记体寺院文在对寺内各体建筑关注减低的同时，在抒写景致、情致，阐发议论方面的兴趣都有所攀升。尤其在阐发议论方面，更是开创历代记体寺院文的纪录。宋代记体寺院文罕有不发议论者，议论部分呈现取代叙事之势，成为宋代"记"体主要特征。记体寺院文不论篇幅长短，议论部分已成为必不可少的内容，如杨宿《穹窿山寺记》共二百余字，除却述寺地理位置、沿革、法师之功外，结尾处还空出四十余字用于抒发"二梵之福"的议论。《穹窿山寺记》的议论部分尚不算夸张，基本符合《洛阳伽蓝记》和唐代寺记文叙事后面稍做议论的写作模式。但

---

① 此处之"文"乃是与"笔"相对的概念。

是从宋代记体寺文的整体来看，文中议论的抒发并不拘所在，放于结尾处的有之，放在开篇处的有之，亦有通篇全为议论者。谢用《重修资州法华院记》开篇处便大发三家同源之议论；李嵩叟《修证院法堂记》亦在开篇便大量援引佛语说明"修证"之理；李咸宜《南吉祥寺碑记》不过九百余字，从开篇至七百字处，一直在谈讲佛理。这样的寺记文还有很多，这类记文的模式一般为阐发佛理（或梳理佛教发展历程）加叙事（叙寺所在位置、寺院沿革、寺内创设、法师功绩），有些文章甚至在叙事后还有一个议论的尾巴。胡则《下天竺灵山教寺记》便是如此，文章明显分为追溯天台宗源流、叙寺沿革创设、慨叹佛祖功绩三部分。通篇皆为佛理阐说的情况，一般出现在文字禅流行之后，受惠洪极力推行的文字禅的影响，与惠洪同时和之后的文人们普遍喜欢以语言文字为工具来阐发佛理机锋，如黄庭坚《普觉禅寺转轮藏记》，通篇全为普觉禅师楚金与黄庭坚有关佛理对答的记录。晁说之、张商英、惠洪、程俱、孙觌等人的寺记文亦都充斥着佛理论说，过多说理成分对记体寺院文的文学特质造成了损害。

宋代记体寺院文虽议论特色突出，但其中尚有大量将写景、抒情、叙事、议论融为一体的佳作名篇。以余靖《韶州白云山延寿禅院传法记》为例，该文以慨叹佛教在中国之盛为开端，所发议论大量用典，简明、整饬的同时掷地有声。次则述该寺之地理位置、于寺有功之法师，其中描绘寺院环境及寺居情致的语句可谓雅丽清绝："绝涧高峰，恍出物外，阴谷夏雪，阳崖冬葩，故非区区林麓之所比也。古者谓穹山浚泽，必能兴云致雨以济民望，故以白云名之。观夫高士，远迹当世，非独玩云霞之容，同禽鱼之乐而已，盖将脱去声利，深入杳霭，目绝尘累，耳忘俗嚣，而后真性湛然，如太虚月，旁无壅障，乃克通照耳。所居高深，所乐旷远者，以此也。"最后以两句简明议论赞佛之贤，有力收束全篇。整篇读来文气贯通，秀力兼备。再如陈师道《观音院修满净佛殿记》，采用夹叙夹议的方式展开，并融贯自身情感以丰富内涵。文章以物有兴废的议论引出对当年观音院修满净佛殿之事的具体描绘，继而由同游之人的不在引发"身既与物同其盛衰"的感慨，又叙作记缘由以为终结，议论和叙事部分安排有序、衔接自然。文中所抒"已而少者壮，壮者老，老者逝矣，而前者之乐又为今之悲也"的物是人非之感，直击心灵、令人嗟叹。其他如王禹偁、苏轼、黄庭坚、释惠洪等名家，皆有情、景、理交融之寺院佳篇流传后世，后文对上述作者的寺院文会有专节介绍。

　　名家手笔固然绝妙，由不具名气的作者所作亦多有佳篇。鲁伯能《东禅寺碑记》以写景见长，篇幅很短，却用极为有限的语言使人置身画中："屏山九叠，镜水千寻，白云摩空，虚舟泛影。过采芝之亭，揽飞龙之湖，石泉漱其丹壑，竹柏荫其青崖，雪拥寒梅，月藏香桂。"陈渊《甘露寺题名记》亦篇幅不长，却同样用有限的语言表现出了无限的情致。该文是一篇纪游之作，记自己与友人张载德月夜泛舟自江上登山，于山上各处临眺远望、游览观赏后，复又下山登舟渡至北固山，明日再度登山游玩，共一日一夜登两座山渡无穷水的游玩经历，伴以清绝美景，使人起人生如梦、脱去尘世之感。文中"破骇浪、乘凉于金山""风乎净名斋之前楹，下瞰众峰腾蹙、中围万井""步月而归"等语道尽悠然情兴，行文间自然带出的清丽、洒脱之气，亦颇有东坡前、后《赤壁赋》的风神，将该文放于唐宋两朝山水游记佳篇中观照，亦不逊色。宋代记体寺院文中像上述两文一样的佳篇尚有很多，从中也更能见出文在宋朝的辉煌。这就如同诗歌在唐朝的情形一样，著名诗人之外，小人物所作亦常有佳篇；文作为宋朝一代之文学，大家名手外，一般人所作亦卓有可观。

第二节 碑体寺院文

除寺院记文外，宋代寺院文中数量最多的，当属以"碑""碑铭"名篇的作品。宋初时以"碑"或"碑铭"名篇的寺院文作品，在数目上还大致可与寺院记文抗衡，宋代中叶开始，寺院记文渐渐取代了寺院碑文或者寺院碑铭文。生活年代大致在北宋中叶的余靖有三十余篇寺院文作品，其中"碑"体仅占一篇，记体占了绝大多数。许多寺院碑文改称寺院碑记文，"碑"体渐渐多与僧人的塔铭或墓铭连用，其原本立碑纪胜之意淡化，逐渐被记体文取代。

一、碑体溯源

碑体由来甚早，刘勰《文心雕龙》称上古帝皇时已用碑"纪号封禅"，周穆王时亦有立碑之事，碑的用途不仅在纪胜载勋方面，也常常用于宗庙、坟墓之旁。碑体文的特征在于"其叙事也该而要，其缀采也雅而泽，清词转而不穷，巧义出而卓立"，"夫属碑之体，资乎史才。其序则传，其文则铭。标序盛德，必见清风之华；昭纪鸿懿，必见峻伟之烈，此碑之制也"①。可见古人对碑体的规定是叙事简明、辞采清雅。《诔碑》篇对碑与铭之间的关系也有说明："夫碑实铭器，铭实碑文，因器立名。"也就是说"碑"原本只是记录铭文的器具，后来才因这层关系慢慢演变成一种与铭类似的文体，故而常常"碑""铭"连用。需要特别指出的一点是，

---

① （南朝梁）刘勰著，范文澜注：《文心雕龙注·诔碑》，人民文学出版社1958年版，第213页。

此处之"铭"专指碑铭、墓铭,与一般而言的铭文小品并非一回事。关于铭文小品类之铭下文会有专门说明。

唐朝时寺院文尚以碑文为主,寺院碑文(包括碑铭文在内)占唐朝全部寺院文的半数以上,但当时也已经有大量记体寺院文存在,只不过尚未出现宋朝时记体超越碑体的情况。观唐人碑体寺院文,也大都合刘勰所谓"标序盛德""昭纪鸿懿"之制,多用骈文写就,文风典重雅正,与一般碑体文无太大差别,只是加入了一些佛教名词和理论。总体而言,唐代的碑体寺院文多有固定模式,开篇一般先由一段议论阐说(多为佛理)引入对该寺各种具体状况的陈述,包括该寺位置、寺内创设、创寺有功之人等,最后以一段四言铭文赞颂作结。综观唐朝之寺院碑文,晚唐所作相较唐朝早年所作较为简约,以白居易、李商隐的寺碑作品与王勃、杨炯的寺碑作品作比,明显可以看出晚唐时的作品无论在篇幅还是在藻丽程度方面都有压缩。

二、宋代寺碑文的流通变化

宋朝时寺碑作品亦用骈文写作,但相较唐朝尤其是唐朝前期的作品而言,宋代寺碑文在藻丽华饰、繁琐芜滥方面的弊病皆有所减轻,总体上较为平易质实。以宋人曾致尧《齐云院碑》的语言与王勃《梓州飞乌县白鹤寺碑》的语言稍做对比,便可见出明显差别,两文在正式介绍寺院时都有一段引论:

> 浩浩妙界,茫茫众生,以妄为真,以真为妄。一心颠倒,五欲纵横,溺在爱河,罹于世网。不思解脱,自作烦恼,不知见佛,归来道场。五蕴皆空,六尘俱净,无有恐怖,常获安乐。——曾致尧《齐云院碑》
>
> 原夫玉都琼室,紫垣光大帝之庭。金阙银台,玄壁壮群仙之域。故能使神明有宅,驾日月以长驱;鸾凤知归,抚云霓而上出。斯则层巢墐穴,上皇迷栋宇之尊;考室灵台,中古识岩廊之贵。然后冕旒前

序，提四海以为家；登步太阶，列千门而有闶。况乎耆山形见，旁行草昧之先。……光宅乾坤之右。虽鹤临西闃，龙宫与正法同亡；而象化东流，雁塔与遗仪继起。——王勃《梓州飞乌县白鹤寺碑》①

两篇文章虽俱为骈体，在布局谋篇上亦都采用引论、叙事、铭赞的模式，却呈现出迥异的风格，关键在两篇文章语言的差异。曾致尧的作品力求用简单语言表达流畅意旨，而王勃所作则希图将语言的修饰功能发挥到极致，以求字字华美。北宋的寺碑作品大都如曾致尧《齐云院碑》一样，虽用骈文体制，但语言却不似六朝和唐时华赡，多采质朴、平实之语入文。

徐铉、释赞宁、田锡、释子仪等人皆有骈体寺院碑文，其中以徐铉所作数量最多。徐铉的10篇寺院文中，有5篇碑体、5篇记体，两种文体间的区别十分明显。碑体全用骈语；记体虽也多用四字骈语但有散语穿插其间，散语的运用使得记体寺院文在叙事达意时更显简明。僧人释子仪《白鹤禅寺碑》虽以骈语贯穿全篇，但叙述简明、语言清丽，且多佛理议论，颇能代表宋人寺碑文的特色，此处将对该文做详细剖析，以了解宋人寺碑文的大致面貌。文章首先以将近全文四分之一的篇幅大谈佛理、礼赞佛教，好在所发之论言简理深，在阐发佛理时所采意象如"白毫柔狂象之心，清风扇火龙之室。鹿野先调于五子，鹫峰方废于三车"等亦颇具文采，所以读来并不枯燥、乏味。接下来叙述白鹤寺情形时亦全用骈俪之语，但叙事简明有度，毫无骈语叙事拖沓冗长之累。描绘寺院环境之语简丽淑清，很能见出作者驾驭文字的功力："山号丹霞，寺名白鹤，松萝四合，泉石幽奇，楼殿一川，烟霞沃荡。县城东望，极于大江；岩瀑西来，落乎深涧。丛荆乱人目，香风袭人衣。猿啸急而山寒，水去忙而川睿。"此外，在描写寺居

---

① （唐）王勃著，谌东飚校点：《初唐四杰集·王勃集》，岳麓书社2001年版，第130页。

生活的盎然情致上，作者亦堪称此中胜手："霁后而锦鳞跃浪，宜惠子之闲情；月明而丹顶翘松，伴高僧之出定。竹扶疏而有实，花照灼而无春。回廊而晓见孤灯，别院而夜闻幽磬。"文章最后述作记缘由，自称非"词人也"，此文乃"一夕剪烛染毫"而为。释子仪虽为僧人，写作文章非其本职，但从其"一夕剪烛染毫"之语观之，便胜却时之词人远矣。

徐铉之后，宋白、钱俨、王禹偁等人的寺碑文多有不以骈体创作的情况。这在王禹偁身上体现得最为鲜明，王共有5篇寺院碑文，其中仅《龙兴寺三门记碑》和《滁州全椒县宝林寺重修大殿碑》是用骈文写就，其余三篇皆骈、散兼用，且文字简明扼要，颇同时之"记"体。以《济州众等寺新修大殿碑》为例，开端处便见出骈、散并行的特色："汉明以来，像教炽于天下，大都小邑暨名山胜境，鲜不建梵刹而聚缁流，有以见大法之光扬，末俗所归仰也。"后文亦多如此句般不押韵、不对偶，表达自由随意，仅以词畅意达为宗。文末的铭虽仍采四言的整齐句式，但铭中出现了如"郡之厥初，草创改邑。寺虽有名，殿实未立。我师之来，志在必葺。寂灭有期，大功未辑"这样通俗、直白的语言，虽仍押韵，但与唐朝乃至宋初寺碑文之铭尚雕饰华丽相去甚远。这种不以骈体创作，反以类似记体方式写就的散、韵并行，语言简洁的寺碑文与碑体原初"雅而泽"的规定着实不符，可视为碑之变体。此后，宋人寺碑文虽仍有以骈体作者，宋祁《复州广教禅院御书阁碑》、余靖《南安军兴福院慈氏观音堂阁碑铭》、王殊《寿圣寺碑》等皆为其中佳篇，但以"记"体方式创作的"碑"体亦层出不穷。至沈辽生活的北宋中后期，寺碑文已经十分少见，而沈辽的三篇寺碑文与其寺记文在语言和体式上已无任何区分。大约同时的袁诇所作《开化寺碑》混在记体文中亦属简秀之作。徽宗年间周刊所作《释迦寺碑》亦以散、韵结合的语式行文，叙事、写景之佳处已直逼寺记文佳篇："山色清润秀发，凛凛逼人。洞穴两达，有左右门。其中穹然明广，其地坦夷，其顶嵌空嶙峋，有龙卧遗迹，其旁凝乳四垂，两壁峭峙。……依岩有败屋数橼,上雨旁风,旧榜释迦寺。"与宋初徐铉的寺碑文比较,周刊的寺碑文确实发生了很大的变化,严格来讲已经不能称为碑体。原始碑体要求语言"雅而泽""语清而意长",故而多用典和用骈;而宋朝后来之碑体多采用记体方式创作,因为记体后起,在表达方式和语言风格上没有硬性要求,在表情达意上更占优势。所以宋朝寺碑文多有用记体创作的情况,以致后来寺碑文逐渐寝声,寺记文取代寺碑文成为宋代寺院文的主要体例。此外,宋代寺院文中还有一例以偈语刻碑的情况,葛繁《天宁寺偈碑》曰:"惯经行脚老禅和,南北东西叉路多。问得台山蓦直去,行行勘破赵州婆。赵州婆子最多知,不识当年老古锥。幸自台山行路直,欲便宜处落便宜。"虽然仅此一例,但于其中亦可见出原始碑体在宋朝寺院文中的失落。

宋代寺碑文存在着以骈文还是古文进行创作的形式变化,但碑后之铭自唐至宋却没有发生太大改观。宋朝碑文后所附铭文一般都由押韵的四言偶句组成,与唐朝寺碑文后的铭文格式一致。略存差异的地方,在于宋朝铭文用语更趋直白晓畅,而唐朝的则更为典雅华赡。此外,宋人尚学重才,碑后所附铭文亦偶有以押韵之赋体或三言体、五言体以及七言体充当的情况,如宋祁《复州广教禅院御书阁碑》便以"宽柔以教兮南方强,神明来舍兮寿而臧"式的骚体为铭;刘岐《慈应大师政公之碑》以"众稽首,慈应师,岁三九,获衣止"的三言体为铭;苏辙《全禅师塔铭》以"伟哉菩提心,一切皆具足"的五言韵语为铭;沈辽《四明山延胜院碑》以"吾闻如来号释迦,初谈正法居耆阇"式的七言韵语作铭;而释赞宁《紫微山重修志愿寺碑铭》则先在一段寻常的四言之铭后又附上一段赋体作为系词,词曰:"寺距海兮,百里而近;基据山兮,广轮而深……尔时兮无能无所,斯景兮见色见心。现量中兮常如是,日可销兮百镒金。"这种现象在宋代出现亦不为怪,可视作宋人破体为文的一种尝试。

宋代碑体寺院文在北宋中期之后往往集中于僧人的墓志或塔铭中,以苏辙《闲禅师碑》为例,该文内容和寻常碑文没有太大差别,主要记述碑主的生平履历和功业勋绩，因为碑主是僧人，所以文章内容主要围绕闲禅师的师承、游方和驻寺经历展开，其间穿插记录了许多发生在闲禅师身上的神异感通事迹：如禅师的降生乃因其母梦到胡僧授予明珠，因此出生时满室光亮；幼年便不茹荤腥；能预知死期，洗浴念偈后从容赴死；死后肤色如生并重新长出毛发；遗体经火久烧而不尽，收殓时得到许多金色舍利。还有一则神异事迹直接跟作者相关，苏辙自言曾患严重的寒热病，睡梦中有人告知此病乃因疑心闲师而起，消除疑虑并为闲师作文后，疾病亦随之痊愈。最后一桩与苏辙有关的事件，因是作者亲历，所以可信度很高。但从苏辙对佛教的亲向和笃信来看，所谓因疑心而病，去疑则病愈之说或许出于苏辙的心理作用——日有所思、夜有所梦的可能性更大。而前述种种神异事件，皆非作者亲历或亲见，无从考证其真实性，从现代科学的角度来看亦无发生之可能，大概也是众人在笃向佛教的心理作用下的美化和讹传所致。宋以前包括宋代的碑文中，大都在叙碑主生平、功绩后，附上一段四言铭文对碑主一生行迹做高度的概括和礼赞，而鉴于碑主僧人的身份和宋人破体为文的喜好，苏辙在闲禅师碑文后附上了一段五言佛偈作为结尾："一切诸如来，惟于一性通……复以告瑛师，刻石示学人。"虽不合古制，但亦别致、贴切。

第三节　铭、箴、颂、赞体寺院文

宋代寺院文中尚多有以铭、箴、颂、赞名篇的文章，之所以将此四类文体放在一起论述是由于该类文体在功用、体式上的相似性——多用来表赞颂之意、多以韵语成篇且多篇幅短小。刘勰《文心雕龙》列有颂赞、铭箴两节，其中对这四类文体各自的特征及相互间的亲缘关系都有清晰说明：如铭具"称伐""记功"之用，箴备"攻疾防患"之功，二者皆取事核辨、摘文简深；略微不同处在于箴"文资确切"，铭则"体贵弘润"。颂是典雅清铄、揄扬树义之辞，赞为表奖叹之用的四言韵语；两者功能相近，赞体后流为颂体之一支。其中还说到了"颂"体与"铭"体之间的关系："（颂）敬慎如铭，而异乎规戒之域"①，也就是说颂体与铭体在文风和达意的"敬慎"上是相同的，区别仅在于颂体不具备铭体的规诫之意。明显可见，铭、箴、颂、赞四类文体间存在极大的共通之处，宋人又喜破体为文，所以在宋朝这四类文体之间的区分更显模糊，故而将此四类一并论述。需要特别指出的是，此处之"铭"与"碑铭"体中的铭为不同的概念，此处之"铭"称为"铭文小品"更为合适，虽体制短小却韵味悠长，具备极高的文学价值，在以"铭、箴、颂、赞"名篇的寺院文中是数量最多的，文学价值也最高的。

先来看"铭"体寺院文。宋人的铭体寺院文大致可分为两种，一种为直接以骈俪之语描赞所绘事物，如杨杰《休老堂铭》和《圆同庵铭》皆无多余文字，开篇即用四言韵语描绘所咏对象，篇幅往往较短；另一种则为在用韵语描写、赞美前，有一段叙述说明性质的文字，这段文字可长可短。短的如杨杰《圆同庵铭》前仅有一句话交代圆同庵的来历和作文缘由，"铭"的部分仍是文章主体。而在有些"铭"体寺院文中，也有"铭"退居为附庸的情况，"铭"前的介绍说明文字成为全文主体内容，这种"铭"成为附庸的寺院文常常包含着景致的描绘、情感的抒发或人生哲理的诗意阐述等内容，因而艺术价值往往也是最高的。释遵式《遐榻铭》是专为自己的僧棺所作的铭文，铭前有段简短小序，交代了遐榻的用途和取名的缘由。从序文和铭文所占篇幅来看，两者几乎各占一半，铭体略以微弱优势领先。文中所述遵式预造遐榻安然等待大限来临，以及早晚在遐

---

① （南朝梁）刘勰著，范文澜注：《文心雕龙注·颂赞》，人民文学出版社1958年版，第156页。

榻中坐禅的举动，无不昭示出禅师在死亡问题上的豁朗和达观，仅从精神角度而论就已经十分可贵。更难得的是，传达这种精神所使用的语言亦简洁、优美，极具审美价值，尤其是文后以赋体格式所作的铭文，丝毫无赋体铺陈冗长之累，以简而畅的语言将人生百态、生死感悟全部蕴含其中，铭末更是从死亡带来的悲苦中涅槃，以存道、免俗自解，"寄禅坐于朝夕，俟启手以安尸"。

契嵩《清轩铭》中"铭"的部分已经不再是文章主体，铭前叙文详细叙述了清轩的由来及写作此文的因缘，尤其对"清"之涵义有深入的揭示："天地万物莫不有清浊。"山水之清可开爽心神，使心神由泰清复归宁静。叙后四言铭文部分基本为叙文的变相重复，无甚可观之处。契嵩《南轩铭》《旧砚铭》中"铭"的部分压缩为文末的一句话，彻彻底底沦为文章的附属内容。惠洪与寺院有关的铭体作品有20余篇，其中既有直接铭体礼赞的，亦有先叙述再铭赞的情况，总体而言以第二种情况居多。以《懒庵铭》为例：

> 放似狂，静似懒，学者未得其真，而先得其似。山林云壑之人，狂放一致，静懒同川。然胸次泾渭，笑时真率，了然得于眉睫之间。融懒亦能负米，瓒懒亦能拭涕，安懒亦能牧牛，未能真懒也者。南州仁公以勃窣为精进，以哆和为简静，以临高眺远、未忘情之语为文字禅。然则结庵自藏，而名以懒，殆非苟然。甘露灭为作铭曰：
>
> 惟融与安，品坐客瓒，于禅林中，是谓三懒。秀媚精进，辩慧担板。唯道人仁，俱透此患。水不洗水，眼不见眼。以之名庵，盖亦泡幻。鸟啼华笑，日用成办。睡起密传，露芽一盏。

铭文之前，此文亦有一"序"用来交代庵名寓意和作铭缘由。文章以"放似狂，静似懒，学者未得其真，而先得其似"的警句开篇，精准言中了其时佛教之流弊，同时亦申明了"懒"的真正涵义。宋时佛教片面追求外在形式的发展、忽视内在佛理的建设，导致宋时佛徒与以往佛徒相较，往往只有形式上的相似，而没有内在的契合，因而大量"懒"人混进了佛教队伍。社会上亦多有对佛教之懒的批评，如李觏《广潜书》中称浮屠氏"有功于惰"；司马光《论寺额札子》中亦批判"释老之教无益治世，而聚匿游惰，耗蠹良民"。李觏、司马光批评的"懒"与惠洪所谓的"懒"，从外在行为表现来看虽然高度相似，但内里却大不相同，惠洪所称道的"懒"，是指学佛之人在简静心理状态支配下的自然行动呈示，虽懒却能"负米""拭涕""牧牛"，并非真懒，实质为"静"。这与世俗之懒虽在形式层面上不易区分，境界上却有云泥之别。从宋代佛教发展的实际状况来看，在当时佛教中能达到惠洪之"懒"的实在寥寥，体现在大多数佛徒身上皆为懒而非静，亦即惠洪所批判的"学者未得其真，而先得其似"，因而在批判时下佛教流弊这点上，惠洪可谓一语中的。在惠洪看来，佛门之懒的真谛为"静"，是简静心态下的真率行为之表露，学佛者应学习精髓而非一味效仿外在形式。此外，作为宋代文字禅理论的倡导者和践行者，惠洪此篇铭文字里行间亦流露出浓厚的禅意，序文结尾处更直接将"文字禅"三字入文。在此理念统摄下，序后铭文亦全为类似"鸟啼华笑，日用成办"式的禅理阐说。

僧人之外，文人亦有创作铭体寺院文的情况，只是在数量上较之记体和碑体寺院文要少得多。此处仅以苏轼的作品为例，苏轼的铭体寺院文计有十余篇，亦由纯粹的铭体和先序后铭两种体式构成，总体而言以后者居多。在这十余篇作品中，仅以《六一泉铭》和《谈妙斋铭》为例。《六一泉铭》讲述了慧勤、欧阳修还有苏轼之间与一眼泉水的交集，对该泉取名"六一"的缘由娓娓道来：欧阳修早年间与僧人慧勤交好，正巧遇上苏轼前往慧勤所在地钱塘担任郡守，便把慧勤引荐给了苏轼。自此，苏轼便多与慧勤往来，慧勤认为欧阳修为"天人""西湖盖公几案间一物"，苏轼对此亦表赞同。欧阳修去世后，苏轼还曾前往慧勤处为欧公痛哭。后来，苏轼调离。十八年后苏轼再回钱塘之时，慧勤已不在人世。至此，三人间最后的一点关联亦消失殆尽了。然而，在重访慧勤旧宅之后，三人业已断绝的缘分却得以重续，联结点便在那一眼泉水——按照慧勤徒弟的说法，慧勤旧宅原本没有泉水，在苏轼到访之后却突然涌出一眼，实是慧勤为感念苏轼特意而出。苏轼又念及慧勤生时对欧阳修的拳拳之情，故将此泉取欧阳修"六一"之号为名。借由这一眼泉水，慧勤、欧阳修、苏轼三人再次联系到了一起。苏轼以时间为序，叙事简而深，用语精而当，尤其是对三人间友情的描绘真诚而感人，象征着三人友谊的"六一泉"更给人造成一种情感突破生死界限长存不灭的印象。这份真挚的友情在苏轼高超叙事技巧的描摹下，虽越经千载，今人读来仍能感受到那份横亘于三人间欲破纸而出的深厚情谊。此外，该文在形式方面亦有破体为文的显著特征，叙文后的铭文本应用简短韵语写就，而苏轼为六一泉所作的铭文却丝毫不顾体式束缚，格式与前面的叙文没有任何差别，亦用不押韵的古文所写，如果叙文和铭文间不以"且铭之曰"隔开，实在是很难区分的。苏轼《谈妙斋铭》为标准的铭体作品，以四言韵语成篇，篇制短小却精致映丽，不论是文章的语言文字层面，还是由清新语言所构建的意象层面和禅理层面，都给人一种浑然天成、不可凑泊之感。其"浮云扫尽，但挂孤月""镂冰琢雪"之语，既能生成清空之画面令人一扫尘心，又能带人进入只可意会不可言传的禅境。虽同为说禅，但像苏轼这样寓佛理于清景，二者融合无间的文字禅是丝毫不会令人生厌的。

　　铭体寺院文之外，北宋朝还有大量以赞、箴、颂名篇的寺院文，赞体寺院文中还包括大量为诸菩萨、罗汉以及各位法师所作的真赞，此类真赞性质的文章，诸文人和法师都有大量参与，数量非常可观。箴体寺院文则比较少，严格意义上属于寺院文的仅有释怀深的《示众箴规》一篇。北宋的赞体文章已经突破了其原初四言韵语表示奖叹的定义，虽仍有大量四言式原始赞文存在，但亦有许多以赞名篇的文章摆脱了四言束缚，或在赞文前加序以增加文章容量，或以五言或七言韵语作赞丰富赞体形式，为赞体注入了新的生命活力。赞前加序的，如万当世《中江县宁国寺响画赞》。赞前有序文说明响画位置、能作乐声的特色以及作者对此画由怀疑到赞叹的过程，序末还申发了由此画之感应神通对佛教转而敬信的议论。序后才是赞文，对响画进行了全面礼赞，其中对响画发出悦耳音乐的赞美尤为动人，称乐声仿似"秋夜高松""春晓远钟"。以七言韵语作赞的，如沈辽《越州永福院大像赞》，文末赞曰："金仙颃妙相尊严，稽首十方尸正法"；以五言韵语作赞的，如苏轼《药师琉璃光佛赞》，文末赞曰："我佛出现时，众生无病恼。"

　　赞体寺院文中还存在数量极为可观的真赞，即专为画像所作的赞语，大部分真赞文章多为简短四言韵语，不过亦有赞前加序的情况。此处仅以范镇《峨眉寿圣院写真赞》为例，该文采用序加赞的模式行文。序文说明了写作的缘由：该寺僧师奉如曾求作者为该寺佛阁作记，记文未成而奉如已经化去。作者到该寺游赏，发现虽然自己的记文尚未到来，但奉如却早已命徒弟将作者的画像画到了佛阁的东厢。因此夙缘，奉如之徒便请作者为自己的画像作赞。虽为自赞之词，其实亦包含着对作者颇为赏识和看重的僧师奉如的褒扬，如"求我自赞，章其蠢愚"句，看似贬低，实则誉美，"蠢愚"一词实为对奉如不随波逐流、与时俯仰品质的高度赞美。宋人的赞体文章中有一篇比较特殊，文中没有丝毫礼赞之意，反倒对所赞对象颇有讥讽。王傅在《尊胜陀罗尼经幢赞》中称自己为西京应天禅院僧师讳煦的尊胜陀罗尼经幢作赞文完全是出于其甥请托，并非出于对讳煦的敬重和对佛教的信服，序文中明称"勉为之序赞，知余心者兹不然也"，赞文更是直接表达了对立幢招福的怀疑和讥讽："刻石以经，祈福于石。经石无情，从何而力。彼相云空，此石奚通？巍峨□墓，鸣雨鸣风。"

　　宋代的颂体寺院文亦如赞体，既有直接以韵语颂赞的文章，亦有颂文前加序或引的情况，所作颂文在格式上有四言、五言、六言、七言、九言乃至赋体不等，亦充分体现出了宋人文章破体为文的时代特征。高绅《中阁禅院修建道场颂》大力颂扬了宋真宗于中阁禅院为万民创建道场祈福之事，颂前序文用四六骈文写就，多歌颂真宗圣德之语，序文对此颂赞目的亦不讳言，文中明称"功以文著，事以颂扬"。序后颂文乃中规中矩的四言韵文，无甚可观之处，唯一使此文略显不同的地方在于，本文"颂"的部分在四言韵语之后，尚有一段赋体颂语："时既平兮岁亦丰，圣有作兮佛感通……百姓日用而不知者，惟圣德与神功。"颂前文字较长的称"序"，上述《中阁禅院修建道场颂》在颂前便有序文，赵抃《西园圆通颂》前亦有序文。颂前文字说明较短的则称"引"，苏辙《梦斋颂》前有一句话的引文介绍梦斋取名由来："昙秀上人游行无定，予兄子瞻作梦斋二字名其所至居室。"引文后则是一段四言韵语阐述梦斋的佛理寓意。此外，黄庭坚尚有 40 余篇颂体寺院文，皆篇幅短小、韵语写就且用来表颂赞之意。但从颂文韵语的体式来看，则有四言、五言、六言、七言、九言不等，如《罗汉南公塔颂》为四言，《戏答宝胜甫长老颂》为五言，《寄六祖范和尚颂》为六言，《题永首座庵颂》为七言，《劝石洞道真师染袈裟颂》则为九言。这些作品篇幅短小，且多以佛教名词入文，主旨亦在申发佛理，受篇幅限制写景、抒情的内容都非常有限，故而艺术价值并不高。箴体寺院文前文已述只有释怀深《示众箴规》一篇，该文通篇用四言韵语写作，内容不外乎僧人在寺院内禅修生活的种种规定，具体细化至僧徒的一言一行。有意思的是，该文正文基本全为整齐四言，文末却附上了一段七言的颂语，曰："乌龟忽尔艾烧头，千古令人笑不休。奉劝后人高着眼，莫教罚了一斤油。"要之，宋代以铭、箴、赞、颂名篇的寺院文较之其原始铭、箴、赞、颂体都发生了很大的变化，在行文格式和表情达意方面都更为自由随意，很能见出宋人破体为文的特征。

第三章 北宋寺院文的体裁

第四节 赋、序、题名等体寺院文

除却上文所述记体、碑体、铭箴赞颂体之外，宋代寺院文还有以赋、序、题名、疏、叙、志、传、榜、奏、跋等名篇的情况。其中赋、序、题名三者因数量较多，且以此三者名篇的寺院文的艺术水平往往较高，故而此处将对此三类文体做详细介绍，其他体式的寺院文仅做简单说明。

赋体的诞生非常之早，按照刘勰《文心雕龙》中的说法，赋是从诗中衍生出来的，其特点在于"铺采摛文，体物写志"，此为"赋"的总体特征。具体而言，不同时期的"赋"体各有不同，如骚体赋哀婉如歌、汉大赋铺张宏肆、抒情小赋骈俪清婉、唐赋轻灵类诗，而宋赋总体上则呈现出向古文靠近的质实晓畅文风。宋代赋体寺院文相较记体、碑体、铭箴赞颂体来说，数量上虽然不多，但从质量上来说却多有佳篇。这可能由于辞赋为当时科考常设的一目，时人于其上钻研比较用心的缘故。宋人所作赋体寺院文，除却苏辙《登真兴寺楼赋》和黄庭坚《寄老庵赋》在体式上较为接近前代赋篇外，其他赋篇大抵皆类似押韵之古文，呈现出宋人赋篇独有的特色。苏辙《登真兴寺楼赋》乃因与户曹张琥于傍晚时分同登真兴寺楼，远望五丈原遂起思古幽情而作，赋中内容多为对周遭景致的描绘和怀古思人之情的抒发，与寺院乃至佛教关涉不大。赋前叙述文字虽短，容量却大，除了交代作赋背景，亦点明了赋作怀古思人的主旨，同时对周遭景物亦有精心描摹。其"连山如画""山前有白鹭十数，杳杳飞去""白云如覆釜"句，寥寥数语，几笔白描，便使人坠入山水画作之中，苏辙之才力，着实令人叹服。赋文除保留了原始赋体的"兮"字格式外，用语晓畅、描写简约，呈现出了宋代文赋特有的平易畅达之风。与苏辙《登真兴寺楼赋》相比，黄庭坚《寄老庵赋》敷写、铺陈的特色更为明显，通篇围绕寄老庵"超世而不避世"之寓意展开，议论特色突出，又多化用典故，篇幅不长却颇能造成赋体的汪洋恣肆之势，是一篇比较典型的赋体作品。试将黄赋的语言与前人赋篇相较，亦能见出黄庭坚赋作语言趋向平朴质实的特点。将此篇算入寺院文是因为赋前有黄庭坚跋曰："庵在历阳温汤之僧舍。"秦观亦有同题的《寄老庵赋》，但秦观所作赋文，若不以赋名篇且采问答之体，实在很难看出其作为赋篇的特征，整篇文章体式上大类押韵之古文。该文以寄老庵为中心，描绘了寄老庵东、西、南、北各个方向的景致并对寄老庵"无所适而非道"之旨有所阐发，行文明快晓畅毫无赋体芜杂冗累之病。秦观另有《汤泉赋》（因汤泉位于佛迹院中，亦算作寺院文之类），风格亦明白晓畅，大类押韵之古文。《汤泉赋》对原始赋篇的主客问答体以及《天问》的设问句式多有化用，却以流畅、简洁的语言对汤泉之功用和大义做了一番敷写和阐发，从而使文章呈现出迥异前代赋篇的畅达之风。

　　他人赋篇如张商英《清凉山赋》、智圆《贫居赋》、元照《锡杖赋》《坐具赋》《漉囊赋》、惠洪《沩山空印禅师易本际庵为甘露灭以书招予归隐复赋归去来词》、李问《仰山赋》等皆用押韵古文作成，相较前代赋篇而言，赋体特征不甚明显。这几篇赋中，李问《仰山赋》篇幅较长，更能见出赋体敷写之特质，故而此处引以为例。李问在《仰山赋》前小序中已经明言，其赋作以描绘实有景致为主，前人赋篇如孙绰《游天台山赋》、萧衍《游山寺赋》等虽妙绝当世，博览多文，但多为虚写，其赋旨在"依本以美物""堆实以赞事""咏其所闻，颓其所见"。故而文中虽然用了六百余字篇幅详细介绍仰山上寺院的来历、沿革、周遭景致以及寺内创设等内容，但亦仅是如实记载而已，绝非其序言中所谓"离出异俗，高论藻词"者，引赋中一语便可见全文平朴之格："于是白足净侣，林乐云堂，治心养性，仁寿而昌。顾帝力之何有，咏佛日之何长，实斯人之幸也。"

综合宋人以上寺院赋作可以见出，宋人赋体寺院文于原始赋体"体物写志"的功用予以保留，对于其"铺采摛文"之体式则予以扬弃，即使在体物写志方面也力求简明，故而宋代的赋体寺院文在体式上比较前述几种寺院文，明显呈现出向"文"靠近的质实晓畅文风。

序体在中国古代渊源甚远，写在一部书或诗、文之前的"序"很早就出现了，《文心雕龙·宗经》篇称："故论说辞序，则《易》统其首。"①序典籍之外，"序"体尚有"赠序"一类，指专门为送别亲友而写的文章。这一区分是自姚鼐开始的，姚在其《古文辞类纂》中单列了赠序一类。姚鼐之前，对序体都不做区分，比如南宋真德秀谈到序体时称："序多以典籍文书为题，序所以作之意，此科（词科）所试，其体颇与记体相类，故当以程文为式，而措辞立意，则以古文为法可也。"②称"序"与"记"体颇为类似，大都以古文笔法写就。真德秀生活年代最为切近北宋，所以他的说法也最为贴近北宋现实，除却为典籍所作序文之外，宋人对"记"与"序"这两种文体似乎不甚区分，宋代很多以序名篇的寺院文，既非为典籍作序之词，亦无离别赠答之意，文章内容大略为记述某处寺院的具体情况，其涵义类同于"记"。

宋代序体寺院文主要有三类，第一类是指作于书、诗、文之前的文章，如宋祁《相国张公听普印昕师弹琴诗序》、惠洪《四绝堂分题诗序》、梅尧臣《新秋普明院竹林小饮诗序》等。宋祁《相国张公听普印昕师弹琴诗序》是一篇标准的作于典籍前的序文，乃为相国张公因听普印昕师弹琴所写诗歌而作的序文，内容在于"序作者之意"，阐发张公琴诗

---

① （南朝梁）刘勰著，范文澜注：《文心雕龙注·宗经》，人民文学出版社1958年版，第22页。

② （宋）王应麟：《玉海》附《辞学指南》，景印文渊阁四库全书本，台湾商务印书馆1986年版，第948册，第323页。

的意旨。而惠洪《四绝堂分题诗序》、梅尧臣《新秋普明院竹林小饮诗序》，虽俱以"诗序"名篇，其中已经包含了送别友人之意，有向赠序体靠近的趋势。惠洪《四绝堂分题诗序》主要记众人分题赋诗事，但亦称众人雅聚乃因张廓然即将渡湘而起。文中还称张留恋当地风光景致、风土人情，一再流连，众人诗聚之后并没有马上离去，因而此序从内容上看更为靠近诗序体，以记雅咏胜为主，又含带了送别之意。梅尧臣《新秋普明院竹林小饮诗序》记当日梅尧臣、欧阳修等人于普明精舍游赏山景、饮酒啸歌，联韵赋诗之盛会，虽由梅即将北归，众友为之践行而起，但从文中"字字为韵，以志兹会之美""不尔，后人将以我辈为酒肉狂人"句可以看出，此文仍以记文会序诗篇为主，更为接近文序的定义，但亦有了赠序文中送别的涵义。据以上两文可对赠序文的产生做一番合理推断，赠序文应源自序文一体，随着表示赠别之意在文中所占比例的扩大和数量上的广为增加，遂渐从序文中分离，自成赠序一类。以北宋朝的情况来看，序文和赠序文之间的区分尚未截然，多有将两者混同的情况。第二种是赠序文，表赠言送别之意，如宋祁《送贤上人归山序》、苏轼《送通教钱大师还杭诗序》等。宋祁《送贤上人归山序》是一篇典型的赠序文，文章对贤上人的师承渊源、禅学成就、交游往来、与作者的交集、送别情景乃至作者对贤上人的景慕之情，都以四六骈体呈示了出来，叙事结构十分完整，送别之意呈示得格外清晰。而苏轼的《送通教钱大师还杭诗序》虽名诗序，对诗事所言不多，主旨亦在表达送别之意。该文篇幅短小，全文仅用苏轼与通教钱大师的几句简短对答连缀，句式上亦不整齐，这与苏轼在行文上一贯天马行空的风格是十分符合的。第三类是涵义类同于"记"的序文，如智圆《宁海军真觉院界相榜序》、宋祁《春日同赵侍禁游白兆山寺序》、曾巩《相国寺维摩院听琴序》、惠洪《待月堂序》、李纲《邓公新坟庵堂名序》等，文章标题中的"序"字完全可以用"记"来替代。以宋祁《春日同赵侍禁游白兆山寺序》和惠洪《待月堂序》为例。宋祁序文记暮春时节、公暇之时，与赵侍禁同游白兆山寺的情形，文中对山寺周遭自然景观和寺内物事都有精心描绘，是一篇以四六骈体写就的记游文，宋人文章中亦多有以"记"体名篇的此类寺院文。惠洪《待月堂序》亦是一篇记述游观真身禅寺新堂的文章，因"堂临晴湖，日光下彻，俯见游鱼，聚立纵望，湘西山云之纤秾，草木之深密，一览而尽得之"，故名之"待月堂"，文章以散体写就，文中又多描摹景致、记禅师对话之语，与一般"记"体无异。

综观宋代以"序"名篇的寺院文，均与"记"体非常类似。在上述三类序体寺院文中，第三类"序""记"混同的情况自不必说，即便是文序类、赠序类与记体虽在表达意旨上存在区别，但从文章格式来看与记体并无区分。序体中应用骈体、散体以及对话等的情况在记体中亦多有使用。若非要细究序体与记体的差别，以宋代序体寺院文创作的实际情况来看，这些文章大都篇幅不广，更类似记体中的短而佳者。

"题名"即题记姓名，"题名"行为在中国古代出现得亦非常之早，但直至宋朝才流衍成风，清末叶昌炽称："故题名不必求古刻，考其纪年，两宋为多。即唐贤亦不过百一。"①明人徐师曾《文体明辨序说》中亦将"题名"作为一种单独文体列出："按题名者，纪识寻访登览之岁月，与其同游之人也。其叙事欲简而赡，其秉笔欲健而严……亦文之一体也。"②北宋题名体的寺院文大致分为两类，一类仅纪识岁月、名字和同游之人，如王钊《简州大佛岩题名》、蒋之奇《碧落洞题名》、赵明诚《长清灵岩寺题名》等皆为此类。一类则如徐师曾《文体明辨序说》中所言，在纪识岁月、姓名的同时，加入叙事成分，成为一篇文学作品，这些题名作品中往往还包含着景致描绘和情感抒发，随着"题名"内容的不断丰富，这一体

---

① （清）叶昌炽撰，韩锐校注：《语石校注》，今日中国出版社1995年版，第500页。
② （明）徐师曾：《文体明辨序说》，人民文学出版社1962年版，第146页。

后来慢慢发展成"题名记",成为记体之一种。"记"体寺院文前文已有详论,于此不再多言,此处主要介绍尚未演变至"题名记"的"题名"体寺院文,它们在篇幅上较记体短小,内容往往包含着纪识岁月、姓名等内容。因篇制短小、叙事简明,又多夹杂景语、情语,故而其中多有情致盎然的佳篇。契嵩存题名作品两篇,《题远公影堂壁》以议论胜,其发明远公过人处的议论文字,文简意明,令人闻之而知远公高义;《题钱唐西湖诠上人荷香亭壁》则以美景动人:"西湖气象不并他处,朝晖夕霭,黯澹清莹,无时不好。山嶂楼阁,金翠交眹,荷花战风,芳香四散,薰然乍视,恍若异境。"惠洪亦有题记作品7篇,亦皆短而佳者,以其《题庐山》为例,其文虽短,却兼有叙事、写景、抒情之妙,录其文于其下:

> 余十五六时,游北山,谒准禅师。残僧三四辈,草屋数椽,殆不堪其愁。准老而喜饮,时酹一樽,则击磬礼观音。空阶夜雨,弥月不止。后二十五年,余还自海外,过此,而山川增胜,楼阁如幻出,大钟横撞,净侣戢戢,而真隐方开石门法道于此,余乃服其老且衰矣。重九前三日秋阴,皆当时清绝之象,而有今日适悦之情,遂书此。

虽然简短,内容却不可谓不丰富:既交代了此文的来龙去脉,又有对寺院当下和昔日景象的描绘,其间还以三个短句精准描摹出了准禅师的形象,此外由寺院今昔改易引发的感触也极为复杂,难以一言道尽。文末惠洪虽称此文乃发其"适悦之情"而作,但实质上惠洪在文章中所蕴情感要复杂得多,其中既有"老且衰"的人生沧桑感,又有因人、事皆非所起的对昔日禅友和生活的怀念,虽则今日栋宇轮奂、僧徒济济、清景在目,亦难抵消心中万般感触。读罢此篇,令人深敬禅师才力的同时亦为禅师的深挚情怀所折服。

两位禅师之外,文人中亦多有创作题名体寺院文的情况。苏轼、黄庭坚各有近20篇题名体寺院文，其他文人亦时有作者，且多佳篇。其中黄庭坚的题名作品包括以"题名记"名篇的作品，内容皆十分简短。如其《石门寺题名记》仅有"韩城元聿、双井黄某同游石门。霜清木落，山川高明，扫径上冠云亭，可以忘归"两句，名为"题名记"，实为题名，与后世所谓记体之一类题名记是不同的涵义，黄庭坚外，宋人中亦有将"题名记"与"题名"混同的情况。这种情况的出现大概与宋人喜好破体为文，各类体式间多有突破和创新，故而区分不严大有关联。因黄庭坚所作多甚简短，故此处以苏轼《题嘉祐寺壁》为例：

> 绍圣元年十月二日，轼始至惠州，寓居嘉祐寺松风亭。杖屦所及，鸡犬皆相识。明年三月，迁于合江之行馆，得江楼廊彻之观，而失幽深窈窕之趣，未见所欣戚也。峤南岭北，亦何以异此？虔州鹤田处士王原子直，不远千里，访予于此，留七十日而去，东坡居士书。

苏轼此文虽短，却以对比手法展示了寺居游观生活的"个中妙处"，亦为题名体中文短而韵佳者。此文可与苏辙《偶游大愚见余杭明雅照师旧识子瞻能言西湖旧》中部分诗句对读："昔年苏夫子，杖屦无不之。三百六十寺，处处题清诗。麋鹿尽相识，况乃比丘师。"诗中除叙苏轼多于寺院游赏外，对苏轼喜于僧舍题诗事亦有揭示。而且两相对读可以发现苏辙用6句诗30个字表达的意思，苏轼仅用了"杖屦所及，鸡犬皆相识"9个字，在表现力度上却毫不逊色。文笔之简劲，可见一斑。

"疏"一体亦源来已久，《文心雕龙·奏启》称"自汉以来，奏事或称上疏，儒雅继踵，殊采可观"[①]，即应用公文之一种。疏在宋代寺院文中亦

---

① （南朝梁）刘勰著，范文澜注：《文心雕龙注·奏启》，人民文学出版社1958年版，第421页。

是经常使用的文体，大量出现在于某寺作某道场、请某师驻某寺、于某寺祈谢晴雨的种种场合中，各位朝臣均有大量此类功德文章。因此种文体资于实用，且为应制公文，大略在言明其事外略敷佛理，故而篇幅简短、语言雍雅，风格上千篇一律，阅一篇而知其他。其中苏轼《南华寺六祖塔功德疏》因涉及自身遭贬流寓经历，对自身遭际和沉浮境遇有所述说，且对佛亲向，所请出于诚心，故而与一般祈求佛佑的制式法会疏文有所不同，寄寓了作者的真情实感："伏以窜流岭海，前后七年；契阔死生，丧亡九口。以前世罪业，应堕恶道；故一生忧患，常倍他人，今兹北还，粗有生望。伏愿六祖……怜幼稚之何辜，除其疾恙；念余年之无几，赐以安闲。"文中所述、所请都颇能动人。黄庭坚的疏体寺院文亦颇有可观之处，由于黄兼通佛学与文学，所撰写的疏文能很好地圆融阐说佛理与叙事作文之间的关系，又能调动譬喻等文学手法使说理形象、生动，故而能在数量众多的应制疏体寺院文中卓然独秀。此外，与疏体表意、格式都极为相似的，还有大量寺院祝文、斋文，此处不再详述。

疏体之外，尚有多种文体应用于宋代寺院文创作中，但皆十分零星，不如上文所述诸文体使用普遍。如以跋名篇的，欧阳修、曾巩、苏轼等皆有多篇寺院碑跋作品，主要记寺院碑刻、书法事；以榜名篇的，如惠洪的茶榜文、李新《灵泉老诠茶榜》记寺院茶事；以叙名篇的，如契嵩《趣轩叙》《山茨堂叙》皆言取名缘由事；以帖名篇的，如黄庭坚《游龙水城南帖》、蔡襄《会饮帖》等皆叙寺院游宴之事；以传名篇的，如王禹偁《唁髡传》、张商英《续清凉传》；以述名篇的，如智圆《孤山述》《夜讲亭述》；再有就是以牒、奏、状等名篇的涉及寺院各项事宜的公文。而宋代寺院文之所以会涉及如此多类型的文体，一方面与宋人积极改革和创新机制，喜好"破体为文"的风尚密切相关，另一方面亦是受到了词科考试制度的激励。哲宗绍圣元年设置此科，规定试以章表、露布、檄书，须用骈体；颂、箴、铭、诫、论、序、记，用散体或骈体，而且考取人数非常有限，哲宗年间的考试一共进行两天，所取人数却不超过五人，这无疑会对文士们潜心研究各类文体形成一个极大的推动力。之后北宋朝一直沿袭了这项政策，只不过名称上有所变动，先后更为词学兼茂科、博学宏词科之名。词科考试的设置，激发了文人们研究各类文体的热情，文人们的寺院文多涉各类文体亦在情理之中了。

第四章

北宋寺院文的思想意涵

第四章 北宋寺院文的思想意涵

宋代寺院文数量众多、文体纷繁，创作者又几乎囊括了时之僧俗名流，故而宋代寺院文展示的内容是十分广泛的，不仅对寺院生活相关的方方面面多有展呈，如寺院各体建筑、山水清音、记游宴赏、灵异感通事件、教内弊事乱象、教门管理制度、僧俗交谊等，部分寺院文对宋代王事亦多有映照：帝王好尚，如太宗朝的重尚佛事、多译佛经以及徽宗朝的抑佛崇道等在宋文中都有清晰呈示；重大国事，如澶渊之盟、建炎兵火等在寺院书写中亦多有展露；党派政见之争在宋代寺院题材文章中亦屡见端倪。

第一节 梵殿香幢 宝相庄严

凡是以寺院或者寺院内的代表建筑（如法堂、讲院、钟楼、塔、幢、轮转藏等）名篇的，或者以寺院风光物事为主要描写对象的文章，皆入寺院文之选。故而宋代寺院文中有大量篇章描写寺院内的各体建筑。虽然总体而言，宋代寺院文相较前朝寺院文在描述寺内建筑上不太上心，多不做切实、细致的描摹，但亦留下了大量宋代寺院建筑的相关资料，使后人得以从中一窥宋时寺院建筑真貌。

一所寺院（小型庵寺除外）不论规模大小，大致皆由山门、佛殿、法堂（讲堂）、僧堂、斋厅（堂厨）、浴院（室）、安放钟鼓的阁楼、僧人墓塔（幢）这些部分组成，大型寺院往往还设有佛阁、接待游方僧人和檀越的客舍和讲堂、安放佛教经籍的经藏（大藏、轮藏、轮转藏、传灯阁）以及安放御赐画像、笔墨等物事的阁楼等建筑。宋代寺院文的关注点普遍集中于赞颂法师或建寺檀越功德、阐说佛理或描绘山水美景、记游赏宴乐这几个层面，对呈现寺院建筑风貌方面兴致不高。在这千余篇寺院文中，仅有为数不多的几篇文章对寺院的总体建筑构造有所描绘。大多数篇章言及寺内建筑时多如杨亿《金绳院记》一样概括言之，一笔带过，杨称该院"凡作佛殿、斋厅、僧堂、浴室及众舍二百五十余间"，至于各建筑的用途、特色以及气象，仅有"侔天界之庄严，为众园之依止"一句作为总体说明。杨杰《延恩衍庆院记》的介绍相对详细："中建尊殿，严圣像也；前有三门，示三解脱也；钟鼓有阁，惊晦明也；堂曰潮音，信群听也；斋曰讷，欲无言也；室曰寂，寂而常照也；阁曰照，照而寂也；泉曰冲，用不穷也。又堂曰闲，赵公致政访师，退居二闲人也。庵曰方圆，不执一也；桥曰归隐，退以乐也；沼曰涤心，渊清澈也；群居有寮，安其徒也。"此文虽对各建筑的功用有简单介绍，但亦没有针对寺院整体或某项建筑的细部描摹。惠洪《潭州大沩山中兴记》对寺院内建筑的展示最为细致，通篇围绕寺内各项创设展开，其中既有对细部特征的描绘，又有对建筑功用的阐发。如在谈及该寺之钟时，惠洪称该钟乃系"聚铜神运仓之下，穴山为炉，钟成万斤，涂以黄金，建阁馆于殿之东庑"而成，作警诫之用。重修之前，该寺仅有大殿、法堂、寝室三种主要建筑，增修之后气象大变，除却安放铜钟的阁楼外，该寺在大殿西庑设有经藏存放五千余轴经卷，广善法堂后新建雨花堂用于僧人晚课之后的闲憩，两廊之左建有库院以理总庶务之事，祖龛之后设有堂司用于管理僧众，重修的僧堂广博靖深以安僧侣、敬佛陀，新建了五百罗汉阁以供事罗汉，在庖厨之南新建殿堂安放用异木所刻的净土菩萨像，又在寝室之前建御书阁安放皇帝御书，还新建了香严、大仰两堂为学者宴私之所。此外又以金碧为饰、楚国公书法为额重建大三门、在高台上建塔安放宝积灵牙舍利，于寺外建普通塔收亡僧尸骨，对寺内诸种创设的特征和功用都有阐说。该寺恢宏、壮阔的气度在惠洪的解说

第四章 北宋寺院文的思想意涵

中渐次现形。另外释继重《大宋真定府行唐县封崇寺创铸钟记》中虽所言甚简，但对寺内各建筑的空间布局有确切描绘，"兹寺者三门前望，正殿当阳，像阁巍峨，塔凌霄汉，讲堂寝室，中冲两挟，厨库寮室，相连方位。僧宇高敞，精华长檐。尊容大殿，圣貌半干。两廊辅翼，悉皆严饰"。

于一篇文章中总体描绘寺院建筑的虽不多，但以寺内某项建筑为主要表现对象的文章却大量存在。下文将对寺内建筑做分解式介绍，对宋代寺院文中大量出现且颇能代表宋代寺院特色的建筑重点阐说。

中国佛教寺院自南北朝时期以来已经融合了中国民居的特色，形成庭院式建筑风格，塔的中心地位逐渐下降，至宋时，塔居寺院正中的布局已被殿堂居中的布局取代。塔在寺院中地位的下降，一方面缘于寺院与民居糅合而成的新式庭院结构更适宜殿堂居中的布局，另一方面亦是佛教内部原因造成的。惠洪《潭州大沩山中兴记》中称："唐元和中，僧昙叙开基，则有绪言曰：'地灵甚不可葬，葬且致祸。'今三百余年，僧物故莫敢塔，塔于回心桥南十里。"惠洪《普同塔记》中亦称"沩山独拘于阴阳之说，谓近寺不宜为葬地。自开山迄今三百年，建塔于回心桥之南，其去寺十里"。虽然这两条记载在规定建塔于寺外的人物上存在出入，但都明言自唐元和年间到现在的三百年间，寺塔皆建于回心桥之南、离寺十里的地方，而不再建于佛寺正中央。佛殿占据了寺院正中的位置，从而取代佛塔成为佛寺当之无愧的灵魂建筑。寺院文中有大量专门描写佛殿的篇章，佛殿用于安放诸佛神像，关于设殿供奉佛像的用意，余靖在《南岳山云峰景德禅寺重修佛殿记》中解释道："佛者号为天人师，故像饰以金，屋为之殿，极尊崇也。"佛门中人对此的解释则是："为丛林营建室宇，必先造大殿，以奉安佛菩萨像，使诸来者知皈向，故昼夜行道，令法久住报佛恩。"从宋代寺院文来看，诸寺在佛殿中安放的佛像并不一致，有供奉单一佛像的，如佛陀像、罗汉像、观音像、文殊像、天王像、卧佛像、卢舍那佛像、智积菩萨像等，以佛陀像最为常见。也有同一殿内供奉多种佛像的情况，如姚孳《永明寺大殿记》"中构宝殿，奉释迦、文殊"；李觏《修梓山寺殿记》称该寺殿堂内"凡立屋四楹，塑像九躯"；欧阳修《湘潭县修药师院佛殿记》中"作释迦佛、十六罗汉塑像皆备"；惠洪《潭州白鹿山灵应禅寺大佛殿记》中称该殿"像设释迦如来百福千光之相、文殊师利、普贤大菩萨、大迦叶波、庆喜尊者、散花天人、护法力士，又环一十八应真大士，序列以次"；王逵《齐州灵岩寺千佛殿记》中供奉的佛像更是不计其数，文中称"千佛中处，膺大雄氏"。佛殿供奉的佛像代表着该寺的佛教信仰，除了佛陀信仰外，佛教发展至宋朝时其教内已经出现了许多信仰分支，尤其从殿内单一供奉的佛陀之外的神像中，更易对该寺具体信仰做出区分。如某寺佛殿单奉罗汉像，则该寺定然更倾向于罗汉信仰；同样若某寺仅供文殊像则无疑更亲向文殊信仰。佛殿作为一寺的核心建筑，有时仅从其中像设便可对该寺的性质和信仰做出判断。

寺院供奉佛法僧三宝，寺院创设亦据此展开。除设佛殿供奉诸佛、菩萨外，亦立法堂、僧堂以说法、安僧。法堂是寺院内集众说法的所在，惠洪在《资福法堂记》中称法堂之设来自百丈大师，并对法堂设置和功用有精当说明："百丈大智禅师方建丛林，废蜂房蚁穴之众，为九州四海而建大法堂以总众，至于天下禅席宗之，知比丘因法相逢，以法为亲，主者升座而坐，学徒雁序而听，示尊法也。"余靖《韶州曹溪宝林山南华禅寺重修法堂记》中亦对该寺法堂有所描绘："计广以席，度深以筵，外像祇陀之居，中施师子之座""因分别以见尘缘，视顽虚而识空性，此梵刹之所以崇堂宇也"，与惠洪所言概相符合。此外张商英《东林善法堂记》亦对法堂之旨有详细阐说，多对"狮子座"的佛理阐发，此处不再转引，文中对该寺法堂建制亦有描述："其为间七，其高为丈者五，深而为尺者九十，其广十有一丈。"从外观上看着实雄丽宏壮，张商英却认为该堂徒有其表并不合法堂依土立义之旨。关于僧堂，宋代寺院文有4篇文章专门述及。僧堂的重要性，惠洪《潭州大沩山中兴记》中有所阐发："曰僧者天人之福田，佛祖之因地，十方如来同一道，故出离生死，旷野深山，圣道场地，皆阿罗汉所住持，世间粗人所不能见。既以广延其所见，则所不见者敢不敬乎。"敬设僧堂亦敬重佛祖。惠洪《重修僧堂记》中对该寺僧堂景象有具体描绘："……修僧堂五间……其高深壮丽，涂金间碧，香雾为帐，秋水为簟，粥鱼斋鼓，戢戢而趋。合爪而集，会四海而不为混，跏趺而禅，休万缘而不为灭。"苏辙《庐山栖贤寺新修僧堂记》从僧堂的存在使僧徒安于求道无外在扰攘这个层面对僧堂表示了肯定；张商英《抚州永安禅院僧堂记》则从佛理高度提出构建僧堂使僧徒享"堂殿宫室之华，床榻卧具之安，所须而具，所求而获"的情况与古制不合，然而若能潜心修佛，不惑于坐卧经行之适，那么即便是以金银造屋，亦无不妥。

除了上述建筑，寺内诸建筑中出场频率最高的非钟莫属。北宋寺院文中专以钟为描写对象的有30余篇，其中既有专门的钟记文，亦有为钟所作的简短铭文，其他寺记文中涉及佛钟的更是不可计数。钟本为中国传统礼器，此点穆修《亳州法相禅院钟记》、吕谔《福善院铸钟记》中都有明言。钟是佛教从中国借用之物，却后来居上，成为佛寺的专用法器，钟声亦成为佛寺所在的重要象征。从张继"姑苏城外寒山寺，夜半钟声到客船"句便可见出钟声于佛寺的标志性特质。宋代佛寺钟事于穆修《亳州法相禅院钟记》一篇中可大体获知，该篇对寺院钟事解说甚详。对于寺院之钟源自中土、缘何进入佛事，寺钟需以铜铸造、建高阁安放之制以及寺钟节昏晓、戒食寝乃至钟声能下达幽泉，助亡魂脱出地狱之用都有详尽说明。释重显《真州资福禅院新铸钟铭》补充了一则佛经中钟事的例证，称拘留孙佛时已造青石钟，为寺院立钟之事在佛教经典中找到了依据。但此事并非出自佛教原始经典记载，而是转引自唐人《感通传》的说法，所以真实性仍有待查证。吕谔《福善院铸钟记》、余靖《潭州兴化禅寺新铸钟记》中对宋朝铜禁甚严，造钟须报朝廷审批之事都有揭示，然而在此禁令之下，宋代寺院造钟事仍繁盛无衰，且所造皆为洪钟巨制，动辄超逾千斤，于此更可见出宋代佛教之盛。惠洪《延福寺钟铭》亦言钟声具通达地狱、暂缓苦业之用，追记了梁武帝时命天下佛庙"击钟当舒徐其声，欲以停苦"之事，并称该寺之钟系由李姓施主为其母祷求安康而舍。

用于安放佛教经卷的经藏（或称大藏、传灯阁、藏经殿、经藏阁、轮藏、轮转藏等名）在宋代寺院文中亦频频出场，宋代寺院文中专门言及此类安放经卷建筑的文章约计40篇。在宋代，一般稍具规模的寺院中皆有存放经书的建筑，虽名号不一，但其存放经卷之功用却是一致的。考其缘由，概因经唐之后佛经的翻译和编订工作已基本告成，在唐玄奘法师和唐代诸文臣的共同努力下，佛经之汗漫博诞有了定据，佛经五千四百八十卷之数亦已确定，《大藏经》之号已成。故朱处约在《北岩定林禅院藏经殿记》中称"今天下名山剧寺必有《大藏经》，奉为伟观秩字之宗，费常数百万"。宋代放置经卷的建筑一般有两种，一种是建楼阁或殿堂，直接将佛经摆放其中而成，朱处约所记即为此；一种则是将经书放在可以转动的大轮上，转动轮轴即可翻阅经书，此即为转轮藏，转轮藏外一般亦建有殿堂作为覆盖。关于转轮藏的构造，王安石《真州长芦寺经藏记》有具体描绘："为高屋，建大轴两轮，而栖匦于轮间，以藏五千四十八卷者。"从宋代寺院文中反映的情况来看，宋代寺院中以建轮转藏的情况居多，叶梦得《建康府保宁寺轮藏记》记载了宋代各地兴建轮转藏的盛况："吾少时见四方为转轮藏者无几，比年以来，所在大都邑，下至穷山深谷，号为兰若，十而六七吹蠡伐鼓，音声相闻，襁负金帛，踵蹑户外，可谓甚盛。"这大概是由于佛经数量众多，此种方式便于翻阅，而且即便不阅读佛经，用手转此轮藏一周，亦得沾染法缘。契嵩《无为军崇寿禅院转轮大藏记》对轮转藏的起源及所蕴含的佛旨有明白阐述："夫转轮藏者，非佛之制度，乃行乎梁之异人传翕大士者，实取乎转法轮之义耳。其意欲人皆预于法也。……姑使乎扶轮而转藏者，欲其概众普得，渐染佛法，而预其胜缘，则于道其庶几乎。"其他人关于轮转藏的篇章，概为契嵩此篇所阐佛理的敷演，如黄庭坚《普觉禅寺转轮藏记》主要是对"转法轮"意的阐发，此处不再一一列举。值得注意的是范纯仁《安州白兆山寺经藏记》，此寺经藏亦为转轮藏。范以佛教不立文字、直指心源的理由非难垂素法师，拒绝为其所创经藏作记，法师则称佛经是疗治众生因情致病的良药，转轮藏亦为药府，故而该有此设，亦该有此记。垂素法师此种理论亦可备为轮转藏流行原因之一说。此外从叶梦得《建康府保宁寺轮藏记》、宗泽《义乌景德禅院新建藏殿记》等文中亦可见出世俗间对转轮藏的欢迎，诸檀越纷纷解囊以造，远近、四方之人咸来参与，转轮场面热闹非凡。这带来了宋朝转轮藏的盛行，同时亦使得转轮之事越来越背离其转动法轮、普沾胜缘的初衷，是宋代佛教趋向世俗化、功利化的表现之一。

寺中有佛殿、法堂、僧堂、经藏等建筑供僧人生时所用，亦有塔、幢等建筑备僧人死后之荐。前文已有论及，宋时塔的地位下降，原先寺中建塔的位置多由佛殿取代。许多寺院都将佛塔建于寺院之外，甚至不再建塔。惠洪《潭州大沩山中兴记》便记载了玉泉山有僧人圆寂后，当地山民不让建塔安葬，以致其徒抱师骨石哭泣的事。赵叔益《重修广州净慧寺塔记后识》中亦称广州之地历来崇佛，但此前却无佛塔之建。虽然从宋代寺院文来看，宋代仍然建有数量繁多的佛塔，但宋时佛塔已经不复昔日气象，仅保留了僧人葬所的涵义，在寺院中的地位从中心降至边缘。僧人中的高僧大德皆有专门之塔，此类僧人亡后自有其徒按其生前所托立塔安放骨石，并请文人或高僧中长于文笔者为之撰写塔碑（铭）或塔记，一般围绕该名僧人的师承、佛学见解、品行节操、生时所作功德及圆寂情状等方面展开。该类文章十分之多，内容上的相似导致风格雷同，此处仅以张耒《智轸禅师塔记》为例。张耒此文篇幅不长，却对法师传承云门法系、不轻以己道化人的耿介操守、预知祸福的先见以及圆寂诸事宜都有交代，在众多谈讲佛理不休、述僧人生时和死后祥异之迹不绝的冗长篇章中，属于简明而佳秀的短篇。而寺内普通僧人亡故之后，则依百丈大师规制葬入

"普通塔",庐颐、惠洪皆有普通(同)塔记专记普通僧人葬事。普通塔的规制在庐颐《普通塔记》中所述甚详:"乃于寺之南城外不尽一里募施,掘地为圹,际水起塔,出地又丈余,砖用万余口。既成,近左收捃得亡僧骨仅四十数……夜建道场,请传戒师为亡僧忏罪受戒。塔顶开一穴,以备后之送骨。"惠洪所记略有差异,但大体亦同。

与塔的历史悠久相较,幢则是新生事物。幢是密宗所特有的物事,唐朝时随着《佛顶尊胜陀罗尼经》的传入才在中国出现并渐趋繁荣,在宋朝尤其是宋朝初、中期,立幢之风仍然十分盛行,世俗间和寺院内都多有创立经幢的情况。后来随着密宗的衰竭,建幢之风才在中国渐次衰歇。《佛顶尊胜陀罗尼经》称创建尊胜陀罗尼经幢,能消一切罪孽业障,净除一切生死烦恼。宋代经幢的创建即因此而来,黄麟《开元寺新修佛顶尊胜陀罗尼经幢记》对此间因果阐说甚明:"斯典也,来因波利,远涉流沙,传西天梵文,译东土唐语。救善住不沉七返,出帝利永托三天。"从现存宋代经幢相关的文献来看,经幢上所刻经文亦以《尊胜陀罗尼经》为主,偶或有刻《心经》《大悲经》的情况。宋代经幢大致可分为两类,一类是墓幢,建立于坟墓旁边,民间和寺院内都多有创建。宋代僧人亡故后,建塔之外,多有建立经幢的情况,王傅《尊胜陀罗尼经幢赞》便是为僧人讳煦所作,讳煦圆寂前曾特意叮嘱其徒造尊胜陀罗尼经幢于窣堵波之左。民间亦多在父母、亲人墓旁造经幢,如李恕《尊胜石幢题记》称"盖闻怀罪集福,莫急于《尊胜陀罗尼》《大悲心真言》""遂自建造坟茔,立尊胜幢一所"。另外一类经幢建于佛寺中,属于寺内建筑之一种。释元恪《泉州招庆禅院大殿前大佛顶陀罗尼幢记》便是为寺内之幢而写,文中对该幢形制有具体描绘:"许就金园之内,安于宝殿之前。其幢高二十五尺,下列神仪,上严圣像""风摇铎韵""日映珠光"。关于该幢用途亦有阐发,称系为天下有情众生兼及自身"同资福利"之用。王乘《晋江承天寺陀罗尼经幢记》中经幢亦是建于该寺大殿之侧,专作当今皇帝荐福之用。

宋代寺院文对供僧人生活之用的浴室(院)、堂厨(斋厅)及寺院山门亦有展示。浴室是供寺内僧人洗浴的所在，宋代佛教寺院内浴室的情况从余靖《庐山栖贤宝觉禅院石浴室记》一篇中可知大概。该文对浴室的筹建过程、创成规模以及浴室所蕴法旨都有说明。该文称此浴室"募得缗钱二百万；凿山筑基，砻石构堂，仍市美材，续成外室，凡十一楹。其浣濯之所、苏膏之器，罔不具焉"，而且建成之后该寺还特意饭僧以庆成立之功。在阐说浴室法旨时，除申明二位法师所述"洗涤前尘、除去七病"，还从佛经中发明新意，引《十诵律》中灌园者因施舍利弗洗浴之水便往生忉利天之事，说明施造浴室的功德。余靖举佛经中之例证似信手拈来，佛学修为可见一斑。此外，他还作有《韶州开元寺新建浴室记》，对僧人洗浴之法有所表现："五日为期，一具汤沐。熏修者得以涓洁，尘垢者得以涤荡。"李觏、苏轼都有专门关于浴室的文章，李觏所言"尔身以澡，尔心以洗"与苏轼"澡雪乎精神""震凌乎风雨"之论都颇合浴室之佛旨。专门表现寺院厨室的文章有两篇，大意皆阐发佛教饮食清洁身心之意，无甚可观之处，其中蔺融《简州奉圣寺新建斋厅记》中还对僧人用斋前需行香规仪做了说明。专门表现寺院山门的文章大致有4篇，寺院山门又称三门，表三解脱之意。从这4篇文章来看，寺院山门皆以高峻为美，正如王禹偁在《龙兴寺三门记碑》中所称"因为揆日之期，特起凌霄之势"，登此山门，使人自然生入兜率之中、清都之上之感。这三篇文章主旨皆在赞誉法师和出资檀越宏壮山门之功，多赞颂之言，此处不再多谈。

戒坛在宋代寺院文中亦时有提及，专记戒坛的文章计有5篇。戒坛乃僧人受戒之所，宋真宗曾下诏敕令各地开启戒坛以行度僧之事。在古代社会，皇帝之言在政权的威慑力下总是有着强大的号召力，这大概便是寺院文中常提及戒坛之事的原因。曾巩《江州景德寺新戒坛记》称该寺长老二十年来勤苦不懈，所营建筑"为佛殿、三门、两廊、钟楼与戒坛"，戒坛与佛殿等并提，其重要性不言而喻。余靖《潭州太平兴国寺新建戒坛记》中对戒坛之起源阐述甚明："佛住世时，祇树园中既有立坛结界之制。摩腾东至、仪轨尚简，出俗之初，三归而已。魏正元中，始有律师上言戒法。宋元嘉已后，扬都乃盛甘露之名、方等之义，随处建立，流布渐广。"综合余靖及他人文中对戒坛事宜的描述，可以得知僧人受戒需由长老登坛主持仪式，戒坛处往往还建有坛塔和护法神王，以护佑受戒之事的顺利进行，之后方可正式剃度成为佛门弟子。此外像供奉诸菩萨、罗汉、弥陀的佛阁，僧人日常宴客闲处的堂、室、斋、亭，供奉僧人尸骨的佛龛，安放皇帝笔墨的御书阁以及僧人影堂、皇帝神御殿等建筑，在寺院文中亦有提及，因非寺院常设建筑，仅为个别寺院所有，不具备代表性，故不再详述。

第二节　丽川秀水　游目骋怀

山水成分自寺院诞生之日起，便是寺院建筑的题中之义。印度早期寺院祇园精舍、竹林精舍等已经具备山水园林成分，这一理念在中国得到了很好的传承。中国寺院建筑继承了印度寺院看重园林山水这一传统，一众名寺都择址山野密林间，故宋人赵抃在《次韵赵龙图》有"可惜湖山天下好，十分风景属僧家"的感叹。赵抃所言并非夸张之辞，许多宋人都同做此念。天下风景被伽蓝占尽的印象在宋人文章中多有展现，如余靖《惠州开元寺记》称"自汉迄今仅千祀，天下郡国之胜游、云泉之绝境，精庐居之，迨且遍矣"。李觏《修梓山寺殿记》中也称"天下名山水域，为佛地者什有八九。其次一泉一石，含清吐寒，粗远尘俗处，靡不为桑门所蹈

第四章　北宋寺院文的思想意涵

藉"。李新《长江三圣禅寺记》中亦言："且名山大川，凡胜处福地，皆伽蓝雄据。"郭受《妙智讲寺记》中所述"钱氏之有吴越日，凡二浙之间山水奇秀者，皆许建刹摩以安僧"，虽仅为两浙地区情况，但从其中亦可见出寺院占据名山秀川的情况。借助自然灵山秀水之势，澄澈心识，返照本心，进而体会湛然的佛理是佛徒日常修行必不可少的内容，故而寺院往往建于山林密合之处；即便是为便宜传教而建于繁华都市中的寺院，亦多建有人工山石、花木园林来增益寺中的山水构成。因而在宋人的寺院文中，描山绘水的内容频频出现，有些篇章即便不刻意对寺院山水环境做具体描绘，叙述该寺地理位置时亦多带有对周遭自然环境的概括性描述；更有篇章几乎通篇全为对山水景致的描绘，或为对秀丽山水的游玩观赏。

占用文章部分篇幅描绘山水的，杨杰《延恩衍庆院记》十分具有代表性。在杨杰的眼中，一座完整的寺院由寺内建筑和寺周山水两部分组成。开篇先述此寺是为辩才退居安养而重新整建，并对该寺来历有简要说明。文章主体内容由介绍该寺的实体建筑和山水环境两部分组成，该寺实体建筑部分在上文已有引用和说明，此处只引对山水环境的描绘："众山环绕，景象会合，断崖泓澄，神物攸宅，龙井岩也。势将奋迅，百兽窜慑，狮子峰也。昔人饲虎，以度有情，萨捶石也。修竹森然，苍翠夹道，风篁岭也。"其实就连前文介绍寺内建筑的部分也掺有对山水景色的描绘，如冲泉、涤心沼等实在应归入山水一类。此外，释原鸿《台州永安县遇明禅院碑铭》中的山水描写亦颇为典型。前文在百般歌颂宋帝功绩之后，在介绍该寺的地理位置时便多有对周遭自然环境的描写："地分牛宿，境占神皋，前枕寒溪，后连翠窦，桃源、天姥、顶湖、括苍，烟霞一开，远近如画。项斯之宅可寻也，麻姑之峰可登也，甘露绝名，又何让也。"写景部分并没有就此结束。文后还有一段对寺居生活的描绘，当然寺居生活的清美关键还是得益于周遭的山水自然环境："晓月开经，香分玉篆。秋林出定，苔封石床。瑞鹿眠花，幽禽背雪。陶彭泽若闻应到，贾长沙如在合来。涧云起而野色侵灯，山雨至而松风入槛。"文中所述，是唯有长久居寺，潜心清修之人才能领悟到的美感。无怪乎周紫芝在评价僧人所写山水作品时赞其"乃知其幽深清远，自有林下一种风流"①。

通篇几乎全为对山水景致描绘的，如王随《虎丘云岩寺记》。因虎丘一寺历来盛名远扬，故作者辑录了许多与虎丘相关的史实传说及诸位名公对虎丘及云岩寺的咏赞，其中穿插了大量山水景色的描摹，难以篇摘句诠。比较集中展现云岩寺风貌的则有："若乃层轩翼飞，上出云霓；华殿山屹，旁碍星日。景物清辉，寮宇岑寂。千年之鹤多集，四照之花竞拆。"此段引文对云岩寺的描摹明显将寺内建筑与山水自然糅为一体，呈现出寺内建筑与周遭山水浑然一体，共同佐益佛乘的风貌。郑向文《雁荡山灵岩禅寺碑》则围绕灵岩寺的得名展开，称该寺的命名是由该寺周遭之雁荡山、龙湫等景致与《罗汉赞文》中所述第五罗汉所居正合而起，文中主要篇幅都用在了描绘雁荡山景色和寺院山水气象上。此类以描绘山水为主的文章还有很多，如周刊《释迦寺碑》一文详细描绘了释迦寺特色：

> 龙隐岩穴旁实弹丸之三，而释迦寺乃在斗杓之一，摄提之次也。岩穴弯环俯漓江别派，是为建水。山色清润秀发，凛凛逼人。洞穴两达，有左右门。其中穹然明广，其地坦夷，其顶嵌空嶙峋，有龙卧遗迹，其旁凝乳四垂，两壁峭峙。穴之阳为岩，岩之深处与穴相直，石脉连属，故通号龙隐岩。高可张盖，虚可坐数十人。有乳管泉窦，四时涓涓不绝。依岩有败屋数椽，上雨旁风，旧榜释迦寺。

---

① （宋）周紫芝：《竹坡诗话》卷二，景印文渊阁四库全书本，台湾商务印书馆1986年版，第1480册，第675页。

上述引文看似在描述释迦寺特色，实际全为对贵州龙隐岩特色的描绘，亦或可以说释迦寺的独特之处依托龙隐岩而存在，文后对寺内各建筑的描绘亦是围绕周遭山水特质展开。再如契嵩《武林山叙》通篇皆用来描绘该山之寺、峰、溪及诸多古迹。文章虽然用了大段篇幅描山绘水，却在文后直言不讳地说道："其山无怪禽觑兽，唯巢构之树最为古木。松筠、药物、果蔬与他山类，惟美荈与灵山之所生枇杷、桂花发奇香异耳。"契嵩此句点出了此山独特之处在于该山出产的茶叶、枇杷和桂花，也道出了天下山水在风貌上的趋同：山不外乎高壮，水不外乎秀丽。虽然普天之下没有完全相同的两片树叶，各处山水亦各有其独特之处，但总体而看，都跳不出"山"和"水"的范畴。宋代寺院文中描绘山水的篇章还有很多，但通过上述几篇文章便可以对其有个大致的把握。此外，各处山水虽大体相类，但人的感受能力和表达能力却存在极大差异，所以宋代名家所作寺院文中的山水小品所描绘的山水清音往往更具感染力，使人产生身临其境的效果。苏轼、黄庭坚、惠洪等人都有大量模山范水的寺院文传世，此处仅以黄庭坚《南康军都昌县清隐禅院记》为例。从题目便可大致猜出该寺乃因其山水清隐之特色得名，文中称："野老岩之下，盘折为隈隩，其土泉甘而繁松竹，曰'清隐寺'者。"文中对清隐寺周遭山水的描写可谓妙绝当世："发豫章下流，略鄱阳之封，据彭蠡上游，距落星湾舆行一舍，舟行百里，有大聚落，是为古之鄡阳，今为都昌县治所。山悠而水远，能阴而善晴，升南山而望之，如李成、范宽得意图画，盖南山之于都昌，如娟秀人，直其眉目清明处也。"这段描写用语简洁、节奏明快，却达到了即便调动大量繁丽辞藻所达不到的表达效果，其中两处如李成、范宽得意图画以及娟秀人眉目清明处的比喻更是画龙点睛的神来之笔，对该处山水神韵的点染分外合宜。文末更通过对比的方式直接夸赞该处山水："余得意于山川以来，随食南北二十年矣，未尝不爱乐此山之美，故嘉叹清隐之心，赏风月而同归。"称二十多年来游遍众多山水，但此山却一直是作者的最爱，对该山风景的赏赞尤为特出。

　　宋文中，写景与记游的内容往往连在一起，无法做截然区分。如鲜于侁《游灵岩诗序记》，采用移步换景的手法，记与僚属游玩经历的同时亦记录下了沿途风景，写景与记游融为一体，无法单独摘取。该处景致同寻常山寺风光或宏壮或秀丽或清幽的不同之处在于怪奇：佛宫建于环覆山崖之下，崖壁形态参差、钟乳为质，还有乳色泉水从山石上滴沥而来，又有擎天石柱抵住山崖，幽深洞穴传桃源旧事，种种异于常景之事都是作者所深深喟叹和喜爱的。再如孔叔詹《游灵峰寺记》，用不足四百字的篇幅记述了作者于灵峰寺一天一夜的游赏经历，同时也记下了游赏途中的见闻和感触，用语简洁而又清新，是一篇精致的山水小品文。文章虽然简短，作者却综合运用了多重感官、色彩对比、动静对照等方式，每处景致虽只有寥寥几字，但由此生成的画面感却十分强烈，给人印象十分深刻。由文中"又至映碧坪、秘藏岩，风荡林梢，泠然入耳，其旁则安养泉在焉。山之景，至此略得十之二三"句，推测作者乃深谙山水赏鉴趣味之人，作者虽一人独游，无人同行唱和，所作无非"返寺膳宿，明月当窗，一灯如豆。蒙头而卧，一寤天明，乃别山僧，至东清涧、钓月池、摄香居，直下大路归署矣"，但作者于其中悠然自得的情怀却凸显得格外分明。宋人喜于山水中畅游，玩赏之后又多喜作文以记山水胜概及自身胸怀，所以宋人山水游记文的数量特别之多。前文已述佛寺多建于山明水秀之处，宋人游赏山水时亦常不免对佛寺做一番游览，是以宋人寺院文中亦有相当数量的山水游记文。除上列两篇外，柳开《游天平山记》、李尧俞《广福寺三岩记》、欧阳修《游大字院记》、契嵩《游南屏山记》、沈辽《龙游寺宴堂记》、王霁《游海云寺唱和诗序》以及寺院题材的各种题名、记游的文章等皆为此类，这些文章多篇幅不长，且多包含对山水景色的精心描绘以及对自我心怀的剖抒，情景交融、意趣盎然，相较一般寺院文阐佛理、述沿革（创设）的死板、生硬而言，形式和内容都更为灵动、活泼，故而多为佳篇。以欧阳修《游大字院记》为例，此文与佛毫无关涉，是一篇纯粹的山水记游文。文中明言选择该寺是因为"非有清胜不可以消烦炎"，该寺的避暑、游赏功用才是众人于此游宴聚会的核心要素。这篇文章较孔叔詹《游灵峰寺记》篇幅更为短小，却融写景、纪游、抒怀为一炉，将此次宴集描写得风雅无比：普照院林木幽隐、河水潺潺，微风轻抚解箨的春笋和初开的红薇，时节酷热，暂寄此清凉地以沿河设席，饮酒、对弈、吟诗、啸歌。此文虽短，却曲尽了众人同游共聚的种种雅韵。其实，宋人寺院文中专记山水游赏的篇章，无论是如欧阳修所述的众人同聚，还是孤身赏玩，概都呈现出此种风雅格调。众人伴游则同吟共啸，孤身独赏亦悠然自得，自然山水在澄澈灵魂的统摄下统被贯以优美的风神，这也是宋代山水游记文章的一个共同特征，即在宋代文人优雅、精致的审美情调统摄下，所绘山水图景概多呈现出清新、宁静、雅致的美感。

第三节　佛陀菩萨　感应神通

北宋之人概多亲向佛教，所作寺院文多有对佛教内部包括佛陀、诸菩萨罗汉乃至历代高僧以及寺院在内的诸种感通、神异事迹的述说，尤其是佛门僧徒对此类事迹更是大肆渲染。如释赞宁《宝塔传》详细追述了阿育王宝塔的来历和诸种神通；《护塔灵鳗菩萨传》亦详细描绘了一菩萨化作灵鳗护佑寺塔的诸多神奇事迹；释常谨《地藏菩萨像灵验记叙》亦称收集了有关地藏菩萨的灵验事迹一百余条；再如释景尧《敕台州宁海县龙母山玉溪院龙王记》更称智者大师曾使得龙神受戒归佛。佛门僧徒之所以不厌其烦地反复在寺院文中叙述佛教内的灵验、感通事迹，概是出于神化其教，借助神道之力以弘传其教的考虑。文人所作寺院文中亦有对佛门神通事迹的载录，只不过文人所记较之僧人所记在数量上要少得多，内容上也简略得多。笃信佛教如张商英者，在其《太原府寿阳方山李长者造论所昭化院记》中对于文殊师利菩萨现身之事，仅用了"商英游五台山，中夜，于秘魔岩金色光中见文殊师利菩萨，慨悟时节，誓穷学佛"一语而已。苏轼《药师琉璃光佛赞》对于向药师佛祈祷后其孙子、孙女疾病痊愈的事，所记亦甚简明扼要，不会像僧人所记那样掺杂太多荒诞不经的记载。

除却神化佛陀、诸菩萨外，宋代寺院文中的感应神通事迹多集中于僧人身上，在一些高僧的碑铭、塔铭、塔记、行状、行业记、影堂记等文章中，往往会有诸如此类的大量神异事迹出现。总体而言文人所述尚比较客观、写实，连张商英这样的笃佛信徒都称"圣贤之余事，感应之常理，传所谓修母致子近之矣，今皆略而不书"，苏辙《天竺海月法师塔碑》中在谈及海月法师神通时仅简记一事，然后以"公学行高妙，报在西方，其以感通者不可胜言，而闻于人者如此"带过；余靖《南岳云峰山景德寺记》亦以寺之历来高僧皆有灵异之迹，"所以学心之徒闻言而得要，慕教之士睹相而生恭，随其机缘，示以开入"简单带过对灵异事件的描写。而由佛门中人所作的文章往往更倾向于夸张和渲染此类，如契嵩在为天台宗魁首遵式所作行业记中，除详述式公出生、行道过程中还有死亡时的种种超自然现象外，对法师化度一豕之事亦津津乐道；再如惠洪《钟山道林真觉大师传》亦详述了发生在智公大师身上的种种奇事，比如法师乃其母从树上捡到，法师的手脚皆为鸟爪以及更为荒诞的从嘴中吐出活鱼等，另外一篇《永明智觉禅师行业记》更称有群羊跪听智觉禅师说法。佛门中乐于渲染和传播此类内容，一方面大概是出于神化其人，从而宣传其教的考虑，另外一方面则是佛教传统的影响，早期佛教经典中此类事件的描绘多如牛毛，至南朝《高僧传》时，诵经一科仍多叙高僧临终异事。

归结来看，宋人对僧人神通事迹的描写主要集中于僧人出生之前、梦境之中、圆寂前后三个时段，尤以对僧人圆寂前后异迹描写为多：这些得道高僧概多能预知死期、跏趺坐化，死后颜貌如生、体有异香，行毗昙法火化后骨色如雪、多得舍利，有些高僧的舍利甚至成五彩之色。舍利在佛教中地位十分尊崇，代表着对佛和僧的至高礼敬，高僧舍利多建塔安放。除了僧人的各种名目传记、塔记对舍利有所表现，宋代寺院文中亦有多篇文章专门表现佛教舍利，故而此处将对舍利之事稍做表述。以契嵩《秀州精严寺行道舍利述》为例，该文对舍利的佛旨大意以及舍利诸种形态都有阐发，称舍利为"道"的验证，佛法能被中国接纳也正是因为舍利的验道之功。此外，该文还称舍利并非仅由火化尸骨一途而来，尚有多种形态。田沃《大宋河中府中条山万固寺新修舍利塔记》、苏辙《龙井辩才法师塔碑》中皆有提及感应舍利的存在和种种异相。至于僧人神异事迹集中于生前、梦中、死后三个时段，应该也非巧合、机缘造就，因为按照佛经所言佛陀以及诸菩萨罗汉等佛教圣人生活的年代与空间都与世人距离遥远，其人高不可攀，其事杳不可察，因而后世佛徒无论如何附会，都无从查证，可随意发挥。而描写僧人的神异事迹，特别是当朝僧人的神通、灵异之事，则只能从未知的生、死以及梦入手，否则非但不能取信于人，还会招惹非议和责难。

第四节　佛门乱象　妨害风俗

宋代寺院文对寺院内的生活并非一味颂美，其中亦有对佛门弊端乱象的揭露。基于北宋佛教向世俗生活的严重倾斜，北宋寺院的世间化特征亦格外突出。随着寺院与俗世间差别的日益泯灭，世间习气渐渐浸染佛门，一些本不该在教门中出现的乱事纷纷涌现。特别是由反佛文人撰写的寺文，对寺院内部自私贪婪、聚匿游惰、奢侈腐化、斗殴争讼、招摇撞骗、毁戒伤俗的种种败行批驳甚厉。

诚然，佛教的世间化使得佛教于北宋名利双收，获得了稳定发展和空前的盛行。然而，从原始教义考究，名与利两者都不该是佛教追求的目标，佛教讲慈悲、主清修，在宋代佛教世间化过程中，对名与利的过度关注终会导致其宗教精神的失落。虽然从短期效益来看，佛教世间化确实为佛教带来了许多发展机遇和切实利益，但长远来看，佛教的世间化对佛教来说或许并非善事。当佛教不断向世间生活倾斜终至与俗世间并无二致之时，佛教之所以称为佛教的东西便不复存在了。佛门混同于世俗的这种说法在宋代算不上夸张：宋代之佛教团体如其他社会群体一样臣服于皇权之下；寺院不仅经营农业还操持手工业和商业；佛门中亦如俗家一样既崇尚对父母之孝，亦崇尚对君主之忠。如此佛门与世俗实在没有太大的区别。失去佛教特质的宋代佛教此后渐渐走向衰落。

佛教的世间化在寺院内形成了重佛事活动、轻义理建设的风气，宋代僧人大都以建寺起塔或塑像筑佛为无上功德，在宋代佛教界普遍存在着一种所建寺宇越是宏壮，弘佛之功越大的观念。很显然，这是缘于佛教忽视内在学理的建设，便只能在外在形式上下功夫以维持其表面的繁荣。这种只重形式、不重内容的发展模式的形成，有着深刻的历史原因。一方面这源于宋代佛教向世间转型过程中带来的名与利的引诱，专在形式上努力会更快地给佛教带来更多实际利益上的回报。另一方面这也是佛教迫于生存压力的无奈选择。佛教在宋初处境十分艰难，除却士大夫阶层的强烈反对，唐末和五代灭佛之事相去不足百年，两场浩劫不仅损毁了寺院、僧人、佛经等具象物事，更将佛的尊严践踏在地。宋代佛教向世间生活的转型其实是基于一种渴望被宋人接受，并且重拾佛教尊严的心理。而佛教若想在宋朝摆脱劫难，稳定发展，必须融入宋人生活，

第四章 北宋寺院文的思想意涵

尤其是对佛教予以强烈反对的士大夫阶层的生活。于是便有了宋初高僧在义理上调和儒、佛两家的一系列努力，而佛、儒两家理论的调和，归根结底是通过对佛教义理的降格达成的。因为佛教理论终归属于哲学范畴，而宋初儒学顶多上升至伦理学的高度，类属具体科学。用儒家理论等量代换佛教理念，无异于用具体科学来等同哲学。要调和两者，必然以降解佛教教义为代价。佛门在义理学说上自降等级定然会导致佛门理论建设的停滞不前，这是导致宋代佛教在佛理建构上十分欠缺的原发动因，亦是根本原因。虽有部分僧人致力于深研佛理，亦无法挽回宋代佛教整体上对佛理的轻忽。而且基于降解佛教教义以与儒家学说调和的心理背景，这一小部分僧人的佛理阐说并无特出之处，大都述而不作。此外，这其中还有很大一部分佛理讨论是专为指导世间生活而发的，尤以高僧为士大夫信众说法时最为常见。于此，宋代佛教在佛理建设上的薄弱可见一斑。

随着佛教世俗化进程的不断加深，佛教不重义理建设之习亦愈演愈烈。这种习气不仅在佛门流衍成风，世间崇佛者亦深受影响，即使是士大夫阶层这样的高阶信众亦多于写经诵佛、建寺起塔等事宜上着意。发生这种状况并非缘于宋代士大夫对佛理妙义缺乏兴趣或领悟力不够，主要原因还是在于宋代佛教各宗派对义理学说的忽视及其理论建构的薄弱。学理修为的鄙薄在高僧大德身上尚不明显，但在大量化度的中下层僧人身上颇为直观。在宋代佛门重世间生活、轻义理学说的大环境下，中下层僧人多汲汲于世间利益，于佛修上甚为浅陋，因而在谈讲佛理时，常被士大夫一族问得哑口无言，反为其人所耻笑。这就是为何苏轼《中和胜相院记》称好折辱窃长老之名者，文中对这些所谓的"长老"有着辛辣的讽刺，称其于戒律一概不守、于利益照单全收，却沽名钓誉："剟其患，专取其利，不如是而已。又爱其名，治其荒唐之说。摄衣升座，问答自若，谓之长老。吾尝究其语矣，大抵务为不可知。设械以应敌，匿形以备败,窘则推堕滉漾中,不可捕捉,如是而已矣。"在北宋,像这样空顶佛徒之名对佛理却不通的僧人实在是太多了,对于此辈俗僧,苏轼"见辙反复折困之,度其所从遁,而逆闭其途。往往面颈发赤"。此外从苏轼《清风阁记》、王安石《庐山文殊像现瑞记》对僧人调笑、戏谑的口吻中,亦可看出宋代僧人在佛理上的疏浅。义理学说的空疏是宋代僧人身上普遍存在的问题,在佛教世间化程度不断加深的过程中,这一问题随之越发突出,这也是士大夫阶层少从其推研佛理,多致力于具象佛事的原因。士大夫阶层尚且如此,民间更是专意于佛事活动了。虽然宋代僧人的轻佛理、重佛事赢得了宋人对崇佛活动的广泛参与,维持了宋代佛教的热闹排场,但过分注重形式、但求形似不重内涵的发展模式无疑会离佛教精神越来越远。

宋代僧人致力于塔庙虽有过于追求形式之失,但尚算忠于浮屠人之职守。在佛教世间化的过程中,世间习气渐渐浸染佛门。僧徒不守戒律、饮酒食肉之事已然不是怪事,苏轼《书蜀僧诗》中称寺僧师饮酒、食肉,仅因所做猪肉味道甚好且所作打油诗中略涉佛理,竟然因此得到留宿官员的赏识并得赐紫衣师号。一些本不该在佛门发生的污秽现象大量在佛门涌现,如贪婪、争讼、伤生等,吐蕃首领折逋葛支的《送僧往天竺取经奏》中称误将取经僧人当歹人劫掠;《宋会要辑稿》中亦称仁宗年间逮住一伙盗贼,竟然全为僧人,僧人社会风评之差,可见一斑。佛门乱象的大量存在昭示着宋代佛教走向了慈悲净名之学的反面。宋代僧人品行不合仪轨的不在少数,甚至包括一些高僧大德在内,惠洪、圆悟、宗杲等名闻天下的禅师因倡行"在欲行禅"的理论,亦多有不雅之行传布。反而端身清修、持戒奉理的法师在宋代比较少见。宋代僧人品行素质的普遍偏低亦应归咎于宋代佛教的世间化。在佛教不断向世间生活靠拢的过程中,僧人们不以佛理系心,亦不凭戒律制欲,少了清净慈悲心的统摄,却多有不劳而获之特权,自然无所不为。

第四章 北宋寺院文的思想意涵

佛教世间化的种种弊端，佛教内部一些有识之士和部分文人士大夫在当时已经有了清醒认识。佛行禅师对宋代佛教的发展状况有着一针见血的精准评价："昧者或矜吾教之盛，具眼观之，适为佛法之衰。何者？末胜则本微，养隆则道薄。为吾徒者可不惧邪？"可栖法师对教门内的弊事亦有察觉："吾尝患吾佛之徒将游吾州而未能进，必休于近郊之逆旅，乞钱炊食，杂于博徒倡女间，甚污吾法。"因此忧虑，故建菜园院安佛徒。惠洪《普同塔记》对空印建普通塔的行为大加褒奖亦是出于消解佛门乱象的初衷："丛林之衰，诸方皆轻僧，厌其多而窘于食。"僧人生时需索尚招人嫌恶，死后之事更是无人顾及。空印师轼公不仅建大庙宇以安无食之僧，还按百丈禅师的规制建普通塔以待僧之终，这对消解社会上对僧人群体的厌弃情绪应有很大帮助。然而，教门内的种种衰弊之事在宋代佛门并没有引起足够警惕和重视，佛门法师对此的态度，要么遮掩、袒护，认为不过是"护其法者，有非其人"，此非教之罪，乃"好之者事之者之失"，而在佛法的流布过程中出现这样微小的逆流是正常的；要么就沉浸在宋代佛教的繁华和喧嚣中忙于建寺起塔，对此无暇虑及。尤以第二种最为常见，以南康军开先禅院瑛禅师为例。瑛禅师经营得佛刹穷极宏丽，故请时之文坛巨擘黄庭坚为该寺撰写记文以助成该寺之胜缘。黄庭坚在应允前对当下佛教内部大兴寺宇、奢侈无度的现象提出了批评："夫沙门法者，不任资生，行乞取足，日中受供，林下托宿……今也毁中民百家之产而成一屋，夺农夫十口之饭而饭一僧，不已泰乎？夫不耕者燕居而玉食所在常数百，是以有会昌之籍没；穷土木之妖，龙蛇虎豹之区化为金碧，是以有广明之除荡，可不忌邪？"面对黄庭坚的非难，瑛禅师的答复十分巧妙，他首先承认了黄庭坚所说的佛门除荡确有其事，然后又以佛理巧言辩护，对黄庭坚指责中所涉及的核心问题——大肆兴建和豪奢无度仅用"妙供庄严"四字便轻巧带过，曰："虽然，妙庄严供，实非我事，我于开先，似若尸负，成功不毁，夫子强为我记之。"这句话很耐人寻味，也代表了宋代许多僧人普遍具有的一种心态：虽然知道建寺起塔并非佛教的第一要义，却终生奉此为修行中的头等大事。瑛禅师自言其修造开先寺乃"似若夙负"，这句话的真诚与否已无法察知，从其需先修寺而后才能潜心清修苦行——"我将煮东溪之菜，悬折脚木床，以待夫子解腰而共饭"来看，修寺起塔在瑛禅师的认识中才是最重要的功德。宋代有太多佛僧终其一生致力于有所修建并将此视为无上功德，对于佛教的义理学说建设以及佛教在发展过程中出现的问题，都未给予相应的关注。

佛门发展中出现的种种问题，反倒是文人士大夫阶层看得更为清楚和透彻。这其中也包括与佛教关系甚为亲近的居士文人，比如苏轼、张商英、黄庭坚等。苏轼佛缘颇深，与时之名僧概多交好，在文章中常以"佛弟子苏轼"自称，但他在《书楞伽经后》对佛法流弊有深刻揭露，曰："争谈禅悦，高者为名，下者为利；余波末流，无所不至。而佛法微矣。"张商英对佛的敬向犹在苏轼之上，继在五台山佛光中见过文殊师利菩萨后便"誓穷学佛"，并作有《护法论》以护教为己任，饶是如此，其《护法论》中对佛教弊相亦有揭示："所守如尘俗之匹夫，略无愧耻；公行贿赂，密用请托；劫掠常住，交结权势。"黄庭坚批判佛教乱象的言论上段已有述及，单从上文的批评言论看，黄庭坚似对佛有抵触心理。实际上黄庭坚亦是亲佛向佛之人，多篇文章中都表达了对佛的信向，他虽信佛却不佞佛，对佛教发展中出现的不好的方面亦直白呈示，《江陵府承天禅院塔记》中对佛教耗蠹生民这一点亦予以承认："儒者常论，一佛寺之费，盖中民万家之产，实生民谷帛之蠹，虽余亦谓之然。"

此外，许多文人对佛门乱象有揭示，陆佃《台州黄岩县妙智寺记》中称："彼世之人，舍是弗图，而逐逐于外，以事庄严，则虽饰以金银、络以珠玉，譬犹蜃嘘成楼，半出霄汉，其彩五色，终非实相。"这是从佛教教理出发对佛教提出的批评，此等判语直击佛教之痛脚，堪称鞭辟入里。徐敏求《智门禅寺记》对时下佛风之弊亦有言说："及其弊滋甚，则缯台幔阙，银池玉树，以为庄严当然；考鼓鸣螺，昼夜梵呗，断指灼体肤，以为依归当然。祷福祈年，忘本附末，纷纷愚众，波荡以从，是学佛蔽蒙之徒以迷识佐其高，妄相夸胁而倡其风之过也。"徐敏求的批评将宋代教门内的弊事统统网罗在内，略无遗漏，据此可对佛门乱象有全面且直观的把握。李弥逊《宣州昭亭山广教寺讷公禅师塔铭》亦对佛教乱象提出批评："至其弊则流而为诡，为戾，为贪。又其弊则诞惑不根，捷给尚口，訾慢自我，好为人师。浸以相乘，不知其失，而道日隐矣。"

第五节　革律易禅　道接十方

宋代佛教承唐而来。唐朝前期尚禅、律并行，唐朝中后期以来自曹溪一宗振兴，乃至百丈禅师确立丛林规制，律宗渐渐无法与禅宗抗衡，禅宗成为佛教的主要宗派。入宋之后，律宗持续衰落，禅宗则继续繁荣，加之禅宗在住持选拔机制上的优越性，所以在宋代常见有将律院改为禅院的情况，继而寺院管理体制也多以禅宗的十方制代替律院的甲乙继承制，禅宗更呈一家独大之势。这一现象在宋代寺院文中多有展示。李正民《法喜寺改十方记》称："圣朝袭前代旧章，为佛法外护，广设度门，崇信般若，凡大伽蓝辟律为禅者多矣。"李景渊《寿圣禅院修造记》中亦称："凡境内僧尚嚣讼者，皆辟为禅刹而鼎新之，寿圣其一也。"

关于禅、律两宗以及其各自对应的十方、甲乙管理机制，陈舜俞《福严禅院记》有明确揭示。该文称佛教本无禅、律之分，禅律的分歧是近世佛法衰末所致。自禅、律分离，其徒各行其道，便有了禅寺和律寺的对立。禅宗寺院奉行十方管理体制，所谓十方："崇扉闯然，钟倡鼓和，圆顶大袖，涂人如归，环食列处，不问疏亲者，谓之'十方'。"律宗寺院则崇奉甲乙制，所谓甲乙："人阁一户，室居而家食，更相为子弟者，谓之'甲乙'。"也就是说，十方制的住持是从四海僧人中公开选拔，任人唯贤；而甲乙制的住持则是从该寺僧人中选取，任人唯亲。甲乙制在佛法昌隆、戒律严明之时，自有其优胜之处，徒继师志能更好地将该寺特色及所奉佛法传承下去。但在宋朝，前文已多次述及其时佛教虽盛，佛法却衰。本来禅宗的盛行对佛教戒律的实施已经产生了很大冲击，加之佛教在当时不断向世俗生活靠近，故而寺中僧人饮酒食肉、嫖宿娼家、经商敛财乃至作奸犯科者大有人在，严守佛教戒律、潜心清修者凤毛麟角。可用宋祁《复州乾明禅院记》中的一句话——"教失厥序，人有其私"来概括宋朝佛教的基本状况。故而在佛门戒律失去威慑力的前提下，仍然奉行甲乙相承的寺院管理体制，无疑会加剧寺院内牟私、混乱的状况。故而陈舜俞此文称："甲乙，非道之当也。朝廷之法，缘人情而治人，大约不欲扰动，而卒要之以公。故制曰：其徒愿为十方居者，官听之。近世稍稍有请者，公道之胜，而徒之相向也。"从这段引文可以得出两条重要信息，首先朝廷明显更倾向于禅宗及其十方制；其次，在当时多有律宗寺院自请为十方禅院的情况，陈舜俞所记福严禅院便是一例。

律寺甲乙相承而生的种种弊事，在寺院文中多有表现。如郑佃《妙胜禅寺记》称该寺原为律院，百余年来师徒相传，至宋时寺居凋敝、争讼四起，故该寺僧众自请为十方禅院。然而该寺在淡交禅师的苦心营建下才初具规模，先前的律徒便又起贪心，去州县告状欲重回甲乙之制。张商英《随州大洪山灵峰禅寺记》亦对律徒贪婪之状有所描绘："方其废故而兴新也，律之徒怀土而呶呶。"谢逸《上高净众禅院记》也有对律宗寺院弊事的描摹："（其徒）行如驵侩，饱食暖衣，怀晏安之耽，而不虞牛后之祸。"尤以李新《九华禅寺记》对律寺甲乙弊行的描绘最为形象："私凿户牖若蚁穴蜾蠃然，妇蚕息败行券，责偿无一法，叛俗夙伦，奸人羼名粗迹，以为狡穴疾薮。"正因为律寺甲乙制在当时存在诸种弊端，故而在寺院自愿请求成为禅寺外，还多有当地郡守或者皇帝下诏强制变革律寺为禅寺的情况。郑侠《新修南山圣寿禅寺记》、张商英《随州大洪山灵峰禅寺记》、黄庭坚《萍乡县宝积禅寺记》、李新《九华禅寺记》、谢逸《应梦罗汉记》、惠洪《信州天宁寺记》、朱褒《保福院记》等文章中对政权强制改律为禅、变甲乙为十方的情况都有揭示。虽有释鉴绍《明州奉化县云盖山重移寿圣院记》大唱反调，嘉赞甲乙贬斥十方，但在众多寺院文中仅此一篇持此论调。且其贬低十方制的论点，如称禅寺十方制"始谋则推其至公，既得则行之由我""纵使瓦破雨飘，但存交割之数；假使金妆翠染，不得子孙之传。此念或生，众务皆脱。大风拉朽，岂有存立之心乎"，其实是以私念忖度佛者的大公无私之心，即便存在个别此类情况，也只能说明十方制在体制上存在一些不完善的地方，并不能因此认定甲乙制优于十方制。事实上，甲乙制所带来的危害往往比以上所述严重得多。从众多寺院文反映的现实情况来看，在寺院中实行十方之制才是大势所趋。

第六节　政令所系　镜照王事

宋代佛教与政治关系紧密，寺院题材的散文作品难免会对时之国事有所反映。许多寺院的兴建都与政治密切相关。宋代寺院中多有称太平兴国、大中祥符、崇宁、景德者，这都是由朝廷统一颁赐的寺额，将年号普遍用于寺院命名，其中的政治色彩不可谓不浓厚。这不但体现了佛教寺院在命名上不能自主，亦深刻揭露了宋代佛教在政权夹缝中生存的艰难处境。

刻上政治烙印的寺院还有很多，如扬州建隆寺除属年号寺院外，身上还背负着重要使命。王禹偁《扬州建隆寺碑》称，该寺的建立是仿照唐人于战阵处建寺以超度亡者生灵的做法，遂于太祖当年与李重进征战的江都之地建立梵宫，告慰阵亡将士。平晋寺的创立亦属此类，太宗有《建平晋寺诏》，称该寺亦是于征战处建立，专作为阵亡将士荐福之用。对于此种于争战之地建寺的做法，信佛者固然认为可借佛神力使亡魂脱离冥途，得资福报；而反佛者如欧阳修则认为此举无益，欧阳修在《唐幽州昭仁寺碑跋》中对此举讥讽甚厉，称"唐之建寺，外虽托为战亡之士，其实自赎杀人之咎尔。其拨乱开基有足壮者，及区区于此，不亦陋哉"，反对立场分外鲜明。

再如潞州承天禅院的建立，实是为粉饰宋辽澶渊签盟带来的耻辱。杨亿《潞州新敕赐承天禅院记》对此事有曲折反映，和戎国是达成后，西京左藏库使李继昌为掩盖屈辱求和的真相，自请于祖居地上党营建佛寺一所，以祝佑宋世和乐无疆。真宗对此欣然应允并赐嘉名"承天"。传法院的建立则反映了太宗皇帝对译经事业的看重，夏竦《传法院碑铭》、章得象《〈御制传法院译经碑〉后记》[①]对此事都有反映。传法院是太宗于太平兴国七年下诏建立的，规模极为宏大，地点在太平兴国寺大殿西侧，仿唐太宗与三藏译经故事专司译经之事。太宗命法天、天息灾、施护等梵僧主译并令张洎、梁周翰、杨亿等人润文。译出之后，太宗还亲自撰写了《大宋新译三藏圣教序》冠于经首以示尊崇，参与译经的僧人都得到了厚恩封赏，并伴有大量度僧之事以庆译经之成。太宗之后，真宗亦曾撰写《续圣教序》御赐传法院，大行译经之事。虽然宋代译经成就不大，所译经书大都随译随毁，但在当时却是十分轰动的大事，耗费了巨大财力、人力和物力。

开宝寺福胜塔院的建立亦与政治有着割舍不断的牵连。太宗朝奉行

---

① （宋）李焘：《续资治通鉴长编》卷一百五十四，中华书局1995年版，第3740页。

舍利崇拜，特于开宝寺福胜院建立木塔以迎放从吴越王处得来的释迦牟尼佛舍利，该塔落成后太宗特命学士朱昂撰写塔铭以纪其成[①]。真宗朝对此塔亦极为尊崇，赐名灵感；后此塔遭天火焚毁，以余靖为代表的诸位大臣纷纷上书反对再行营建，余靖《乞罢迎开宝寺塔舍利奏》对此事有翔实的记载。但在众声反对之下，宋仁宗还是力排众议，再度予以修复，于其中颇可见出宋代帝王对此塔的看重。而东京宝相禅院的兴建与废置，亦与政治息息相关，苏舜钦《东京宝相禅院新建大悲殿记》对该殿几次因皇后去世、谏官反对等原因屡遭罢停的曲折经历有所表现，谏官反对的情况在何郯、韩琦乞罢修宝相寺的奏书中亦有反映。王庭珪《隆庆禅寺五百罗汉堂记》对徽宗统治时期短暂奉行的抑佛崇道政策有所反映，该文称"政和末年，寺废为道士之居，东坡之字亦坐禁锢，有僧窃而藏之"，该寺的废为道观，正与徽宗的崇道政策相呼应，该寺沦为道士之居的时间非常短暂，很快又复归寺居。至于东坡字迹的遭禁则是对其时党祸惨烈，新党上台，元祐党人遭禁的反映。宋代寺院与政治关系密切的尚有很多，不再一一列举。

宋代寺院文对寺院内的生活有多维摹写，除对寺内建筑、山水风光、感应神迹、教门弊事、管理体制、国家大事有所反映外，对僧俗之间的交谊也多有表现，尤其是高僧与文士之间声气相应的深厚情谊，这部分内容在第三章第一节中已有论述，此不多论。

---

① （宋）志磐撰，释道法校注：《佛祖统纪》卷四三，《大正藏》卷四十九，第400页中。

第五章 士林文人的寺院文创作

第五章　士林文人的寺院文创作

北宋寺院文总数一千二百余篇，创作者主要由僧俗两类人群组成。有八十余名僧人参与创作了二百余篇寺院文作品，其中多有情致盎然的佳篇。文人创作的情况则更为惊人，不论参与的人数还是作品的数量，都远在僧人之上，现存一千余篇寺院文作品几乎将北宋知名文人全部网罗在内，名不见经传的文人也多参与其中，龙象辈出、佳篇纷呈。

文人所作寺院文作品计有一千余篇，作者人数颇难计数，所作寺院文面貌因创作者的不同亦各有特色，即便同一作者所作亦因涉及佛寺和写作心境的不同见出差异。北宋宗风大振，文人皆被其泽。参与到寺院文创作中的文人也不例外。虽皆有佛泽润及，但文人们在对待佛教的态度上却有很大差异，这种差异也反映到了寺院文创作中，使得对佛持同等态度的文人们创作的寺院文体现出某种共性。比如反佛文人撰写的寺院文多有对寺院乃至佛教的不逊之词，亲佛乃至笃佛文人所作则侧重誉美寺院规制和法师功绩。下文将依据文人们对待佛教的态度对参与到寺院文创作中的文人们做出分类，以期对文人创作寺院文的情况做出梳理。

第一节　排佛文人的寺院文创作

宋代佛教事业虽然繁盛，但仍然有为数不少的文士对佛教持反对态度，尤其是在宋朝初期和中期，反佛之事最为常见和集中。以孙复、石介、柳开、穆修、种放等人为代表的宋初学人以及王禹偁、富弼、韩琦、宋祁、范仲淹、欧阳修、李觏、司马光、曾巩等朝廷臣子或出于尊崇经术的目的，或为国计民生打算，都对佛教提出了激烈的批评。北宋中期之后，随着佛教的不断世俗化，尤其是佛教在教义层面与儒家思想的融合以及后起之理学逐渐将佛学思想内化为新儒学内容的进行，反对佛教的声音渐渐稀少，虽仍有部分文士对佛反感，但反佛之事已颇为零星，亦不似之前激烈。①这些反佛文士们对佛所持的对立态度在他们的寺院文创作中亦有流露。需要说明的是，上述反佛文士并非全都终身奉行反佛之事，有些人后来改变了立场，转而亲向佛教，正如欧阳修在《唐徐浩玄隐塔铭跋》中所述："比见当世知名士，方少壮时力排异说，及老病畏死则归心释老，反恨得之晚者，往往如此也。"这一现象在邵雍的《学佛吟》一诗中亦有反映，曰："求名少日投宣圣，怕死老年亲释迦。"②虽然上列文士中有些中途变节，转而归佛，并非全部终身奉持反佛之事，但他们都曾经对佛持有强烈的反对意见，这在他们的寺院文中多多少少都有所展现。

一、宋初学人的寺院文

宋初学人反佛激烈，其中有寺院文创作的只有柳开、穆修两人。他们二人的寺院文中常流露出对佛的微词。如柳开的《宋州龙兴寺浴室院新修消灾菩萨殿壁记》因待罪被羁押于是寺而作。在道隐向柳开陈述修像深义时，柳开的答复是"佛之力，师之心，果若是，是亦大矣"，虽肯定了道隐的慈悲之心，但"果若是"三字还是透露出了对佛教的怀疑。而且柳开受道隐之托所作记文甚为简单，只交代了自己被囚于寺的背景、记录了自己与道隐的一句对答便戛然而止，对该寺位置、沿革、寺内创设、法师功

---

① 虽然理学家们亦多打着排佛的旗号，但他们对佛教多阳排阴附，且他们没有寺院文作品，故此处略去不论。

② （宋）邵雍著，陈明点校：《伊川击壤集》，学林出版社2003年版，第184页。

德等一般寺院记文中应当涵盖的内容统统没有涉及。之所以如此，出于避嫌或敷衍的可能性都非常之大。穆修的寺院文中亦多有对佛的讥刺之言，如《蔡州开元寺佛塔记》称佛法的风行仅"因斯民所恶欲而喻以死生祸福之事"，以百姓们切身关注的死生祸福之事怖人归信。《亳州法相禅院钟记》称钟乃中国传统礼器，后来才僭悬佛宫；篇末处还对该寺铸钟之事寄以微讽，称该钟造成之后"又复能售极苦之资，助释氏之费焉"。《明因院罗汉像新殿记》中称在该寺法师向穆修求文时，穆修明确申明了其儒者身份："予儒者，称浮屠之法惧非所能，请以目所尝睹浮屠者，并缘土木佛事终依之为奸，以幸其身而败污其类者言之，亦足以昭师之善矣。"下文更是直斥佛徒"十其获不一入于佛，常私其九以自取"，以致兴建塔庙之事常半途而废。柳开、穆修的寺院文中虽亦有对佛徒的肯定与褒扬，但从文章的行文措辞来看，其中的褒奖之词并非出于对佛教的好感，而是对法师与儒道暗合的品质的肯定。如柳开《桂州延龄寺西峰僧咸整新堂铭》对咸整赞誉有加，乃因咸整品行高洁为真僧、似大儒。穆修《明因院罗汉像新殿记》中亦有对该寺僧师建殿之功的褒扬，但亦因该师行为谨信而起。

二、朝廷文士的寺院文

由在朝中任职的持反佛立场的文人士大夫撰写的寺院文数量相对较多，他们的寺院文作品中亦多有对佛不满情绪的流露。总体而言，他们的寺院文作品大致可分为三类，一类虽是为寺院撰写的文章，但跟寺院以及佛教关系不大。比如宋祁素不喜佛，他在《上三冗三费疏》中称僧尼和寺院是造成国用不足的重要因素；《治戒》一文中亦明诫后世子孙在其死后不得为佛、道二家斋醮。他的《相国张公听普印昕师弹琴诗序》《春日同赵侍禁游白兆山寺序》两篇寺文，一叙琴事，一叙游记，均与佛了无关涉。欧阳修亦可谓宋代文士中的反佛斗士，于文章中一再申明反佛立场，《游大字院记》记录的是文人游赏赋诗解暑之佳会，亦与佛无涉。再如曾巩，他的反佛之名亦颇为人知，在许多文章中都表达过对佛的拒斥，《相国寺维摩院听琴序》只言琴事，与佛旨没有半点牵连。

第二类则是直接在寺文中表达对佛教的批判和嘲讽。王禹偁曾多次上奏皇帝主张沙汰僧尼、缩减寺院，他的《济州众等寺新修大殿碑》中称佛为末俗归仰。再如李觏，其《富国策》《答黄著作书》《潜书》《广潜书》等文都有对佛教的激烈批判和辛辣嘲讽。他的寺院文亦多有此类内容的传达。其《太平兴国禅院什方住持记》便有对佛教弊事的揭露，称："然末俗多敝，护其法者，有非其人。或以往时丛林，私于院之子弟，闭门治产，诵经求利，堂虚不登，食以自饱，则一方之民失所信向矣。"其《景德寺新院记》对佛讥讽甚厉，该文记述了景德寺院被火烧毁之事，该寺僧人为自圆佛教神异之说，反称是天神看中故特意取去，李觏借佛说相讥道："且佛之说诸天之乐，非人间所可仿佛，是以其徒布因求果，愿生彼界。今乃悦人之土木而夺之，则是人间之美物，诸天亦无有，尚何足慕邪？"其《修梓山寺殿记》开篇虽以"天下名山水域，为佛地者什有八九……靡不为桑门所蹈藉"句言佛寺之多，但从"蹈藉"二字便可看出对佛的反感，篇末称佛教不过"奉经教，福祖考"而已，亦可见出李觏对佛教的轻蔑。司马光亦站在佛教的对立面，《论寺额札子》称佛教"聚匿游惰，耗蠹良民"；《释老》篇称"释取其空……舍是无取"。他的寺院文《秀州真如院法堂记》，除开篇叙述作记原委的文字外，大部分内容皆为对佛的贬低和批判，称佛在中国只能预贤人之列，较之圣人德行尚有缺失；佛之末流更是"厚自丰殖，不知厌极"。文末还对求作记文的僧师做出了训诫，诫其务必守住根本，勿荡末流。在僧人求请文士撰写文章以记寺院胜缘的诸多文章中，可算奇文一篇。如果司马光《秀州真如院法堂记》在宋代寺院文中算是奇文，那么曾巩的《鹅湖院佛殿记》《兜率院记》可以称为针对佛教的战斗檄文。他亦是宋代反佛阵营中的重要一员。其《鹅湖院佛殿记》《兜率院记》通篇没有对所记寺院置一褒词。《鹅湖院佛殿记》斥该寺奢费建寺之举，称建寺耗费或累至千万，对此曾巩痛心疾首，反语怒斥："其费如是广，欲勿记其日时，其得邪？而请予文者，又绍元也。"文末特意突出绍元之名，羞辱之意甚明。其《兜率院记》对佛亦批驳甚厉，文称崇佛本不合古圣人之制，今之佛徒又相率以奢，所以奉佛之举实不可取。文末更明确表达了对佛拒斥的态度："予无力以拒之者，独介然于心，而掇其尤切者，为是说以与之。"

反佛士大夫的寺院文作品还有对佛寺和僧师寄以赞语一类。如范仲淹虽出于国计民生的考虑，多次上书反佛。但范仲淹私底下结交的高僧大德却不在少数，他还为日观大师、远祖师作有塔记，对两位法师的高洁品行赞誉有加。欧阳修《淅川县兴化寺廊记》嘉禅师"能果其学"；《湘潭县修药师院佛殿记》亦称赞修殿之人朴诚而善心。再如李觏《新城院记》因嘉院主之朴诚而为之记；曾巩《江州景德寺新戒坛记》亦因嘉奖该寺智暹的勤苦经营而作。明显可见，上述反佛文士对寺院以及寺师置以褒词并非导自内心对佛教的亲善，而是出于对僧师德行人品的肯定，更彻底地说，是对僧师身上与儒家伦理道德观念合拍的地方予以肯定和赞誉。此外，在反佛文士的寺院文中还有感叹儒道衰微的内容，如李觏《建昌军景德寺重修大殿并造弥陀阁记》便有大段对儒道不行于当世的感慨，称释教的风行主要源于"儒失其守，教化坠于地"；曾巩《菜园院佛殿记》《金山寺水陆堂记》亦皆有对儒衰而佛兴的感喟。

第二节　亲佛文人的寺院文创作

宋代佛教事业繁荣，文人们多受到佛教润泽且对佛亲近。"亲佛"这一概念范畴是十分宽泛的，宋代绝大多数文人都应划入此类，只是在对佛教的亲附程度上存在差异。需要注意的是"亲佛"与"笃佛"是两个概念，宋代绝大多数文人虽亲向佛教，但他们多不具备纯粹的佛教信仰，远远达不到笃佛的程度。这从严逊《石篆山佛惠寺记》中可见出端倪，文中作者自称"予读佛书，年体修行，持斋有日矣"，据此来看，作者概为崇佛之人。但下文却称自己出资所造寺中除供奉佛陀及各路菩萨龛像之外，同时供奉的还有太上老君、圣母、文宣王、土地神的龛像，信仰之驳杂可见一斑。对于宋人佛教信仰的不精纯，苏轼、富弼等人亦从不同角度有所论述。苏轼《答毕仲举》中称自己参禅本于实用，"取其粗浅假说以自洗濯""食猪肉实美而真饱"，非痴信崇奉；富弼亦言："吾辈俗士，自幼小为俗事浸渍，及长大又娶妻养子、经营衣食，奔走仕宦。黄卷赤轴，未尝入手。虽乘闲玩阅，只是资谈柄而已，何尝彻究其理。"①二人之言均道出了宋代文人在佛教信向上的功利性特质，以此实用目的靠近佛教的都只能算是亲向佛教，对佛的信向远远达不到笃信的程度。尤其连苏轼这样佛修醇厚且深得时之名僧推崇之人，都仅是资于实用亲近佛教，其他修为、慧根在苏轼之下的更不必言了。

　　宋代绝大部分文人都应归入亲佛一类，因着对佛教的亲向，亦有受寺僧请托的缘故，宋代亲佛文人创作了大量寺院文，甚至可以说宋代寺院文中的绝大多数都是由亲佛文人撰写的。这部分寺院文，不仅数量繁多；参与创作的人群亦甚驳杂，时之文豪和诸多名不见经传的文士均有参与；在文风上亦灵活多变，各有特色。故而概括这部分作品的面貌和特色存在很大的难度，但总体而言这部分作品存在一个共同的特征，即在为寺院撰写文章时视角比较客观。出于对佛的亲近，文章中多有对寺院创设沿革和法师功德修为的赞美之词，其中亦会包含一些较为浅显的佛理，如对佛教源

---

① （宋）道融：《丛林盛事》卷上，《续藏经》，商务印书馆1923年影印版，第148册，第63页。

流的梳理、寺内建筑佛旨的阐述、法师或者该寺佛学流派的传承以及佛教名词、典故等；而由于非佞佛痴信，文中对佛教发展中不好的方面亦有呈示，如过度发展的佛教给国计民生带来的危害、部分寺院的奢费无度以及无行僧人的庸俗、鄙陋等。由于该部分内容过于繁杂，难以一一述说，故而此处仅以余靖、苏轼两人的寺院文创作为例展开论述。二人的寺院文无论从数量论还是以质量言，都当之无愧为同类中的翘楚。

一、余靖的寺院文

余靖（1000—1064），本名希古，字安道，韶州曲江人。余靖为人刚正忠直，一生致力于家国民生。在朝廷担任谏官之时直言敢谏，名居"庆历四谏官"之一。虽两度因奸邪小人进谗而遭贬，却始终不改其爱国护民之心，复职后仍兢兢业业、恪尽职守。勠力庙堂事外，余靖对佛教亦颇亲善。欧阳修为余靖撰写的神道碑中对余靖亲近佛教之事也有印证，称"公为人质重刚劲，而言语恂恂，不见喜怒。自少博学强记，至于历代史记、杂家、小说、阴阳、律历，外暨浮屠、老子之书，无所不通"。

从余靖为寺院撰写的各类记文中亦颇可见出其佛学修为。余靖为寺院撰写的各类记文和碑铭共计31篇，其中对佛教于中国发展历程、佛教于中土的繁盛及其原因、各种建筑的佛理法旨、寺院法事规仪乃至法师的佛缘功德等内容都有涉及，从余靖对此类问题的侃侃而谈以及对佛经各种典故的信手拈来看，余靖的佛学修为定非常人所能及。值得注意的是，纵然在佛学上颇有造诣，余靖对佛教并非痴信，这从上文所引欧阳修对他的评价中也能看出，余靖的思想渊源十分丰富，既有佛教的影响，又有儒家、道家等诸子百家的影响。故余靖虽亲向佛教，于佛理上甚为通达，但在对待佛教上却以理性的态度为主，既吸取其中有益的成分以平和心志、通达世事；对佛教弊端亦有直言不讳的揭露，比如在面对开宝寺灵感塔事件时，余靖就曾上书直谏反对重修该塔以及诸种崇奉之事。余靖在《乞罢迎开宝寺塔舍利奏》中对宫廷乃至民间迷信该塔舍利，欲崇奉乃至重修之事提出了激烈批评，并举梁武帝迷信舍利却没能获得福报之事以为例证，文末还劝谕君王道："且佛者方外之教，理天下者所不取也。割黎民之不足，奉庸僧之有余，且以侈丽崇饰，甚非帝王之事。"从这篇文章中颇可见出其在佛教问题上的清醒认识、谨慎态度。关于余靖上书皇帝罢迎开宝寺舍利的情形，在宋人笔记中亦有载录，孔平仲《谈苑》中称："余靖不修饰，作谏官，乞不修开宝塔。时盛暑，上入内云：'被一汗臭汉薰杀，喷唾在吾面上。'"①此条引文虽不能当作信史征用，但于其中亦很能见出余靖反对修塔之志的坚定。

余靖对佛教的态度在其寺院文作品中亦有所呈示。揭露佛教内部弊端、乱象的，如《筠州新砌街记》称"其有窃佛之权，愚弄于众，财未入手，先营其私，衣华暖，居宏丽，瞰甘脆，极力肆意无畏惮者，十六七焉"。《韶州曹溪宝林山南华禅寺重修法堂记》《筠州洞山普利禅院传法记》中都有对寺院内部因岁入颇丰，主寺者侵牟寺产事的表现。再如《韶州善化院记》中对寺僧汲汲于功名富贵也提出了批评："彼滔滔然趋走权贵之门、窥伺常住，以图割削，用实私橐者，视师之绩，得无愧乎？"当然作为亲佛文士，余靖的寺院文作品中传达更多的是对佛教的褒扬。如《庐山承天归宗禅寺重修寺记》《韶州善化院记》皆嘉法师勤俭修寺、不假外力的苦心经营之功。《韶州月华禅师寿塔铭》《韶州南华寺慈济大师寿塔铭》等为法师墓塔所作文章，除对法师一生佛修德行的褒扬外，亦颇言与法师的投契之情。《韶州开元寺新建浴室记》《庐山栖贤宝觉禅院石浴室记》对寺院内浴室建筑的法旨、僧人沐浴之法、浴室庆成规仪乃至创建浴室的福报等内容都有展示。再如《潭州兴化禅寺新铸钟记》对寺院铸钟之事亦有全方位的展示，其中对寺僧与众人共庆佛钟铸成的热闹场面亦有描绘：

---

① （宋）孔平仲：《孔氏谈苑》卷二，商务印书馆1939年版，第27页。

"群僧赞呗，以俟其成；乡坊士女，捐金钱以助其缘。……越三月，升之重屋，会阖郡僧俗食而击之，声闻数十百里。"《韶州白云山延寿禅院传法记》《韶州翁源县净源山耽石院记》等文章亦有对寺院山水景致的精心描绘，自言徘徊其中可以爽情灵、涤尘虑。此外，余靖的寺院文中还多寓有对佛事的思考，从其称禅宗出现之前，中国佛教"但以崇塔庙、勤香火为事也"的说法来看，在佛教诸宗中余靖明显倾向禅宗；他对崇寺修像之事亦不反对，认为"一切诸善，皆由信起，不有庄严，何能起信"；他在多篇寺院文中对佛教之"权"都有阐说，认为佛以大权诱俗故而通行天下。

在余靖的妙笔统筹下，31篇寺院文皆为精品。余靖的每篇寺记作品都各有特色，根据每所寺院的不同，每篇寺记文都各有侧重，或在其中述佛源流，或盛赞法师德修，或描绘寺院山水美景，或阐述佛旨、规仪，面貌都各不相同，写出了每所寺院的独特之处。再辅以高超的写作技巧，其中多有以古文笔法写四六骈文处，行文整饬、文采斐然，余靖的寺院文作品堪称宋代寺院文的典范之作。鉴于余靖的寺院文在前文中已多有引述，此处仅以其《广州乌龙山觉性禅院草堂记》为例：

> 伽蓝之制，寝室曰方丈，十方皆然也。番禺之东，去郡郭十里而近，有山曰乌龙，院曰觉性。长老僧曰法持，剪发为头陀，题其寝曰草堂，视其迹似好异者，察其所为，则禅心而戒行，衲中之隽也。不游聚落将十稔矣，语必诚愿，人多信向，不祈甘美而鼎饪常丰，不尚华侈而丹素无废。夫道充诸己，伏之必众，行敦于内，闻之必远。日缁日素，未有不始于修者也。或者谓无修无证，乃欲屏去因果，混同善恶，则与夫愚暗贪恚者，何以异哉？殊不知无散乱心是无思也，无染著心是无为也，故虽智空境寂而不舍方便，严饰佛刹，纳人于善，兹所以为众所归也，迹之同异可略矣。

此文虽名为"草堂记",实则侧重于表现草堂主人法持的美好德修,阐明法师得众人归信、供奉,源自修心持戒上的谨严不懈这一道理。这篇记文整体篇制短小,所采文字亦扼要、洗练,符合余靖一贯整饬、简约的文风;所涉佛理并不艰深,且能于修辞处着意达到宣发佛理却不损害作品文学性的效果,余靖其他寺院文在阐说佛理时也是这样处理的。以上两点,便是选择此文为例的原因,也是余靖寺院文作品共有的特征。共性突出的同时,如同上文所述,余靖寺院文的差异性亦十分鲜明,每篇寺文都能找到一个侧重点以见出特色,这篇记文就是通过赞誉住持法师的方式道出了该处草堂的不同。

二、苏轼的寺院文

苏轼(1037—1101),字子瞻,自号东坡居士,眉州眉山人。苏轼亲近佛教,亦多有寺院文作品传世。如果说余靖的寺院文作品堪称典范,出色地完成了寺僧的请托,写出了各处寺院特色,那么苏轼的寺院文则是以个人特色见长,作品中对个人情怀的展示非常之多。苏轼为文本就天马行空、自由随意,曾自言其作文方法"吾文如万斛泉源,不择地皆可出。在平地滔滔汩汩,虽一日千里无难。及其与山石曲折,随物赋形,而不可知也。所可知者,常行于所当行,常止于不可不止,如是而已矣",其中关键在于自然天成,故而很难对苏轼的寺院文做出概括。需要指出的是,这种"随物赋形"的文论观以及苏轼的整体文风都与禅有莫大关联。钱谦益《读苏长公文》对此有精辟论说:

> 吾读子瞻《司马温公行状》《富郑公神道碑》之类,平铺直叙,如万斛水银,随地涌出,以为古今未有此体,茫然莫得其涯涘也。晚读《华严经》,称性而谈,浩如烟海,无所不有,无所不尽,乃喟然而叹曰:'子瞻之文,其有得于此乎?'文而有得于《华严》,则事

第五章　士林文人的寺院文创作

理法界，开遮涌现，无门庭，无墙壁，无差择，无拟议，世谛文字，固已荡无纤尘，又何自而窥其浅深，议其工拙乎？①

可见，得益于其深厚的禅学修养，苏轼在创作文章时能将禅意与为文融合无间，达到一种理事无碍、圆融自在的境界。一般文章如此，与佛有直接关涉的寺院文更不例外。苏轼的寺院题材文明显呈现出以禅心御篇以及文中融贯深远禅意的特征，所传意趣、风旨更宜意会而非言传，正因如此，以具象的、有实在指意的语言文字来阐说苏轼文不唯难度巨大，更可能徒劳无功。这就如同禅宗中常讲的不立语言文字，一旦说出便落入第二谛一般，对苏轼寺院文的理解若仅资以语言文字，恐怕只会离苏轼文中圆融无碍的世界越来越远。而且苏轼的寺院文作品计有百余篇，其中对记、铭、序、赞、颂、题名、疏、偈、跋等各类文体皆有涉及，欲对苏轼寺院文作整体把握更是难上加难。本文只能就耳目所见，对苏轼的寺院文作品谈一点粗浅认识。苏轼对待佛教的态度，亦如余靖一般亲近却不盲从。他对佛教精华的部分积极予以吸纳和赞扬，苏轼的亲佛事迹以及与诸法师过从甚密之事前人已多有述及②，此处不再赘言；而对于佛教中糟粕的部分以及种种弊事乱象，苏轼亦极力摒弃抨击。

苏轼对待佛教——攻其"迹"而存其"道"的态度，在其寺院文中亦有表现。批佛的篇章如《与通长老》："然城中无山水，寺宇朴陋，僧皆粗野。"并不虚美佛教物事。《中和胜相院记》称好折辱冒充长老之名的庸俗和尚，必使其面红耳赤而后快，自言"吾之于僧，慢侮不信如此"。《本秀二

---

① （清）钱谦益著，（清）钱曾笺注，钱仲联标校：《牧斋初学集》卷八十三，上海古籍出版社1985年版，第1756页。

② 苏轼亲佛事迹可参见潘桂明：《中国居士佛教史》，中国社会科学出版社2000年版，第513—528页。

僧》批二僧"以口耳区区奔走王公……非浮屠氏之福"。《僧自欺》篇对僧人饮酒、食肉之事颇寓讥讽，称此种行为实为自欺之举，徒然惹人耻笑。然而在这百余篇寺院文中，除却上述几篇文章对佛有所批判之外，其他篇章对佛皆持赞语。而且与余靖寺院文以记寺事为主明显不同，苏作个人化的特色非常突出，他在作品中特别注重个人情怀的传达。他的寺院文作品中，最常记录的是寺院的秀丽山水、置身其中的悠然自得、与人共同游赏的佳兴逸致、于寺院游览引发的哲思以及各种身世之思等内容。在为各位法师撰写的塔记、赞、颂等作品中亦不以法师佛修、功德为主要表现对象，而格外强调自己对法师的印象以及对法师的感情等内容。谈讲佛理的内容相对个人情怀的展现而言颇为有限，大概只在《虔州崇庆禅院新经藏记》《自跋胜相院经藏记》《南安军常乐院新作经藏铭》这三篇以佛教经藏为表现对象的文章，以及个别铭体寺院文中有集中呈示。总而言之，苏轼的寺院文抒个人胸臆、蕴真情实感的特色分外突出，此处仅以其《黄州安国寺记》为例：

元丰二年十二月，余自吴兴守得罪，上不忍诛，以为黄州团练副使，使思过而自新焉。其明年二月至黄。舍馆粗定，衣食稍给，闭门却扫，收召魂魄，退伏思念，求所以自新之方。反观从来举意动作，皆不中道，非独今之所以得罪者也。欲新其一，恐失其二，触类而求之，有不可胜悔者，于是喟然叹曰："道不足以御气，性不足以胜习。不锄其本，而耘其末，今虽改之，后必复作，盍归诚佛僧求一洗之？"得城南精舍曰安国寺，有茂林修竹，陂池亭榭。间一、二日辄往，焚香默坐，深自省察，则物我相忘，身心皆空，求罪垢所从生而不可得。一念清净，染污自落，表里翛然，无所附丽，私窃乐之。旦往而暮还者，五年于此矣。

寺僧曰继连，为僧首七年，得赐衣。又七年，当赐号，欲谢去，其徒与父老相率留之。连笑曰："知足不辱，知止不殆。"卒谢去。余

第五章 士林文人的寺院文创作

是以愧其人。七年,余将有临汝之行。连曰:"寺未有记,具石请记之。"余不得辞。

　　寺立于伪唐保大二年,始名"护国",嘉祐八年赐今名。堂宇斋阁,连皆易新之,严丽深稳,悦可人意,至者忘归。岁正月,男女万人会庭中,饮食作乐,且祠瘟神,江淮旧俗也。

该文作于苏轼待罪黄州之时,文中对触罪情由、皇帝的开释之恩以及于此间待罪的心理活动都有呈示,其中"闭门却扫,收召魂魄"八字对其惊魂甫定、痛自深省之情的表达传神入骨。故苏轼在黄州的五年间常于此寺"焚香默坐,深自省察",对此寺有非常深厚的感情。这篇寺记便是基于对该寺的特殊情感兼在僧师继连的请托下写就的。此篇虽名为寺记,但实际大部分篇幅都在诉说自身心曲,仅有极为简短的两段,更确切地说是颇为寥寥的几句用来交代该寺名称、建筑、僧师等具体事宜。按照常理来说,寺院诸事本应是寺记文表现的重点,但苏轼在这极为有限的两小段中,还分出篇幅写了自己对继连的印象以及民众于寺欢聚的情形,苏轼为文不理世俗规矩,一切随心而发的特色见得格外分明。文中叙说自身遭际,剖析自我心怀的部分并未停留于表现获罪遭贬的悲惨、沉痛以及真诚悔悟,而是以佛法为救赎,使自身进入物我皆忘、豁朗达观的境地,情与理之间完美交融,毫无滞碍。此文的语言特色更无须笔者多论,苏轼自言的"行云流水"四字最能概括。苏轼此文的语言包括其他寺院文中的语言,如同无心出岫之云,于云朵而言虽出于无心,于世人而言却具浑然天成的美感。

　　由于苏轼的寺院文中多有对山川景致的描绘以及个人情怀哲思的传达,故而此类作品在文学特质上非常突出,其中多有佳作美文。前文在介绍宋代寺院文的文体特征时,对苏轼寺院题材的文学美文已多有涉及,故而此处仅以其《书清泉寺词》为例。该文记苏轼得疾,庞安时为之医病,愈后二人同游清泉寺之事。文章虽短却甚有章法,颇得叙事之妙,文后所附词作亦兼具写景、抒怀之妙,录之如下:"山下兰芽短浸溪,松间沙路净无泥,萧萧暮雨子规啼。谁道人生难再少?君看流水尚能西,休将白发唱黄鸡。"苏轼寺院文之文采风流,于此篇便可见大概。

第三节　笃佛文人的寺院文创作

宋代对佛亲近的文人数量非常之多,但能称得上笃佛的却在少数。能入笃佛者之列的文人,虽不要求如寺内僧人般削发剃度、吃斋念佛(事实上在宋朝很多寺院中的僧人虽顶佛徒之名却实为世俗之人),起码亦应达到一心向佛、精诚皈依的标准,而非如亲佛者一般仅把佛教当作修身养性的一种思想资源或者老病畏死时的精神寄托。在笃佛文人那里,佛教是作为信仰出现的,对他们日常生活的渗透十分深入。他们虽处身世俗却时刻以佛徒的要求规范自身言行,以佛理指引人生。宋代笃佛文人中影响最大,创作寺院文数量最多的非张商英、黄庭坚莫属,故而此处引以为例。他们的寺院文除颂美寺院规模、法师功德的内容之外,对佛理阐发更为看重,且所阐佛理较亲佛文人更为深入,多有为人开疑释难、启人茅塞的佛理点拨。

一、张商英的寺院文

张商英(1043—1121),字天觉,号无尽居士,蜀州新津人。张商英一生于官场沉浮不定,仕途最风光时曾位至当朝宰相。他在佛学上亦颇为上心,先后礼东林常总、兜率从悦为师。他与佛教中人的交游情况以及佛学方面的造诣在潘桂明《中国居士佛教史》中有详尽的介绍[①],此处不再赘

---

① 潘桂明:《中国居士佛教史》,中国社会科学出版社2000年版,第496—498页。

第五章 士林文人的寺院文创作

言。需要指出的是，张商英对佛教的兴趣要远远高于一般亲佛文人，在其《太原府寿阳方山李长者造论所昭化院记》中他明确表达了自身"誓穷学佛"的坚定信仰。他对佛的崇奉亦非简单的口头说辞而已，积极研读佛经兼与时之名宿论法之外，面对其时教门弊坏的现状及时人对佛法的批评，他还专门撰写了洋洋洒洒万余言的《护法论》，积极护教弘法。其中他不但提出"一切重罪，皆可忏悔；谤佛法罪，不可忏悔"的观点，还认为教门内出现的弊象"岂佛法之罪也，其人之罪"，这与天台宗智圆"……非教之罪，好之者事之者之失"的观点如出一辙。对于包括韩愈在内对佛教提出批评的诸儒士，张商英亦都一一予以驳斥。张商英对佛教的护持、爱敬之心，于此篇中便颇可得知。

基于此种敬佛、信佛心态，张商英撰写的寺院文体现出明显的佛理化特征。以其《清凉山赋》为例：

> 夫清凉山者，大唐东北，燕赵西南，山名紫府，地号清凉。乃菩萨修行之地，是龙神久住之乡。冬观五顶如银，夏观千峰似锦。实文殊之窟宅，号众圣之园林。钟磬响碧嶂之间，楼台锁白云之内。常人游礼，解脱忘躯；禅客登临，群魔顿息，此乃不离圣境，有十二区之大寺，乃号百处之名蓝。时逢春夏，乱花攒就极乐天宫；每遇秋冬，松影排成兜率内院。八池雾罩，九洞云遮。瑞草灵苗惆怅，吉祥妙理难穷。文殊现老相之中，罗睺化婴孩之内。闲僧贫道，多藏五百龙王；病患残疾，每隐十千菩萨。歌楼茶店，恒转回谛法轮。酒肆屠沽，普现色身三昧；飞蝇蠓蟻，皆谈解脱之门；走兽熊罴，尽演无生之法。今观诸方游礼、退迩友朋，若到清凉境内，莫生容易之心。此乃识则不见，见则不识，龙蛇混杂，凡圣同居者矣。

该赋除交代清凉山地理位置的首句不涉佛说外，剩下的篇章句句不离佛理。概是出于心中有佛，且此处为佛家圣地，故一草一木、一鸟一兽中皆蕴佛理。但其中对佛理的宣说过于刻意和繁多，不可避免地会对作品的文学性造成影响。这篇赋作与其说是一篇文学作品，不如说更像一篇通俗的宣扬佛说的论文。好在该赋包罗诸种缤纷物象，且行文简洁流畅，所涉佛教名词又多为人熟知，文末自然道出的"莫生容易之心""凡圣同居"之理也算得上言简意深，所以在佛理损害作品文学性这个问题上有所补救。总体来看，此篇赋作可算作张商英寺院文作品中文学意味最浓厚的，此篇尚知从山水花木等景致中申发佛理，其他篇章则多在没有任何铺垫的情况下脱口言佛。如其《潞州紫岩禅院千手千眼大悲殿记》，从开篇至结束处都在大谈大悲观音法旨，只在文章结尾处有两句简短的话介绍紫岩院和作记缘由。张商英的寺院文阐说佛理的特征十分明显，但较之亲佛者寺院文中佛理的阐说而言，张商英所宣发佛理明显涉及的是佛教中更为深层的内容。比如上文提到的《潞州紫岩禅院千手千眼大悲殿记》中便称张商英所论大悲观音法旨近四十年来僧俗中无人能及，该寺长老盛赞张商英所论得佛意、破俗疑。《东林善法堂记》《抚州永安禅院法堂记》皆称张商英为寺内诸师宣讲法堂之旨，讲理之清明颇令诸师折服。再如《抚州永安禅院僧堂记》更言在该寺僧堂创成之际，张商英令该寺主师击鼓集训示诸僧，告知僧堂法旨并申诫喻之意。其事迹、口吻颇似禅林尊宿对佛徒的训诫。此类文章还有多篇，不再一一列举，从这些文章中很能见出张商英的佛学修为以及他在佛教界的地位。阐佛理之外，他在《太原府寿阳方山李长者造论所昭化院记》《续清凉传》等文章中还一再叙说自身对佛的虔诚信向。

二、黄庭坚的寺院文

黄庭坚（1045—1105），字鲁直，自号山谷道人，洪州分宁人。黄庭坚之生平、佛事等早已为人熟知，在潘桂明先生的《中国居士佛教史》

中也有详细阐述①，此处不再多论。黄庭坚在禅学上的造诣、修为，从后人对他和苏轼的并提比对中便可见出端倪。明人袁参坡论苏、黄好禅时说："黄苏皆好禅，谈者谓子瞻是士夫禅，鲁直是祖师禅，盖优黄而劣苏也。"②此说颇为精到，从"士夫禅""祖师禅"的提法上便可见出苏、黄二人在禅学上的分野。苏轼对于禅宗，大抵不出文士的热衷；而黄庭坚在禅学上则更为精进，修为近似于禅门宗师。他们对待佛教态度的不同，在他们的寺院文中都有体现，黄庭坚的寺院文作品计90余篇，由于笃好佛禅，故而在他的寺院文作品中多有对禅理的阐发，且所阐佛理较之苏轼普遍更为深奥、幽微，从这些篇章中很能见出他的禅学素养。虽然偏重传达佛理，但黄庭坚的寺院文与上文所述张商英的作品亦存在明显差异，张商英的文中多为佛理的直接宣发，而黄庭坚则能巧妙地将说理与叙事、写景、抒怀圆融一体，使得文章在理趣之外兼具文采。故黄庭坚的寺院文作品在艺术性方面，虽不及苏轼为文摇曳多姿，亦别有风致。概括地说，黄庭坚的寺院文作品较之苏轼多了些佛理；较之张商英则多了些文采，理趣与辞采的兼备，是黄庭坚寺院文作品的突出特征。

黄庭坚现存的90余篇寺院文作品中，存赋体1篇，记体19篇，其余则全为叙述简略的题名作品以及以阐说佛理为主的铭体、颂体、疏体作品。黄庭坚的作品皆呈现出蕴藉佛理的特色，他的寺院文对佛教的各个方面都有展示。《寄老庵赋》虽未直言佛理，但最终阐发的主旨却是寄老于佛，其中亦微有"火宅""空有"等佛教名词。《江州东林寺藏经记》则对寺院的性质、赐额、僧师选任、经费来源等事皆有呈现。《洪州分宁县云岩禅院经藏记》《洪州分宁县青龙山兴化禅院记》《萍乡县宝积禅寺记》等

---

① 潘桂明：《中国居士佛教史》，中国社会科学出版社2000年版，第528—531页。
② （明）袁参坡：《庭帷杂录》卷下，转引自傅璇琮编：《黄庭坚和江西诗派资料汇编（上）》，中华书局2004年版，第231页。

文对寺院管理体制中十方之制优于甲乙制亦有述说。《吉州隆庆禅院转轮藏记》《吉州慈恩寺仁寿塔记》等文记佛教神力所致的种种不可思议之事。《江陵府承天禅院塔记》虽承认佛教的大肆兴建有蠹于民，却称"王者之刑赏以治其外，佛者之祸福以治其内，则于世教岂小补哉"，所以儒者对佛的反对是没有道理的。他还有多篇寺院文记与法师对佛理、机锋的来回辩难，《普觉禅寺转轮藏记》便是如此，记录了与楚金对转轮藏法理的辩论，其中黄庭坚对转轮藏转法轮之旨的阐释得到了楚金的高度赞扬，并称黄庭坚的这番议论实"为我转此法轮，省老翁无数葛藤"。黄庭坚的赋体、记体寺院文虽多阐佛理，但在阐发佛理时往往将其寓于叙事、写景、抒怀之中自然道出，又多采譬喻等方式使说理深入浅出，极少直接援引艰深的佛教名词和义理学说，叙述简明有力，语言精练老到，其景语往往亦有清绝过人处，佛理成分对作品的文学性没有造成太大影响。

可以说，黄庭坚的《寄老庵赋》和19篇寺院记文皆为寺院文中的佳篇。特别值得一提的是这19篇寺院记文，虽皆为寺记，但每篇都各有特色，略无重复之处。这些寺记文中尤以其《南康军都昌县清隐禅院记》最为魁首，此篇兼有叙事、写景、抒怀、阐理之妙，最能见出黄庭坚的写作水平和佛理修为。由于本书第四章第二节中对这一文本已有详细阐释，故此处仅以其《自然堂记》为例对黄庭坚的寺记文略做展示。该文明显分为两个部分，前半部分叙该处建筑的缘起及构造时笔触生动，对改建前后该堂的面貌有形象描绘，称早前该堂"故屋数间，旧开东轩于邻室之篱角，黣黑渐洳，不堪人居，蜗涎蛛网，经纬几席"，寥寥几笔便描绘出了此处堂室的晦暗、凋敝。然而在经过惠言"不加一木"的改建后，人皆流连于此，"絫然油然忘其归"。两相对比之下，作者嘉奖"自然堂"的意图分外明显。其间还穿插了对惠言语言、动作的描写，尤其"未遑也"三字传神地刻画出了惠言淡定从容、顺应自然的风采和气度。文章后半部分阐说为该堂取名"自然"的缘由以及"时损时益，处顺而不逆"的自然法旨，说理时深入浅出，且与前文叙事部分衔接自然，圆融一体。从《自然堂记》一篇中很能见出黄庭坚寺记文辞采与理趣兼顾的特色。

黄庭坚题名或题名记体的寺院文内容皆十分简短，大抵皆记岁月、同游之人，唯《石门寺题名记》一篇略有山水景致描写："晚到石门，秋气正肃。斜日在青苔上，冷光翻衣袂。此地忆康乐'回溪浅濑，茂林修竹'语，使人意远。"所绘清景及所记情致都颇有动人之处。而黄庭坚铭体、赋体、疏体寺院文中对佛理的宣说相较赋体、记体则比较直接和繁密，这也直接影响到了这几类文体的艺术特质，使其在文学性上无法与其赋体、记体寺院文抗衡。尤其是疏体寺院文，如《智海禅院大殿功德疏》《黄龙山设浴疏》《云岩律院打作十方请新长老住持疏》等文章，其中多有类似"若道当得，为甚么诸人开眼不见佛"的语言，口语化特色突出，对佛理的阐说直白、通俗，用语、口吻与禅门记录法师公案、语录的书籍大为相似，由此观之，黄庭坚受禅宗"文字禅"的影响当十分深刻。

第四节　其他文人的寺院文创作

宋代佛教事业繁荣，对时人影响深刻，文人纷纷投入寺院文的创作中。上述反佛文人、亲佛文人、笃佛文人的分类，尚不能全部涵盖宋代文人创作寺院文的情况，尚有一些身份比较特殊的人群投身寺院文创作，与上述三类文人一同缔造了宋代寺院文的辉煌。

身为道教中人的陈抟亦有寺院文作品一篇，他的《京兆府广慈禅院新修瑞像记》用四六骈文写成，突出特色在于用周易以及道家学说阐发佛教建立瑞像的意义，说理特色明显，且其中多有"非常名""非常言"等道家名词。能请到道教领袖为佛门撰写记文，佛教在当时的影响自不待言，从中亦颇能窥见宋朝佛、道、儒三家合流的趋势。南宋时白玉蟾等道教中人亦有寺院文作品传世。

道士之外，写作寺院文的人群中还有隐士一类，如大隐先生杨适有《重建云溪寺记》，对该寺山水之历史、该寺的沿革、历任僧师的情况都有所介绍，从其中"咸平四年，予与表兄饶州幕宾傅君经营其寺，岩壑重复，翠气周延，诚可爱矣"句看，杨适对佛教应存亲善之意。加之主寺僧有诚笃孝亲之行，且在求请杨适作文时"躬至吾门者几百数"，精诚所至，所以才有了这篇记文。隐士周铢亦作有《天寿院记》，文中对该寺因天井的神异、灵验而起寺之事叙说甚详，并对寺院名称的今昔改替有所说明。其中"宣和三年春，予游定光，爱其山水胜绝，盘桓累月，见所谓天井瀑布不绝如线，而佛刹殿宇俯视于烟云暗霭间，欲一到，未果也"句，将该寺藏身于悬崖瀑布间、杳渺物外的风光刻画得尤为生动。也正因昔日有此因缘，所以在寺僧来求请作文时周铢便欣然应允。表面上看，隐士群体的为寺院作记似乎颇能印证宋代佛教影响之深刻，但上述两篇文章所记寺院皆位于江浙境内，所涉的两位隐者亦寓居于此，江浙地区本就佛化严重，加之隐士与佛徒都喜居住在山水密林之中，故二位隐士亲近佛徒、愿意为之作记其实算不上稀奇之事，亦不能证明隐士群体具有亲佛的思想倾向。反而从其中更能看到佛教中人积极结交隐士的诚意和努力。

写作寺院文的人群中，还有以家族形式存在的情况。吴越钱氏和敦煌王曹氏这两大家族都有人参与撰写寺院文。吴越钱氏在献土北宋之前，对佛教就极为尊崇，北宋寺院文中多有对钱氏崇佛事的表现，如沈辽《越州永福院大像赞》称："钱氏有吴越之地，事佛为最笃。"强浚明《寿圣院记》亦称此院乃吴越钱氏之祠，相关例证非常之多。由于受家族世代崇佛的熏染，钱氏中人佛教修养一般较高，这也体现在他们的寺院文作品中，此处仅以钱俨《建传教院碑铭》为例。文中除述寺沿革创设，赞法师功业德行的内容外，还涉及大量佛教名词和对天台教观佛旨的阐说，可见作者的佛学修养。钱俨之外，钱惟演、钱易、钱彦远、钱勰等人均有寺院文传世。而敦煌王曹氏家族虽亦崇佛，但因沙州之地风土人情与中土大不相同，崇佛情状包括崇奉的佛祖乃至佛徒的名号等亦与中土不相类，如当地崇奉的大圣毗沙天王便不太为中原熟知和敬奉，曹元忠《请宾头卢颇罗堕疏》中提到的法师名"宾头卢颇罗堕"，与中原和尚的命名亦相去甚远，比较接近印度佛教中佛徒的名号。此外，从曹元忠、曹延恭、曹延禄、曹延晟、曹延瑞等人撰写的寺院文来看，敦煌之地除寺院建筑外，亦多有窟檐类佛教建筑。他们的寺院文在行文上大都比较简略，主要陈说祝祷之意，佛理宣发十分有限。值得注意的是，曹元忠、曹延晟的三篇寺院文中，都明确且突出提到为夫人祝祷之事，以曹元忠《荐佛施舍疏》为例。该文称此次布施愿佑"大王禄位，等劫石而恒坚；夫人花容，同桂兰而永茂"，这种将大王和夫人并提祝佑的情况在北宋治下的中原地区基本是不可能出现的，宋廷治下的惯常做法是只言男性不涉女性。该种提法很能见出敦煌地区对女性的尊重和女性社会地位较高的社会状况。敦煌王曹氏家族所作寺院文给北宋的寺院文作品注入了新鲜的元素，此为他们寺院文创作的最大贡献。

　　文人之外，平民百姓中亦有参与寺院文创作的情况，如寻常百姓在建石香炉、佛龛、经幢、塔之一面或造佛像、佛龛等佛教物事时，往往有简短文字记录创造者的姓名及所求誓愿等内容，此类文章大都较为简短，价值亦不高，所以此处不再作专门论述。

第六章 丛林僧伽的寺院文创作

第六章 丛林僧伽的寺院文创作

僧人中参与创作寺院文的人数和作品的数量远远少于世俗文人，一方面是由于舞文弄墨非僧人本业，故不似文人热衷，且写作文章相较作诗而言对僧人们来说难度比较大，因为诗与佛偈相近，故宋代僧人中擅长作诗的大有人在，长于作文的却不多见，正如《四库全书总目》所言："第以宋代释子而论，则九僧以下，大抵有诗而无文。"[①]另一方面亦是由于僧人们缺乏保存文稿的意识，释元照《杭州祥符寺久阇梨传》便称久法师虽擅长诗文，且作品数量繁多，但在有人向他求文稿以结集时，却拿不出文章来。因为他向来对此都是"随得随去，未始留也"。宋代佛教法师中也有很多擅长诗文的，但作品却没有得到很好的流传，概皆出于此因。宋代僧人的寺院文创作还存在一个突出特点：近二百篇作品基本集中于几位饱学高僧之手。其实，这并不难理解，宋代佛教世俗化严重，佛教内部亦如世俗间一样，阶级分化严重。财富、文化等资源都尽在上层僧侣掌控之中，寺院下层僧侣在寺院中多充杂役之用，能识文断字、读通经业已属难得，对于写诗作文之事更是难以胜任。此种情况在杨适《重建云溪寺记》中有所反映，文中有"余谓宗浮屠氏，不习诗书者，其存心反如此"的语句，可见起码在杨适眼中，僧徒大都是不通诗书的。而为寺院撰写文章，刻于金石以传后世，对于寺院来说是一件重大且尊荣之事，一般下层僧侣根本没有资格参与。故而，为寺院撰写文章以记寺院盛事的殊荣便多落于饱学的上层僧侣手中。契嵩、元照、惠洪三人的作品总数加起来将近僧人寺院文作品的半数以上，且三位法师的作品各具特色，一偏于儒，一偏于理，

---

① （清）永瑢等：《四库全书总目》卷一六四，中华书局1965年版，第1405页。

一偏于文，很能代表北宋朝僧人寺院文作品的面貌，故下文将以三位僧师的创作为例，说明宋代僧人寺院文的基本创作情况。

第一节　契嵩的寺院文创作

契嵩（1007—1072），字仲灵，号潜子，俗姓李，藤州镡津人。契嵩自幼不喜俗韵，七岁出家，十四岁便受具足戒正式为僧，承筠州洞山晓聪禅师衣钵。契嵩生活的年代，反佛思潮盛行，朝臣和文士多站在佛教的对立面，对佛教进行猛烈抨击。当此之时，契嵩挺身而出，撰书立说，汲汲奔走，努力调和儒、佛两家的矛盾。他所撰写的《辅教编》从多个层面将佛教义理与儒家思想融合，有力回应了儒者对佛出夷狄以及佛徒毁伤肢体、不重人伦等方面的批评。契嵩此论一出，对佛教的批评渐渐平息。契嵩的《辅教编》深得仁宗皇帝赏识，仁宗下令将其编入《大藏经》，并赐予其明教大师的称号。文人们亦因辅教之论对契嵩心生爱敬，他也因此名动天下。《辅教编》之外，契嵩还创作了大量诗文作品，不过其中多有散佚。后人释怀悟集合了他的部分诗文作品，编成《镡津文集》三十卷传世。

契嵩是宋代佛教儒学化的代表人物，毕生致力于佛理与儒学的调和。故而文章中多用儒家道理立论，文风宛似儒者。这一特色亦体现在契嵩的寺院文作品中。契嵩寺院题材的散文作品共计19篇，行文常以儒理证佛说，将儒理与佛谈混融的特征非常明显。如《记龙鸣》一文，契嵩虽身为佛徒，却以房琯、薛令之自比，并称自身尊道行己不负于圣贤，观其言谈志向与儒者无异。又如其《游南屏山记》，由南屏山昔日不为人知，一朝发见遂名闻天下之事，契嵩却起有道者经人引荐得辅相圣道、行仪人伦之思。诸如圣道、人伦之事都是儒者关心的范畴，契嵩作为一介衲子而感怀于此，儒者气质不可谓不浓厚。再如《漳州崇福禅院千佛阁记》，契嵩在阐释创立佛阁的意义上用了圣人垂象、成德等儒家理念加以申发。其《泐潭双阁铭并叙》更借对大长老公晦的夸赞——"公晦又闲治世圣人之书，其识精通，于今之禅者尤为贤豪"，鲜明表达了对儒家治道的推崇。诸如此类例证非常之多，不再一一列举。从契嵩的寺院文作品中明显可见，"道"字是契嵩常常提及的，尤以《题钱唐西湖诠上人荷香亭壁》为甚。该文篇幅极短，仅有五句话组成，除却前面写景的两句之外，剩下的三句中有两句都提到了"道"字，曰："而为道者，安能不择其所居？诠上人讽经咏诗，习草圣书，敞荷香亭，资湖景而助清心，慕道之兴可见矣。"推其文意，契嵩所谓道与儒者所谓道概为一旨。契嵩的这一行文风格在当时很有代表性，与其共同致力于调和儒、佛的智圆撰写的寺院文中，亦多以儒家学说为先行军。在契嵩、智圆的影响下，当时和之后僧人创作的寺院文中亦多有呈此风格者。

除却类于儒家载道内容的传达外，契嵩寺院文作品中亦有写景、抒情部分，为其文章增添了道旨之外的文韵。写景之佳者，如其《山茨堂叙》称"视厥堂控半峰，巍然出其居之后。户牖南敞，前望连山青嶂，逦迤与村畴云树而相映带，若见好画，萧然发人幽思"。抒怀之佳者，如《游南屏山记》称"故今年乐来息肩于此，日必策杖独往。至其幽处也，思虑冲然，天下之志通；至其旷处也，思虑超然，天下之事见；至其极深且静处也，冲寞岑寂，神与道合，乘浩气，沐清风，陶然嗒然，若在乎万物之初"。一篇之中兼有写景与抒怀之妙者非《南轩铭并叙》莫属。文中对南轩气象最佳的雨后、夏日、冬日之景皆有描绘，用语虽然清简，所绘之景却细致传神，一看便知是平日熟知、常游的去处。再配以"客有纡余闲散，无所用于世，得终日俯仰于其间，往往襟袍轩豁，神气浩然，若外天地而独立"的感慨，令人油然而生潇洒快意、豁朗达观之感。

第二节　元照的寺院文创作

元照（1048—1116），字湛然，号安忍子，俗姓唐，钱塘余杭人。元照幼年出家，师从神悟大师处谦学习天台教观，日常僧侣生涯中又以持律为本。元照自元丰年间起便出任杭州灵芝寺住持，于该寺主持诸僧事宜历三十年之久。元照在政和六年圆寂，死后获赐大智律师的谥号。元照一生著述颇丰，除大量论述佛教经义的文章外，亦多有诗文类作品，收录于其《芝园集》《芝苑遗编》《补续芝园集》中。

元照的寺院文作品共计28篇，这些作品普遍体现出偏重阐说佛理的倾向，这在僧人所作寺院文作品中十分有代表性，许多由僧人撰写的寺院文都体现出了对宣扬佛理的偏好。但相较有些僧人作品中满篇皆为佛理或所宣佛理晦涩艰深的情况来说，元照的作品中说理内容虽多，但皆简明易懂，在以阐发佛理为主要特征的寺院文作品中尚属能将说理与为文两者兼顾的篇章，不致使人生难以卒读之感。28篇寺院文作品中，每篇都有关于佛理的阐说，其中涉及赋体作品5篇，即便是在赋体这种文学特质本应十分明显的体裁中，元照仍然在其中大谈佛理。以其《坐具赋》为例，文章一共由8句话组成，前4句贴合赋体特征是对坐具的敷写，后4句则全为佛理的宣说。好在所宣佛理不甚艰涩，如其"安禅讲法，敷之无失于威仪；入聚游方，持之勿离于跬步。不然，诸律有违制刑科，一生无如法坐处"句，虽阐佛理但明白晓畅，且用语整饬、洗练，故而对作品文学性的影响有限。元照的其他寺院文作品概皆呈此面貌：以阐述法理为宗却在说理时点到即止，以意达为畅，语言运用和布局谋篇方面皆有所长，整体上呈现出简重质实的文风。

元照传习的是天台教观，在日常寺居生活中又以律为宗，其寺院文在阐释佛理时往往偏重天台宗和律宗的内容。如其《台州顺感院轮藏记》中的台州顺感院乃为律寺，历代僧师甲乙相承。《明州经院三圣立像记》中称三圣像"立于城南开元寺经藏院之忏室"，而建忏室、修忏法又是天台宗的重要内容。又有《吴江县寿圣寺结界记》《福圣院结界记》《建明州开元寺戒坛誓文》三篇文章专言僧人持戒、寺院结界的重要性，其中《吴江县寿圣寺结界记》阐说甚明，文称"受戒乃为僧之本""结界又持奉之本"，并对寺院结界规仪有详细描绘："随方维以立标，约步量以集众，唱相以告之，秉法以加之。是夕二鼓，厥功告成。翌日，将勒界相，垂诸不朽。"此外，元照为诸法师所作塔铭、碑记、行业记等文，亦以天台宗、律宗之人居多。如其《杭州祥符寺久阇梨传》《秀州超果惟湛法师行业记》《杭州雷峰广慈法师行业记》《杭州南屏山神悟法师塔铭》《越州渔浦净慧大师塔铭》等作品，所记皆为天台宗门人。而其《湖州八圣寺鉴寺主传》《温州都僧正持正大师行业记》《杭州祥符寺瑛法师骨塔铭》等所记则或为律师，或为持律精严之法师。元照的寺院文作品亲向天台宗和律宗的佛教信仰十分明显。

第三节　惠洪的寺院文创作

惠洪（1071—1128），又作慧洪，字觉范，易名德洪，号寂音尊者，又常自署甘露灭、老俨，筠州新昌人，俗姓喻。惠洪年十四岁出家，十九岁正式剃度为僧，以临济宗黄龙派真净克文为师。法师因冒籍、结交朝臣等事，多次被捕入狱，甚而被褫夺僧籍，直至靖康年间才得以还复僧籍。惠洪一生坎坷，被褫夺僧籍以来常年以野服行走世间，生平遭际与寻常僧人迥异，法师所作文章较之寻常僧人亦大有不同。除佛学论文和史传类文章外，惠洪长于作文、工诗善画，作品大多收录于《石门文字禅》《冷斋夜话》《天厨禁脔》等集中。时人王庭珪所作《洪觉范画赞》中赞惠洪道："谓公为佛，乃工文章。谓公为儒，乃是和尚。"

惠洪以文辞卓然群僧，时人常冠以"文僧"之名。诗歌作品多有佳篇，以致文名为诗名所掩。惠洪的散文作品也佳作迭现，他的寺院文作品共计80余篇，其中多有情致盎然之作。总体而言，惠洪的寺院文中多有谈讲佛理的内容，但在宣扬佛理之外，特别是在序体、题名体、铭体的寺院文中多有不言佛理，但绘山水清景、发一己幽思的情灵摇荡的篇什。《四库全书总目》中"惠洪《石门文字禅》，多宣佛理，兼抒文谈，其文轻而秀"[①]的评价是十分恰当的。他的寺院文中多有禅理阐发，这与惠洪文字禅的思想密切相关。惠洪之前虽已经存在以文字说禅的现象，但至惠洪时才明确提出了文字禅的理论，并辅以大量的创作实践。惠洪将其在石门时创作的诗文编为一集，统称为《石门文字禅》，认为"心之妙不可以语言传而可以语言见"，以笔砚可做佛事，日常作文犹且如此，受人请托专门为寺院撰写的文章中多有禅理讲说便不足为奇了。惠洪的寺院文中多有佛理的宣讲，此处仅举几例以为证明。如其《双峰正觉禅院涅槃堂记》，除开篇几句颇为清丽的山水描写外，余下全为对惠洪与祖印禅师佛理切磋的传达，说理内容过多，通篇又几乎全为四言，雅则雅矣，但难免令人生难以卒读之感。其《五慈观阁记》中文字禅的特色体现得最为突出。除佛理阐说外，文中还录有多处有关佛理的对答，与诸禅师的语录作品无异，以文字来阐说佛理的意图分外明显。将佛理与文谈糅合得比较好的，如其《信州天宁寺记》，以"江南山水冠天下，而上饶又冠江南，自昔多为得道者所庐，鹅湖、龟峰、怀玉号称形胜，而灵山尤秀绝"句冠

---

① （清）永瑢等：《四库全书总目》卷一六四，中华书局1965年版，第1405页。

篇，开篇处便有风雷之声。下文介绍寺内建筑和宗衍的法系学统时又轻言佛旨、重述寺实，对该寺修整前的破败、重构后的轮奂、寺居生活的静谧与清幽等实在内容给予了重点表现，仅在其间微寓佛说。兼之此篇行文简明畅达，语言质实考究，故不失为寺院文中的佳作。

惠洪寺院文"轻而秀"的特点，主要体现在他的一些不以阐发佛理为主旨，意在描摹自然山水、舒展自身怀抱的篇章中。此类文章又主要集中于惠洪以序、题名、铭名篇的寺院文作品中。相关的文章很多，此处仅从此三类文体中各举一例，以证惠洪为文的轻秀特质。《待月堂序》中，"堂临晴湖，日光下彻，俯见游鱼，聚立纵望，湘西山云之纤秾，草木之深密，一览而尽得之"句，使人如入画中。《题天池石间》记与友人在天池诸寺及各处景致游玩的经历，既有山水景致的传神描绘，又记游玩之佳兴神思，其中"其上望掷笔峰，下瞰圣寺经岩，神刻玉削，不知几千仞，而江流吞天山、接平野，云烟开合，一目千里，兹实匡庐第一境，隐然为天下奇观也。薄晚投宿化城，回望杖屦所经，萝径鸟道，杳然在层崖绝壁之上，殆非人间之游也"句对天池气象的生动描摹，使人闻之而起同往之意，无怪乎文末称"此身倘未变灭，要当结庐以终"。再如其《俱清轩铭》，文虽简短，但对寺居生活的种种情致却有精到的抒写，佛理的阐说也恰到好处。如惠洪般在寺院文作品中摹写山水、畅抒怀抱的文章其他僧人亦有作者，以文采和数量而论，惠洪的寺院文作品都堪为其中的佼佼者。

第四节　宋代僧俗寺院文创作情况比析

宋代佛教世俗化的大背景下，不独僧人不断向文人靠拢，文人亦多混迹于僧人之中，是以宋代僧人身上常沾染着浓厚的世俗气息，文人身上却透出清远的佛意禅趣。这种混合的气质也表现在了他们的寺院文创作上，在很多情况下，很难仅据文章内容就判定是由僧人所作还是文人所作，因为僧人所作的寺院文中并不缺乏对皇帝和官员歌功颂德等世俗内容，而文人的寺院文中亦常包含佛理、佛仪等宗教内容的宣说。虽然随意拿出某位僧人和某位文人的寺院文作品对照，能找到明显差异的概率不大。但若从僧俗创作的整体观照，此两类群体的寺院文创作仍然存在一定的区分。

最显而易见的差别在于数量方面，僧人和文人参与创作寺院文的人数和作品的数量相差悬殊。僧人方面，有80余名僧人参与创作了200余篇寺院文；文人方面的情况要远超僧人，1000余篇寺院文全部由文人创作完成，且几乎将时之名流全部席卷在内。按说撰写寺院文需以了解寺内诸项事宜为前提，如寺院位置、寺内创设沿革、寺内僧师的更迭等内容，僧人对此类情况的了解要远在文人之上。而僧人之所以会在参与人数和作品数量上远逊于文人，除本章第一节所述——作文非僧人本业且僧人缺乏保存文稿的意识两个因素外，在当时颇为流行的请托文人为寺院作记的风尚亦对文人大量创作寺院文有促进作用。苏轼《书柳子厚大鉴禅师碑后》中对寺人热衷请文人为寺院作记之事有精辟解释，曰："释迦以文教，其译于中国，必托于儒之能言者，然后传远。"李觏《太平兴国禅院什方住持记》中亦称："然非吾儒文之，不足以谨事始而信后裔。"显然，文人创作的寺院文在文学水平上的较为高明以及更易于流传散播乃是寺院多不自作而是选择将寺内情况告知文人，再请文人撰写的原因所在。正是以上三点因素的加合，才造成了宋代寺院文创作中文人所作远高于僧人的状况。

基于僧人佛徒的身份定位，僧人所作寺院文亦呈现出一些与文人不同的地方。总体而言，僧人的寺院文中阐说佛理的内容较文人更为繁密。因为不论佛教怎样趋向世俗生活，佛教终归还是佛教，僧人在身份上首要的还是一名佛徒，失去这一身份，则无法生存和立足。故阐发佛理、弘传其教既是他们安身立命、彰显声名的本领，也是他们的本分所在。宣扬佛理对僧人而言既出于本能亦是义务使然，故相较于文人们对佛理出于兴趣的牵涉要繁密得多。僧人的寺院文作品更倾向于渲染和夸张有关佛教、佛寺、僧师的种种灵异感通事件，亦与文人存在明显的差别。个中原因，除佛教经典叙说传统的影响外，概是僧人出于传道弘教之私心而为，借教内种种灵验、异常之事以神化佛徒、神化佛教，从而使人归信，扩大佛教影响。

僧俗所作寺院文在内蕴情感上也存在一定差异。北宋佛教事业繁荣，除却宋初曾短暂排佛外，宋朝之人总体上以亲佛为主，文人们亦纷纷投入参禅习佛的活动。数量众多的文人由于久受佛教熏染，在佛学上取得了很高的造诣，更有部分文人在佛学修为上达到了与宗门名宿不相上下甚至有所超越的水平，故在阐发佛理这一点上，文人所阐虽在繁密程度上不及僧人，在牵涉佛理的广度和深度上却不输僧人。但文人们虽研习佛禅，终归还是世俗中人，往往还在朝廷做官且畜有妻子，牵挂滞碍较多，七情六欲不灭；较之僧人们寺院清修、无牵无挂的状态远为不同。且前文已有述及很多文人出于老病畏死的功利心态才亲近佛教，故而许多文人在情感、死亡等问题上往往无法如僧人般勘破、看淡，表现在寺院文中，蕴含的情感较之僧人作品中的平淡内敛则往往比较激烈外露，喜形于色、悲不自胜等情绪在他们的寺院文作品中常常有所宣泄。僧、俗两类群体的差异在对待死亡的态度上最为凸显。僧人空门修心，面对死亡时，往往留偈语辞世，结跏趺坐，泊然而化。更有超脱如和州褒山佛眼禅师者，不留只言片语便跏趺坐化，因他认为世不可辞。而文人对待死亡，自身形体的消亡会令他们感到深深的恐惧；他人尤其是亲友的逝去则会带来无比的悲痛，一般而言，文人们在死亡问题上都无法释怀。尤其将文人中的至情至性者与僧人中的至空至旷者作比，僧俗在情感上的差异见得更为鲜明。以苏轼和元照为例，二人都堪称所属群体中的楷模人物。苏辙《天竺海月法师塔碑》对海月与苏轼之间的深厚情谊颇有言说。称海月圆寂前想见苏轼最后一面，未能如愿便嘱咐徒弟须待苏轼见后才能入殓。四日之后，苏轼赶到"发棺视之，肤理如生，心顶温然，惊叹出涕"，由"出涕"二字观之，苏轼对于海月去世之事当是十分悲痛的。这并非个案，在文人为与自己交好的法师所作塔铭、碑铭等作品中，常常能见到此种悲伤、留恋、怀念类情绪的流露。再来看元照的《杭州祥符寺久阇梨传》，乃元照为平日深所敬重且多有交集的久法师所作，文末自称因每次路过久法师旧居"怆然有所感"故写成此文。与苏轼的"惊叹出涕"相较，所抒感情要淡然得多。这也并非孤例，僧人为僧人所作的塔铭、碑记等作品中几乎不见因死亡而生的悲戚之情，所蕴感情一般皆较为平淡。

除横向上僧俗所作寺院文存在差异外，纵向上看北宋的寺院文亦呈现出明显变化。首先，北宋前期寺院文的数量要远远少于北宋中后期，这其实与佛教在北宋的接纳程度、宋人与寺院的密切程度以及寺院在北宋兴建的速度等因素密切相关。宋初之时反佛呼声高涨，宋人对佛教还带有明显的排斥心理，与寺院的关系亦较为疏离，加之此时寺院数量远远少于北宋中后期，寺院文的数量自然较少。后来随着佛教在北宋的大行其道，佛教日益深入人心，宋人尤其北宋文人与寺院之间关系亲密，寺院数量在政府提倡和民众拥戴下有大幅度的增加，寺院文的数量亦随之有了很大攀升。其次，北宋中后期的寺院文作品较北宋前期而言，无论僧俗所作，阐说佛理的部分都大为增加，以文字说禅的现象非常突出。从北宋中期的杨杰、黄庭坚、张商英、晁说之再到北宋末年的释惠洪、叶梦得、程俱、孙觌、释宗杲，他们的寺院文作品中都充斥着大量佛理宣说，说理特征明显，这与北宋初中期杨亿、夏竦、释契嵩、释智圆、余靖、李觏、赵抃、苏轼等人以呈现寺院内风光物事为主、涉佛理较少的文风大为迥异。这种状况的

第六章 丛林僧伽的寺院文创作

出现有着深刻的历史原因，首先这与佛教在教义、经济、争取上层信众和民间普通信众等诸方面积极改变自身以与世俗融合的努力密不可分，基于此，佛教在世俗化的同时也赢得了世俗间对佛教更深、更广的接纳。其次，由于宋代新型儒学——理学吸取了大量佛教内容，并将其内化为理学的一部分，故随着理学的产生和渐次壮大，佛教义理亦随之深入人心。最后，宋代文人普遍喜好参研佛理，结交佛徒，宋代由惠洪提出并积极倡行的"文字禅"思想除在佛教界流行外，在文坛亦颇为风行。所以，此时之僧人、文人在创作寺院文时，由于受到"文字禅"思想的影响，多喜于文中宣发佛理，便不难理解了。

第五节 北宋寺院文的价值与意义

北宋寺院文有1200余篇，在宋文计十万余篇的总数中并不算多。但寺院题材文中既含有文学的底蕴，又涉及大量佛教内容，佛理与文学在其中的交融与碰撞为宋文提供了全新的表现对象、表达方式，对其境界、趣旨亦有提升。在与佛关涉的宋文中，寺院题材又最富审美价值。且北宋知名文人几乎全部参与到了寺院文的创作中，其间名家荟萃，佳篇纷呈，相当数量的寺院文在宋文中都属上乘之作。所以，北宋寺院文在全部宋文中所占比重不高这一点并不妨碍其成为宋文中重要且优质的一部分。绪论中对宋文的辉煌已有论说，北宋寺院文的卓越性亦毋须证明。

宋文处于古文发展的巅峰期，北宋寺院文在中国古代寺院题材文中亦属巅峰之作。此类作品之所以能取得如此高的成就并非全系宋人之力，宋人在撰写寺记类作品时也受到了前人寺院文作品的滋养，宋人寺院文的辉煌建立在借鉴、吸收前人成果并有所扬弃和发展的基础之上。

中国的寺院文作品，最早大概可以追溯到东晋慧远的《庐山记》和《庐山诸道人游石门诗序》。本书对寺院文的限定较为宽泛，凡以寺或寺内代表建筑名篇或以寺内风光物事为主要描写对象的皆可列入此类。庐山为慧远东林寺和龙泉精舍所在地，慧远终其一生迹不接俗、影不出山，庐山周围景致可算作慧远寺居生活的一部分，且两文中一处叙及安世高神庙，一处涉龙泉精舍，实是可入寺院文之选的。两文均以庐山周围的自然风光为主要表现对象，记山川气象、叙游玩佳兴，用语流畅清雅，文风质朴自然，宋朝寺院文中出现大量绘景致、叙纪游的佳篇大概皆受到了这两篇文章的影响。《庐山记》尚以写景纪胜为主，并未掺入太多个人情感和人生思索，《庐山诸道人游石门诗序》则将写景、抒情、阐理熔为一炉，既精心描绘石门山水景致，又不忘抒写同游诸人沉潜于自然中的陶然悦乐之情，最后还在情景交融中感悟人生，阐发佛理，其"虚明朗其照""闲邃笃其情"、山水可以"悟幽人之玄览，达恒物之大情"之说对后世的影响已非"深远"二字所能概括。

北朝杨衒之的《洛阳伽蓝记》对宋代寺院文影响最为直接和深刻。《洛阳伽蓝记》是当时乃至后世寺塔记作品的典范之作，确立了撰写寺塔作品的基本范例，宋朝寺院文在体例、内容、谋篇乃至语言风格上对《洛阳伽蓝记》都多有继承。受此影响，宋代寺院文除却以"碑"或"铭"名篇的之外，数量最多的便是寺记作品。《洛阳伽蓝记》所确立的述寺院位置、兴建沿革、寺内创设或人物事迹（主要指僧人和檀主）的范式，在宋人寺院文中得到了继承，大多数寺院文都承袭了这一写作模式，只是在此基础上于具体环节略有增删。《洛阳伽蓝记》在选取寺院上所遵循的"今之所录，止大伽蓝。其中小者，取其祥异，世谛俗事，因而出之"①的原则，在宋人寺院文中也有呈现，为大型知名寺院所作寺文

---

① （北魏）杨衒之撰，周祖谟校释：《洛阳伽蓝记校释》，中华书局1963年版，第8页。

第六章　丛林僧伽的寺院文创作

往往比较中规中矩，多沿用《洛》①书叙地理、沿革、建筑、人物的套路，如宋人所作白马寺、慈孝寺、建隆寺、平晋寺、灵隐寺等大寺的记文皆为此类；而在小寺院的记叙上则比较自由灵活，采取记其祥异的办法，如曾旼《显亲庆远院记》就专记二穴，并称是山是寺与别处同，异者在二穴，李尧俞《广福寺三岩记》则将全部篇幅用于描绘寺之三岩。《洛》在内容上的包罗万象于宋代寺院文亦有传承，吴若准为《洛》所作序中称"凡夫朝家变乱之端，宗藩废立之由，艺文古迹之所关，苑囿桥梁之所在，以及民间怪异，外夷风土，莫不巨细毕陈，本末可观"②，这一包容性特质在宋代寺院文里亦有很好的体现。宋代寺院文如《洛》一般，不仅仅关注各种佛教建筑，于沙门仪轨、僧官制度等各个层面甚至佛门内一些弊端、乱象均有揭示，在国家大事、风土人情、丽川秀水、游兴逸致等方面亦有所展呈，当真可谓无所不包。语言方面，《洛》质实晓畅、不尚藻饰的风格在宋人那里亦得到保留。《洛》多用简约、平实的语言描述洛阳城内寺院的状况，即便在述说寺院建筑的奢华宏伟时，亦难得用华丽、夸饰的词汇，一般仅如实记录而已。如在描绘永宁寺九层浮图时，《洛》称：

> 中有九层浮图一所，架木为之，举高九十丈。上有金刹，复高十丈，合去地一千尺。……刹上有金宝瓶，容二十五斛，宝瓶下有承露金盘一十一重，周匝皆垂金铎，复有铁锁四道，引刹向浮图四角。锁上亦有金铎，铎大小如一石瓮子。浮图有九级，角角皆悬金铎，合上下有一百三十铎。浮图有四面，面有三户六窗，并皆朱漆。扉上各有

---

① 为方便起见，下文中提及《洛阳伽蓝记》的地方均用《洛》替代。
② （北魏）杨衒之撰，周振甫释译：《洛阳伽蓝记校释今译》，学苑出版社2001年版，第1页。

五行金铃，合有五千四百枚。……至于高风永夜，宝铎和鸣，铿锵之声，闻及十余里。①

将这些具体描绘拼凑起来，眼前会现出一座奢华、庄严的佛寺影像，但作者却并未使用任何装饰性辞藻，仅采用了如实述说的办法。宋代大部分寺院文的语言皆继承了这一平实、质朴的风格，仅在部分馆阁文臣的奉命应制之作中体现出不同的风貌。《洛》中散、韵结合，多用四言的风格对宋代寺院文的影响也非常深刻，全书明显呈现出以四言句式为主，中间穿插散句的特色，以长秋寺为例：

中有三层浮图一所，金盘灵刹，曜诸城内。作六牙白象负释迦在虚空中。庄严佛事，悉用金玉，作工之异，难可具陈。四月四日，此像常出，辟邪师子导引其前。吞刀吐火，腾骧一面；彩幢上索，诡谲不常。奇伎异服，冠于都市。像停之处，观者如堵，迭相践跃，常有死人。

四言句式为主，穿插散句的行文方式使得《洛》一书韵律与节奏有机结合，四言为主的句式亦造就了文章的"雅润"之美。《洛》的这种行文方式在北宋寺院文中得到了很好的继承，"四言"体的应用十分普遍，以"铭"名篇的寺院文还有以"碑铭"名篇的文中"铭"的部分均多采四言句式，甚至部分以"记"名篇的寺院文也通篇采用四言句式。如舒亶《翟岩山宝积院轮藏记》除首句中的"有大宝珠藏于无眹"外，通篇全为四言。舒亶另有西湖记、水利记等五篇记文，唯有此篇寺院记采用四言句式，这

---

① （北魏）杨衒之撰，周祖谟校释：《洛阳伽蓝记校释》，中华书局1963年版，第19—21页。

种情况极有可能受到了《洛》寺塔书写传统的影响。

当然北宋寺院文也体现出了许多跟《洛》不同的地方。首先，《洛》的文风总体来说更切近于史书，吴若准为《洛》所作序称《洛》"假佛寺之名，志帝京之事""足以补魏收所未备，为拓跋之别史"的说法是十分贴切的。而宋代寺院文在行文上更为自由、随意，与史书风格存在明显差异。《洛》行文中自然流露出的厚重历史感，包括自序中明言的"《麦秀》之感""《黍离》之悲"也是宋代寺院文缺乏的，这大概与作者的身份地位和所处时代背景密切相关。北宋朝列位文人一直生活在相对太平、安乐的环境中，朝内也没有经历大的动乱，所以不会产生如杨衒之那般家国动荡的沉痛感受。《洛》在组织篇章材料时也经常采用史家笔法，如在提到一位重要人物时，总会附上该名人物的传记，所附传记与史书中人物传记的写法是完全一致的。此外，《洛》合本子注的写法（尤以该书第五章体现得最为鲜明），一方面是采纳了佛经的编纂方法，另一方面也是力求所记内容的严谨、信实。总而言之，杨衒之是以史家意识在描绘寺塔，而宋代绝大多数寺院文的作者都是以文人的心态为寺塔作记，这是二者最主要的区别。在更具体的层面，如文章的体例和结构也有区别。《洛》中寺塔记全部以记名篇，而宋人寺院文则体例更为广泛，碑、铭、颂、赋、疏、赞、序、传、箴、跋等各类文体皆用来描绘寺塔。结构方面，如对寺塔建筑的描绘，《洛》往往采用实写的方法，而宋代寺院文则通常虚写。在宋代寺院文中很少能见到对寺院建筑细节和构造的具象描绘，涉及该部分内容时，大部分寺院文都采用了笼统、概括的说法，如刻必精工、木必良材、栋宇轮奂类的词语出场频率非常之高。可以看到，宋代寺院文创作者似乎对描绘寺内建筑普遍兴趣不大，这或许是由于彼时佛教趋繁趋俗，诸种寺塔殿堂随处可见且千篇一律、徒有其表，文人对寺院建筑失去了新鲜感，自然也无细致描绘的耐心和必要。对寺塔描绘减少的同时，是议论成分的明显增多。《洛》采史家笔法，对议论的抒发相当克制，发表议论时至多如《史记》一般在记述完基本史实后缀上一个简短的"太史公曰",《洛》以"衒之按"的方式所发议论不过三五句。而宋人寺院文中议论成分却大为增加,甚至通篇全作议论,如李昭玘《任城修佛殿记》,整篇文章都在阐发佛理,无一字涉及此殿的具体状况。议论之外,宋人寺院文写景、抒情的部分皆有所增长。

段成式《寺塔记》[①]和收录在《全唐文》唐人寺碑中体现出的优美、流畅之风对宋人寺院文亦有影响。《寺塔记》基本模仿《洛》而成,从记前小序到对所列诸寺的描绘,几与《洛》出于一辙,略有差异的地方在于《洛》的语言于流畅外更偏向朴实无华,而《寺塔记》语言流畅的同时还沾染了唐人文章自然、优美的风神。立碑颂德乃中国传统之举,立碑进入寺院定然是随着佛教的渐次繁荣以及佛教与中国本土文化的融合慢慢展开的。寺院立碑始于何时已不可确考,欧阳修的寺院碑跋作品中记有多例南北朝寺院立碑事,从欧阳修作品推测至晚至南北朝时寺院已有立碑之事。至唐时,立碑之事已十分普遍。有了寺院立碑事,寺院碑记文学亦随之而生。唐前期寺碑作品袭六朝文秾丽之风,多讲究声韵和谐和用词华美,包括王勃、杨炯等人的寺碑作品在内,多有繁琐、芜杂之病。至韩柳古文运动之后以古文笔法撰写的寺碑作品相较唐前期寺碑明显简短、明快,于篇幅上大大瘦身的同时语言上也趋向平朴畅达,柳宗元、白居易等人的寺院记文已与宋人所作相去不远。受唐人寺院文作品多以碑、铭或碑铭并序名篇的影响,宋人寺院文作品中除却以记名篇者,多以碑或碑铭名篇。

虽然唐代中后期寺碑、记文作品呈现出近似宋人寺院文的特征,但仔细考究,两朝的作品还是存在明显差异的。唐人寺院文体例尚以碑铭或

---

① (唐)段成式撰,方南生点校:《酉阳杂俎》续集卷五、卷六,中华书局1981年版,第245—256页。

记体为主，没有出现如宋人文体例繁多的情况。在寺院文的数量上，唐人寺院碑铭和记文不过二百余篇[①]，所涉作者人数亦不为多，而宋代寺院文作品，仅北宋一朝就超逾千篇。且就作者而论，几乎将北宋朝所有知名作家囊括在内。唐人寺院文较之宋人，对《洛》的模仿痕迹更重。唐人寺院文对寺内建筑尚有许多具体描绘，承袭了《洛》的写法，在叙事之外，抒情、议论部分虽有所增长但仍然较为克制；而宋代寺院文在抒情和议论，尤其是议论方面，往往随心所欲、蓬勃而发，议论内容的明显增多这一特色是自宋人开始才具备的。

北宋的寺院文以《洛》为宗，同时吸收唐人寺碑重尚辞采之风，兼辅以文章体例和表达方式的创新，从而成就了宋朝寺院文数量多、体例繁、内容广、用语畅、议论深的特色。通过上文对寺院题材文的追溯与梳理，明显可以见出北宋一朝的寺院文不论是从参与人数、作品数量、反映生活的深度与广度以及作品取得的艺术成就来看，都远超前代。北宋之后，南宋寺院文作品亦多名家汇聚，佳篇纷呈。但据笔者目前所见而言，寺院文一体在体裁、风格等各个方面至北宋时已经完备，且从参与创作的人数尤其是参与其中的名家数量来看，南宋的情况都不及北宋，所以南宋寺院文创作虽仍繁盛，但仍略输北宋。至元明清时期，寺院文则多流于寺院碑刻一体，且多为下层文人的粗糙之作，从风格种类、艺术水平、创作人群上较宋朝都大为逊色。

可以下这样的结论：北宋寺院文不唯是宋文中重要且优质的一部分，于中国古代寺院文的整体中，更是居于巅峰之位。在中国文学史中占有一席之地，对于北宋寺院文来说是当之无愧的。

[①] 唐代寺碑作品数量参见赵海雅：《唐代寺碑研究》，浙江大学2011年硕士学位论文；及王媛《〈全唐文〉中的唐代佛寺布局与装饰研究》，《华中建筑》2009年第3期。

余 论

北宋佛教的影响遍及当时社会之各类群体，陈寅恪先生"佛教已入中国人之骨髓"的论断是相当准确的。北宋之佛教虽在义理学说、宗派构建等方面不及唐朝成就，但热闹和风光之处却远远过之。佛教不仅以柔顺、臣服的姿态取得了政权的支持，得到了北宋历代统治者扶植，于思想界和民间亦有深远的渗透。

北宋君王中，除却徽宗有过短时间的抑佛崇道举动之外，其余帝王对佛教的发展大都乐观其成，宋太宗甚至还给予了佛教"有裨政理，普利群生"的高度评价。虽然出于维护其统治的考虑，宋代君王们对佛教的越制发展做了些许限制，比如宋朝在僧尼出家年龄、寺院每年度僧人数、僧尼度牒管理等方面都有一些具体的规定，但大多数情况下他们对佛教都是持袒护的态度。尤其在宋初反佛呼声甚高的情况下，宋代帝王面对朝臣对佛教的激烈批评，要么选择视而不见，要么干脆强力维护。太祖朝就有士子李蔼因谤佛被处杖刑，发配沙门岛；仁宗更在众声反对中力排众议，重建开宝寺灵感塔。政权的支持为佛教的发展提供了强有力的后盾，得到官方认可的佛教经常出现在国家大型节庆典祭活动中，诸如科考类的国家大事亦会在寺院举行，国家在给驻外官员安排住所时亦会以寺院充之。官方的认同，对佛教为思想界和民间所接受，起了重要的作用。

余 论

宋代思想界对佛教的态度有一个变化的过程。首先，对于思想界的定义，按照葛兆光先生《中国思想史》中北宋政治中心与文化中心分离一说，宋代知识分子尤其是士大夫阶层对佛教的看法，足以代表宋代思想界对佛教的认识。宋代知识分子起初对佛教的反对是十分激烈的，孙复、石介、柳开、穆修等宋初学人以及以欧阳修、曾巩、司马光、李觏为代表的有识朝臣，都对佛教在中国的过度发展提出了强烈的反对意见，但是随着智圆、契嵩、宗杲三位法师在教义上对儒、佛两家的努力调和，以及一众佛僧在艺、情、德方面向文人的竭力靠拢，宋朝知识分子反佛立场渐渐发生了改变，一时竟成天下英才尽归释门之势，居士佛教在宋代发展至全盛。即便是北宋中后期时时把排佛挂在嘴边的宋代理学派人士，实际上对佛教亦是阳排阴附。且不论理学的产生跟佛学之间千丝万缕的联系，北宋理学的代表人物二程、张载等，日常与佛教亦有很深的渊源。而且北宋理学家对佛教的批判与北宋初中期学人的言辞激烈、立场鲜明相比，更像是在宋代相对自由的社会舆论环境下的一种学术论争。即便驳斥得力，也只是在极为有限的范围内流行，难以引起强烈的社会反响。更何况北宋的理学尚属萌芽阶段，理论体系还不成熟、完备，对于佛教的批评总显得有些有心无力，难以切中要害。是以，可以毫不夸张地说，佛教在北宋思想界经历了最初短暂的被排斥、被批判之后，日后的发展可谓一片坦途，在思想界为自身赚得了数量极为可观的高阶信众。宋代的知识分子中，罕有不受佛教影响者，仅在程度之深浅上略有差异。

对于普通民众来说，佛教归根到底是一种宗教，有着精深的义理学说和严密的理论体系，在理解和接受上都存在很大的困难。因而，民间对佛的信向多为浅层次的，他们并不真正理解佛理教义，也不知道佛教精神为何物，信佛多半缘于官方舆论和士大夫阶层对佛的认可。政权的威慑力对寻常小民的影响自不必言，尤其像北宋这样疆域有限却又高度集权的政权，其政令的渗透力更是强大，官方以强权为凭借对佛教的首肯，必然会直接影响民间对佛教的认知。而北宋的士大夫阶层由于注重砥砺节操、陶冶品行，为官期间亦多以生民疾苦为念，致力于为民众谋福，是以在民间有着良好的声望。北宋散文作品中，常常见到某士大夫任职期满离开某地时，当地民众遮道攀留、哭泣拜别甚至供奉祈福的现象。民众们对这些贤士大夫极为爱戴和尊敬，对该群体的亲佛举动自然亦乐意追随。宋代的寺院文中对民众为贤士大夫做佛事祈福的事亦多有记载。佛教能在具体实用层面给普通民众带来诸多好处和便利，也是民众亲近佛教甚至投身其中的重要原因。比如多有子女却无力养活的，送子女出家不但能够减轻生活负担和赋役压力，亦可保证子女日后衣食无忧，甚或在空门中谋得一个好前程。再如家贫无力治丧的，则可行佛教火葬之制，操作简便且花费无多。又如小民之家虽有笃亲尽孝之思，但无力如富户一般年节供养的亦可行佛教之仪，为亲烧香诵经，诚心祷颂，所费亦无多。而且随着佛教不断世间化，佛教仪轨越发简化、民众效仿起来更为便宜，亦使佛教在民间进一步渗透。宋代寺院文中对民间做佛事的情形多有载录，可以说在宋代民间的孝亲荐亡行事里，佛教仪轨几乎成为必不可少的内容。

  佛教得朝廷扶持以及佛教向知识界及大众深入渗透均是在北宋社会政权与佛教互相需要的时代背景下发生的。肇于此，北宋佛教不断向世间生活靠近，北宋的寺院亦呈现出有别前代的鲜明"世间化"特征：即寺院和僧尼数量大幅增加、寺院管理受制于北宋朝廷以及寺院宗教功能弱化。北宋佛教以及寺院向世俗生活的倾斜，密切了寺院与世俗的联系，寺院对于北宋之人而言，宗教的意义大为淡化，寺院里不但讲经说法、修持佛乘，亦常有各类年节庙会、游宴玩赏、文人雅聚等活动的发生，寺院日常亦有手工业和商业的运营。相较前代而言，北宋寺院面向世俗的开放特质尤为突出，各类经济、文化交流活动于寺院的频繁举行，亦使得原本应该平静、单一的寺院生活变得热闹和丰富。佛教寺院以及寺院生活自然成为文学作品争相表现的对象，这一时期涌现出了大量抒写寺院的散文作品，统

余 论

计《全宋文》所收共计1200余篇，包括僧人和文士在内的大量宋人都纷纷参与到了寺院文的创作中。北宋一朝的寺院文，不仅参与人数和作品数量众多，文章体式纷繁多样，更重要的是其间名家荟萃，佳作纷呈，有相当数量的北宋寺院文在宋代文中都属上乘之作，且此类作品对政治与佛教的关系、北宋佛教发展状况、北宋寺院的特色与功能，以及佛对时人心灵世界和生活方式的影响等内容均有展示。学界目前对北宋寺院文这一领域的研究较为空缺，因而选定北宋寺院文一题，是具有学术价值的。本书力图在充分考虑北宋政局、佛教发展、社会思潮等因素的影响下，对北宋寺院文大量出现的历史文化背景，及其创作群体、思想内涵、独特价值等有所揭示，以期对北宋寺院文的总体风貌和艺术成就做出界定。

因受学识和精力所限，本书对北宋寺院文的研究尚存许多缺憾之处，比如对于北宋寺院文创作中（尤以北宋中后期为甚）以文字说禅现象的阐说比较流于表面，这主要缘于笔者自身在禅理学说上的空疏，对其中牵涉的佛理禅说多一知半解，故未敢做过多阐释。再如在北宋寺院文材料的搜集和整理一事上，本书亦不够严谨，主要采纳了《全宋文》所录寺院文，对于《全宋文》外漏收作品以及《全宋笔记》、佛典、方志、新出土文献等处的北宋寺院文未做全面搜检。此外，本书对宋代寺院文的研究只涉及了北宋的情况，南宋一朝亦有千余篇寺院文传世，其中所涉作家、作品及作品反映的内容亦十分复杂，需做深入研究。而且南北两宋在政治、经济、文化等诸多方面都存在着不可割断的联系，本书对寺院文的研究从北宋处割裂是不完整的。所以，这部小书虽已至结尾，但对于北宋寺院文的研究尚有很远的路要走，笔者真心希望通过日后的努力学习和刻苦钻研，能把上述缺憾补足。

小书如能引玉、补益学界，是吾愿也。

参考文献

一、著作

1.《说文解字注》 （汉）许慎撰，（清）段玉裁注　上海古籍出版社　1981

2.《文心雕龙注》 （南朝梁）刘勰著，范文澜注　人民文学出版社　1958

3.《三国志》 （晋）陈寿撰，（南朝宋）裴松之注　中华书局　1959

4.《后汉书》 （汉）范晔　中华书局　1965

5.《晋书》 （唐）房玄龄等撰　中华书局　1974

6.《魏书》 （北齐）魏收　中华书局　1974

7.《北齐书》 （唐）李百药　中华书局　1972

8.《唐六典》 （唐）李林甫等撰，陈仲夫点校　中华书局　1992

9.《建康实录》 （唐）许嵩撰，张忱石点校　中华书局　1986

10.《旧五代史新辑会证》　陈尚君等编　复旦大学出版社　2005

11.《宋史》 （元）脱脱等撰　中华书局　1977

12.《资治通鉴》 （宋）司马光编著　中华书局　1956

13.《续资治通鉴长编》 （宋）李焘　中华书局　1995

14.《宋会要辑稿》 （清）徐松辑　中华书局　1957

15.《建炎以来系年要录》 （宋）李心传编　中华书局　1998

16.《建炎以来朝野杂记》 （宋）李心传撰，徐规点校　中华书局　2000

17.《宋朝事实》 （宋）李攸　丛书集成初编本　中华书局　2010

18.《先秦汉魏晋南北朝诗》　逯钦立辑校　中华书局　1983

19.《全唐文》 （清）董诰等编　中华书局　1983

20.《全宋文》　曾枣庄、刘琳主编　上海辞书出版社、安徽教育出版社　2006

21.《全宋诗》　傅璇琮等主编　北京大学出版社　1991

22.《四库全书总目》 （清）永瑢等　中华书局　1965

23.《佛顶尊胜陀罗尼经》 《大正藏》本　大正一切经刊行会　1934

24.《法华经》 《大正藏》本　大正一切经刊行会　1934

25.《高僧传》 （南朝梁）释慧皎撰，汤用彤校注　中华书局　1992

26.《出三藏记集》 （南朝梁）释僧祐撰，苏晋仁、萧炼子点校　中华书局　1995

27.《洛阳伽蓝记校释》 （北魏）杨衒之撰，周祖谟校释　中华书局　1963

28.《水经注校证》 （北魏）郦道元著，陈桥驿校证　中华书局　2007

29.《法苑珠林校注》 （唐）释道世撰，周叔迦、苏晋仁校注　中华书局　2003

30.《广弘明集》 （唐）释道宣　景印文渊阁四库全书本　台湾商务印书馆　1986

31.《大慈恩寺三藏法师传》 （唐）慧立、彦悰撰，孙毓棠、谢方点校　中华书局　1983

32.《茶经》 （唐）陆羽　景印文渊阁四库全书本　台湾商务印书

馆　1986

33.《韩昌黎文集校注》（唐）韩愈撰，马其昶校注　上海古籍出版社　1986

34.《酉阳杂俎》（唐）段成式撰，方南生点校　中华书局　1981

35.《五灯会元》（宋）普济撰，苏渊雷点校　中华书局　1984

36.《宋高僧传》（宋）赞宁　中华书局　1987

37.《佛祖统纪》（宋）志磐撰，释道法校注　《大正藏》本　大正一切经刊行会　1934

38.《五家正宗赞》（宋）释希叟　《续藏经》　商务印书馆影印版　1923

39.《禅林僧宝传》（宋）惠洪著，吕有祥点校　中州古籍出版社　2014

40.《古尊宿语录》（宋）赜藏主编集，萧萐父、吕有祥点校　中华书局　1994

41.《丛林盛事》（宋）道融　《续藏经》　商务印书馆影印版　1923

42.《太平广记》（宋）李昉等编　中华书局　1961

43.《东京梦华录》（宋）孟元老撰，邓之诚注　中华书局　1982

44.《扪虱新话》（宋）陈善　上海书店　1990

45.《燕翼诒谋录》（宋）王栐撰，诚刚点校　中华书局　1981

46.《鸡肋编》（宋）庄绰　中华书局　1983

47.《归田录（外五种）》（宋）欧阳修等撰，韩谷等校点　上海古籍出版社　2012

48.《泊宅编》（宋）方勺撰，许沛藻、杨立扬点校　中华书局　1983

49.《湘山野录》（宋）文莹撰，郑世刚、杨立扬点校　中华书局　1984

50.《云麓漫钞》（宋）赵彦卫　中华书局　1996
51.《避暑录话》（宋）叶梦得　景印文渊阁四库全书本　台湾商务印书馆　1986
52.《图画见闻志》（宋）郭若虚、邓椿撰，米田水译注　湖南美术出版社　2000
53.《竹坡诗话》（宋）周紫芝　景印文渊阁四库全书本　台湾商务印书馆　1986
54.《邵氏闻见录》（宋）邵伯温撰，李剑雄、刘德权点校　中华书局　1983
55.《苏舜钦集》（宋）苏舜钦撰，沈文倬校点　上海古籍出版社　1981
56.《二程文集》（宋）程颢、程颐著，王孝鱼点校　中华书局　1981
57.《朱子语类》（宋）黎靖德编，杨绳其、周娴君校点　岳麓书社　1997
58.《隆平集》（宋）曾巩　景印文渊阁四库全书本　台湾商务印书馆　1986
59.《安阳集编年笺注》（宋）韩琦撰，李之亮、徐正英笺注　巴蜀书社　2000
60.《伊川击壤集》（宋）邵雍著，陈明点校　学林出版社　2003
61.《玉海》（宋）王应麟　景印文渊阁四库全书本　台湾商务印书馆　1986
62.《后山居士诗话》（宋）陈师道　中华书局　1985
63.《文则》（宋）陈骙　中华书局　1985
64.《文体明辨序说》（明）徐师曾　人民文学出版社　1962
65.《文章辨体序说》（明）吴讷著，于北山校点　人民文学出版

社　1962

66.《玉芝堂谈荟》（明）徐应秋　景印文渊阁四库全书本　台湾商务印书馆　1986

67.《宋史纪事本末》（明）陈邦瞻　中华书局　1977

68.《古今谭概》（明）冯梦龙编著，栾保群点校　中华书局　2007

69.《日知录校释》（明）顾炎武撰，张京华校释　岳麓书社　2011

70.《清凉山志》（明）释镇澄撰，释印光重修　台湾明文书局　1980

71.《古清凉传·广清凉传·续清凉传》　陈扬炯、冯巧英校注　山西人民出版社　2013

72.《山西通志》（清）觉罗石麟等编　景印文渊阁四库全书本　台湾商务印书馆　1986

73.《东塾读书记》（清）陈澧　四部备要本

74.《语石校注》（清）叶昌炽撰，韩锐校注　今日中国出版社　1995

75.《牧斋初学集》（清）钱谦益著，（清）钱曾笺注，钱仲联标校　上海古籍出版社　1985

76.《吴宓日记》　吴宓　生活·读书·新知三联书店　1998

77.《汉魏两晋南北朝佛教史》　汤用彤　河北人民出版社　2001

78.《佛教史》　杜继文主编　江苏人民出版社　2006

79.《中国佛教通史》　赖永海主编　江苏人民出版社　2010

80.《中国佛教通史》　［日］镰田茂雄　佛光文化事业有限公司　2011

81.《中国宗教思想史大纲》　王治心　东方出版社　1996

82.《禅宗与中国文化》　葛兆光　上海人民出版社　1986

83.《宋元佛教》　郭朋　福建人民出版社　1988

84.《中国寺庙文化》　段玉明　上海人民出版社　1994

85.《茶禅东传宁波缘——第五届世界禅茶交流大会文集》　中国农业出版社　2010

86.《中国居士佛教史》 潘桂明 中国社会科学出版社 2000

87.《宋代佛教史稿》 顾吉辰 中州古籍出版社 1993

88.《中古佛教僧官制度和社会生活》 谢重光 商务印书馆 2009

89.《宋代佛教政策论稿》 刘长东 巴蜀书社 2005

90.《中国佛教文化史》 孙昌武 中华书局 2010

91.《佛教与中国文化》 中华书局文史知识编辑部编 中华书局 1988

92.《宋代禅宗文化》 魏道儒 中州古籍出版社 1993

93.《佛教与中国文学》 孙昌武 上海人民出版社 2007

94.《中国佛教文学研究》 普慧主编 中华书局 2012

95.《禅宗与中国文学》 谢思炜 中国社会科学出版社 1993

96.《宋代理学与佛学之探讨》 熊琬 台湾文津出版社 1985

97.《中国佛教与宋明理学》 陈运宁 湖南人民出版社 2002

98.《宋儒与佛教》 林科棠 商务印书馆 1930

99.《宋代特殊群体研究》 游彪 商务印书馆 2006

100.《宋代寺院经济史稿》 游彪 河北大学出版社 2003

101.《五十年来汉唐佛教寺院经济研究（1934—1984）》 何兹全主编 北京师范大学出版社 1986

102.《中国五—十世纪的寺院经济》 ［法］谢和耐著，耿昇译 甘肃人民出版社 1987

103.《宋代佛教社会经济史论集》 黄敏枝 台湾学生书局 1989

104.《汉唐佛寺文化史》 张弓 中国社会科学出版社 1997

105.《中国社会史研究导论》 何兹全主编 商务印书馆 2010

106.《中国古代僧尼名籍制度》 白文固、赵春娥 青海人民出版社 2002

107.《唐五代佛寺辑考》 李芳民 商务印书馆 2006

108.《中国佛寺志丛刊》 白化文、张智主编 江苏广陵古籍刻印

社　1996

109.《中国佛教寺塔史志》　张曼涛主编　台湾大乘文化出版社　1978
110.《中国著名的寺庙宫观与教堂》　余桂元　商务印书馆　1996
111.《中国近三百年学术史》　钱穆　商务印书馆　1997
112.《唐代疾病、医疗史初探》　于赓哲　中国社会科学出版社　2011
113.《吴宓与陈寅恪》　吴学昭　清华大学出版社　1992
114.《汤用彤大德文汇》　汤用彤　华夏出版社　2012
115.《黄庭坚和江西诗派资料汇编》　傅璇琮编　中华书局　2004
116.《宋代文学编年史》　曾枣庄、吴洪泽　凤凰出版社　2010
117.《中国思想史》　钱穆　台湾学生书局　1988
118.《中国思想史》　葛兆光　复旦大学出版社　2001
119.《两宋思想述评》　陈钟凡　东方出版社　1996
120.《宋诗与禅》　张培锋　中华书局　2009
121.《宋代禅僧诗辑考》　朱刚、陈珏撰　复旦大学出版社　2012
122.《宋代文学思想史》　张毅　中华书局　2004
123.《宋代文学史》　孙望、常国武主编　人民文学出版社　1996
124.《两宋文学史》　程千帆、吴新雷　上海古籍出版社　1991
125.《宋代文学通论》　王水照主编　河南大学出版社　1997
126.《中国古代文学通论·宋代卷》　刘扬忠主编　辽宁人民出版社　2005
127.《宋代文化史》　姚瀛艇主编　河南大学出版社　1992
128.《中国古代文体学论稿》　郭英德　北京大学出版社　2005
129.《中国古代文体概论（增订本）》　褚斌杰　北京大学出版社　1990
130.《中国散文史》　陈柱　东方出版社　1996
131.《中国古代散文史》　刘衍　高等教育出版社　2004
132.《中国散文史》　郭豫衡　上海古籍出版社　2000

133.《宋金元文学批评史》 顾易生等 上海古籍出版社 1996

134.《宋文通论》 曾枣庄 上海人民出版社 2008

135.《宋四六论稿》 施懿超 上海古籍出版社 2005

136.《宋四六话》 彭元瑞 中华书局 1985

137.《历代文话》 王水照编 复旦大学出版社 2007

138.《宋代寺院碑文书写研究》 赵德坤、陈传芝 中国社会科学出版社 2018

二、论文

1. 罗莉：《论寺庙经济》，中央民族大学2003年博士学位论文。

2. 何兹全：《宋元寺院经济》，《世界宗教研究》1992年第2期。

3. 郝春文：《东晋南北朝佛社首领考略》，《北京师范学院学报（社科版）》1991年第3期。

4. 雷闻：《唐代地方祠祀的分层与运作——以生祠与城隍神为中心》，《历史研究》2004年第2期。

5. 许外芳：《两宋僧道铭文小品论略》，《华南理工大学学报（社会科学版）》2012年第2期。

6. 陈自力：《释惠洪研究》，四川大学2003年博士学位论文。

7. 聂士全：《宋代寺院生活的世俗转型》，《苏州铁道师范学院学报》2001年第4期。

8. 赵德坤：《文字禅时代的寺院禅修》，《中华文化论坛》2013年第5期。

9. 陈大为：《唐后期五代宋初敦煌僧寺研究》，上海师范大学2008年博士学位论文。

10. 赵海雅：《唐代寺碑研究》，浙江大学2011年硕士学位论文。

11. 游彪：《宋代寺观数量问题考辨》，《文史哲》2009年第3期。

12. 游彪：《论宋代佛教寺院的土地占有及其经营》，《中国经济史研究》1992年第2期。

13. 孙旭：《北宋寺观政策与数量探析——兼论〈谈苑〉"今三万九千寺"的"今"字指代》，《齐鲁学刊》2012年第2期。

14. 赵德坤、周裕锴：《济世与修心：北宋文人的寺院书写》，《文艺研究》2010年第8期。

15. 赵军伟：《身份与策略：宋代文人的佛教经藏书写》，《古代文学理论研究》2015年第41辑。

16. 李晓红：《南宋佛寺文中的山水、乱离书写及理学蕴涵》，《齐鲁学刊》2022年第6期。

后 记

北宋时期的寺院文篇章难穷,光灿文苑。可以说,因时因势,北宋寺院文在中国古代寺院题材文类中独造极境。北宋一朝的寺院文,创作人数和作品数量冠绝一时,非但文章体式纷繁多样,其间更是名家荟萃、佳作皇皇,或描南山妙姿,或画槛内深谊,或叙洁僧高义……皆极富文学审美价值。其时寺院文的精神内核映射了寺院功用、淑世思想和俗世生活等一众广袤领域。

不论是社会科学还是自然科学,深入研究其中的任何分支,大概都要或长或短经过一个坐冷板凳的时期。而遥想古寺青灯,遍检浩瀚经卷,欲有所得,是为尤甚。

对宋代古文的研究,涉及寺院文题材的,相较于宋诗和宋词两类,还薄弱得多,希望对北宋寺院文的整理细研,能够对宋文研治领域尽一些弥缝的微光。

本书是在博士学位论文基础上增删而成,书稿能够问世多得良师益友之助,在此向他们表示衷心的感谢。

导师刘培先生专研宋赋,文风严谨、治学扎实,所传所授、所修所改,总能直破机锋,令我暗自击节。在先生督策之下,本书初稿才得以全功。惭愧的是,自身愚痴,仅得师道之万一,书虽成而不能尽悟师心，幸然先生不以此为意，诲我不倦，屡予鼓舞，促我作舟前航。

王志民先生是我攻读硕士学位期间的导师，不但生活中于我多有教益，关于本作，王师也屡次提点指正、破我迷津，拨冗拨沉，引荐联系出版事宜，道不尽惠风无限情。

我的家人是我沉潜写作、投入学术研究的坚强后盾。本书的出版离不开我先生和父母的大力支持，使我得以心无旁骛，小有所得。小女甫满二龄，她天真稚气的笑颜亦多予我鼓舞。

特别致谢同门刘晨师兄，幸其作舟玉成，本书才得以顺利出版。

最后，感谢齐鲁书社的编辑为本书倾注心血，辛劳付出。

笔拙言微，感激之情，实难尽述！

李晓红

2024年10月